(1)

FEUER
WERKE
VERLAG

## Das Buch

Während ganz Schönbach im Weihnachtsfieber steckt, kämpft Sophie um das Überleben ihres Ferienhauses „Talblick“. Obwohl sie in akuten Geldnöten steckt, lehnt sie die Übernahmeangebote interessierter Hoteliers kategorisch ab. Denn ihrer Mutter hatte Sophie noch am Sterbebett versprochen, alles für das Haus zu geben, an dem das Herz der ganzen Familie hängt.

Als der Großstädter Lennart sich für eine Woche in eine ihrer Ferienwohnungen einmietet, entwickelt sich innerhalb weniger Tage und aus dem Nichts heraus eine tiefe Verbundenheit zwischen den beiden. Lennart ist nicht nur charmant und gut aussehend, er springt sogar als Weihnachtsmann ein und sorgt für ordentlich Wirbel in Sophies Herz. Sie erlebt mit ihm eine zauberhafte Vorweihnachtszeit.

Doch als sie dahinterkommt, aus welchem Grund Lennart sich tatsächlich bei ihr eingemietet hat, bricht für sie eine Welt zusammen - und plötzlich steht nicht nur die Existenz ihres Ferienhauses auf dem Spiel …

## Die Autorin

Janka Friedrich lebt mit ihrem Mann und ihren drei Kindern in der Nähe des Edersees. Neben ihrem Hauptberuf schreibt sie romantische Liebesgeschichten und genießt es, mit ihren Protagonisten zu lieben, zu leiden und sie zu einem gefühlvollen Happy End zu begleiten. Ihre Ideen entstehen meist bei ausgedehnten Spaziergängen in der Natur, oder sie holt sie sich aus dem wirklichen Leben.

# Winterzauber im Ferienhaus Talblick

Roman

Janka Friedrich

Mehr zur Autorin finden Sie auf
www.facebook.com/janka.friedrich.1
www.instagram.com/jankafriedrich_autorin und
www.feuerwerkeverlag.de/friedrich

Abonnieren Sie auch unseren Verlags- und Autoren-Newsletter und erfahren Sie so als Erster von unseren **Neuerscheinungen, Autorennews** und exklusiven **Buch-Gewinnspielen**:
www.feuerwerkeverlag.de/newsletter

Originalausgabe Oktober 2022

Maracuja GmbH, Laerheider Weg 13, 47669 Wachtendonk
Herstellung: Books on Demand GmbH
Printed in Europe
Umschlaggestaltung: Constanze Kramer, coverboutique.de unter Verwendung von © Nadezda Kostina, ©ecco, ©anitapol – stock.adobe.com, ©tomert - depositphotos.de
Lektorat: Katharina Strzoda, Nufringen

ISBN: 978-3-949221-50-7

# Kapitelübersicht


Kapitel 1 .......... 7
Kapitel 2 .......... 14
Kapitel 3 .......... 23
Kapitel 4 .......... 27
Kapitel 5 .......... 35
Kapitel 6 .......... 45
Kapitel 7 .......... 55
Kapitel 8 .......... 67
Kapitel 9 .......... 71
Kapitel 10 .......... 75
Kapitel 11 .......... 82
Kapitel 12 .......... 97
Kapitel 13 .......... 110
Kapitel 14 .......... 118
Kapitel 15 .......... 128
Kapitel 16 .......... 132
Kapitel 17 .......... 137
Kapitel 18 .......... 147
Kapitel 19 .......... 159
Kapitel 20 .......... 166
Kapitel 21 .......... 175
Kapitel 22 .......... 181
Kapitel 23 .......... 187
Kapitel 24 .......... 191
Kapitel 25 .......... 195
Kapitel 26 .......... 201

# Kapitel 1

## Sophie

DAS mit Raureif bedeckte Gras knirschte unter meinen Füßen, als ich mit dem Karton unter dem Arm zu meinem Haus ging. Vor der hölzernen Eingangstür blieb ich stehen, drehte mich um und schaute ins Tal. Kleine Atemwölkchen verschmolzen mit der kalten Luft. Ich sah den orangeroten Sonnenstrahlen dabei zu, wie sie am Bergkamm emporkletterten. Ein dünner Nebelschleier lag über der verschlafenen Landschaft. Rauchfäden zogen aus den Schornsteinen des vor mir liegenden Dorfes, wodurch es mich an ein friedliches Weihnachtsstädtchen in einer Schneekugel erinnerte. Die Ruhe sowie die unglaubliche Weite der Wiesen und Weiden, die sich bis zum angrenzenden Wald erstreckten, lockten sogar Rehe an. Eins davon rastete gerade auf dem mit feinen Kristallen überzogenen Gras und wackelte mit den Ohren. Es kaute und beugte abwechselnd den langen Hals zur Futtersuche hinunter.

Nur wenige Jahre war ich von meiner Pension *Talblick* getrennt gewesen. Die Sehnsucht, hierher zurückzukehren, wo ich den größten Teil meines Lebens verbracht hatte, war viel zu groß gewesen, als dass ich in einer kleinen Wohnung im Dorf ohne diese unvergleichliche Lage verkümmern wollte. Außer mir besaß niemand der Einwohner von Schönbach einen derartigen Ausblick und die Friedlichkeit der Szenerie erfüllte mich jeden Tag aufs Neue.

Ohnehin hatte ich jede freie Minute bei meiner Mutter verbracht und sie bei der Zimmervermietung unterstützt. Dieses Jahr lag die Aufgabe zum ersten Mal ganz bei mir allein.

Ich stieß die angelehnte Tür mit meinen groben Boots auf, stellte die Kiste mit den Weihnachtssachen direkt vor die nackte Tanne und rieb meine steifen Finger vor den tanzenden Flammen meines Kamins.

Hinter mir maunzte es und Mucki schlängelte sich um meine Beine. Kniend strich ich ihm über das dunkelgraue, flauschige Fell. »Tut mir leid, langsam musst du dich an das billige Zeug aus der Dose gewöhnen, obwohl ich weiß, wie sehr du das Futter aus der Aluschale magst.« Entschuldigend streichelte ich meinen Kater abermals zwischen den Ohren. In der Küche zog ich an der Lasche des Konservendeckels und löffelte den Inhalt in das Näpfchen neben der Spüle. Muckis spitze Zähnchen angelten bereits nach den ersten Brocken.

Er war mit Haus und Grundstück in meinen Besitz übergegangen. Seit dem Tod meiner Mutter letzten Sommer trösteten wir uns gegenseitig. Als ihre Diagnose vor so ziemlich genau einem Jahr gestellt worden war, waren ihr gerade mal sechs Monate geblieben, um alles Rechtliche zu regeln. Schließlich hatte meine Mutter den Kampf gegen den Krebs verloren.

Ich vermisste sie so sehr, dass ich erst heute, nach dem ersten Advent, die Kiste mit den Erinnerungsstücken herbeigeholt hatte. Nun stand sie ungeöffnet im flackernden Schein der Flammen. Mein Herz wand sich, die filigranen Strohsterne und bunt schillernden Weihnachtskugeln aus der Schachtel zu nehmen. Etwas, das wir sonst zusammen getan hatten. Um Zeit zu schinden, würde ich erst die Zutaten für die Vanillekipferl herausschreiben, die ich auf unserem alljährlichen Dorfweihnachtsmarkt zum Verkauf anbot.

Liebevoll strich ich mit den Fingerspitzen über das handschriftlich von meiner Mutter verfasste Rezept und notierte mir auf einem Zettelchen, was fehlte. Im Kopf rechnete ich schnell die Mengenangaben hoch. Wow, da nahm ich doch lieber das Auto.

Das dumpfe Knattern eines Diesels ließ mich aufblicken. Nur wenige Leute verfuhren sich zu mir. Vor allem leider zu wenige Urlauber für meine drei sanierungsbedürftigen Einzimmerappartements. Stattdessen kreuzten wegen der exklusiven Lage zu viele unangemeldete Interessenten hier auf, die gern ein schickes Hotel auf meinem Grundstück errichten würden. Hoffentlich war es keiner von denen.

Meine Mundwinkel bogen sich nach oben, als das Fahrzeug in Sichtweite kam: Es war die Post.

Freudig öffnete ich die Haustür. »Guten Morgen, Klaus. Perfektes Wetter für dich heute, oder?«

»Guten Morgen, Sophie. Na ja. Wie man es nimmt. Die Straßen sind zum Teil sehr rutschig. Pass besser auf, wenn du später vorhast, ins Dorf zu fahren.« Klaus streckte seine gerötete Nase in den pastellfarbenen Winterhimmel. »Der Wetterbericht hat Schnee gemeldet. Und das nicht wenig. Ich hoffe, ich schaffe es dann noch hoch zu dir. Ansonsten bleibt die Post aus.«

Er übergab mir die Tageszeitung sowie drei Briefe. Zwei sortierte ich auf den ersten Blick in die Kategorie Werbung ein. Der Absender des anderen Briefes löste in mir einen Herzstillstand aus. Eine Hotelgruppe. Ich versuchte, mir nichts anmerken zu lassen.

Dennoch schlug Klaus' Stirn Falten. »Wieder Investoren, die unsere schöne Landschaft verschandeln wollen?« Er schüttelte den Kopf und verzog den Mund. »Nur, weil unsere Nachbargemeinde vor Jahren versnobten Hotelbesitzern erlaubt hat, sich niederzulassen, meint die Konkurrenz, sich nun hier anzusiedeln, weil es dort keine Grundstücke mehr gibt. Ich möchte das jedenfalls nicht.«

»Keine Bange, ich werde mich auf keins der Angebote einlassen.«

»Die Müllers und die Fechners knicken langsam ein, obwohl sie auch immer gesagt haben, sie verkaufen ihr unbebautes Land nicht. Na ja. Wo sollen auch die Pferde und Kühe sonst hin?«

Überrascht zog ich die Brauen hoch. Und mein Reh! »Echt? Das wusste ich gar nicht. Das würde ja bedeuten, ich wäre die Letzte, die gegen die Hotelheinis anstinken müsste.« Mein Magen schnürte sich bei dem Gedanken zusammen, dass jeweils rechts und links von mir Gebäudeklötze aus dem Boden schossen. »An wen wollen sie denn verkaufen?«

Und für wie viel? Eine kleine Finanzspritze würde mir auch guttun, denn ein neuer Anstrich würde das Gebäude auffrischen und auch die Fenster müssten ersetzt werden. Andererseits, wenn ich tatsächlich verkaufen würde, hätte ich ohnehin keine Probleme mehr mit irgendwelchen Renovierungsarbeiten, das war ja dann nicht mehr meine Angelegenheit. Aber das kam für mich sowieso nicht infrage.

Klaus zog die Schultern hoch. »Keine Ahnung.«

Ich winkte ab. »Wenn die Hoteliers erst einmal herausgefunden haben, dass es hier keinen Handyempfang gibt, dann ärgern sie sich bestimmt, sich vorher nicht informiert zu haben.« Aus purer Verzweiflung war ich schon auf Bäume geklettert, nur um einen Balken zu erhaschen.

Mit geschürzten Lippen sagte Klaus: »Als ob Investoren sich davon abhalten ließen.«

»Oh, natürlich. Die haben ganz andere Möglichkeiten, mit einem Telefonanbieter in Verhandlung zu gehen. Unser Bürgermeister macht dahingehend ja leider nichts.«

Genauso wenig, wie er mich bei dem Antrag unterstützt hatte, meine Hütte zu einer finnischen Sauna umbauen zu können. Obwohl Ralf in der Hinsicht nie mit offenen Karten gespielt hatte, war meine Erklärung für seine ablehnende Haltung, dass er lieber ein Hotel an der Stelle sah, an der mein Herz hing.

»Falls ich hier oben eingeschneit bin, werde ich mich mit Rauchzeichen bemerkbar machen.«

Klaus lachte und hob zur Verabschiedung die Hand. »Wenn ich nachher Ralf treffe, werde ich ihm sagen, dass der Schneepflug mehrmals bei dir fahren soll. Übrigens hat er seinen Briefkasten vom Gartenzaun an die Haustür versetzt! Jetzt muss ich einmal um das ganze Grundstück laufen. Und das mit meinen dreiundsechzig Jahren und über vierzig davon im Dienst.«

Ich rollte mit den Augen. »Was sich unser Bürgermeister dabei wieder gedacht hat.«

»Noch mal zweiunddreißig sein, so wie du«, entgegnete Klaus mit einem wehmütigen Lächeln. »Damals hat mir das weitaus weniger ausgemacht als heute.« Er hob zur Verabschiedung den Arm. »Ich muss dann mal weiter. Mach‘s gut und halt die Ohren steif.«

»Du auch!«, rief ich ihm nach und schloss die Tür.

Mit dem Brief in der Hand kaute ich unentschlossen auf meiner Lippe. Ohne ihm weitere Beachtung zu schenken, legte ich ihn auf den Küchentisch und setzte Teewasser auf. Mein Blick zuckte immer wieder zwischen dem zischenden Wasserkocher und dem Schreiben hin und her. Wollte ich wissen, was drinstand?

Das an der Schnur befestigte Etikett drehte sich, sowie ich den Teebeutel heiß übergoss. Ein angenehmer Zimt- und Orangenduft zog in meine Nase. Wieder schielte ich zu dem Umschlag. Seufzend nahm ich ihn in die Hand und las den Absender leise vor. »Meyer Hotel & Resort Group International.«

Nachdenklich presste ich meine Lippen zusammen. Der Name kam mir bekannt vor. Nun wollte ich es wissen.

Der Zimtduft zog hinter mir her, als ich in mein kleines unbeheiztes Arbeitszimmer eilte, um den Laptop zu starten. Ich pustete eine braune Haarsträhne aus dem Blickfeld, die sich aus meinem Pferdeschwanz gelöst hatte, und legte meine Finger mit den zu Halbmonden gefeilten Nägeln auf die Tastatur. Flink flogen sie über die Tasten und tippten das Passwort ein. Endlich öffnete sich mein E-Mail-Account. Mein Herz schlug mir bis zum Hals. Vor ein paar Tagen hatte ich genau von dem Absender des eben empfangenen Briefes eine E-Mail erhalten, ebenso wie in der Woche davor und in der davor. Natürlich neben denen der vielen anderen Hotelketten.

Meyer Hotel & Resort Group International. Ehrfürchtig wiederholte ich den Namen in Gedanken und scrollte mit der Maus durch meine E-Mails.

Da waren sie. Allesamt ungelesen. Ich drückte die linke Taste, um den Inhalt zu öffnen. Den langen geschnulzten Text, der mich neugierig machen, aber auf keinen Fall abschrecken sollte, überflog ich nur. Vermutlich war er von einer Assistentin der Assistentin verfasst worden. Ich sah die Schönheit regelrecht vor mir, mit ihren Pfennigabsätzen und ihrem Bleistiftrock, in dessen schmalem Bund die weiße Bluse steckte. Die glänzenden Haare wallten wie ein Wasserfall auf ihre Schultern. Ihren beeindruckenden Wimpern und den rot gefärbten Lippen konnte der gut aussehende Chef nicht widerstehen.

Mistkerl. Einem Boss-Liebesroman entsprang diese Szene nämlich nicht, sondern war bittere Realität, wie ich am eigenen Leib hatte erfahren müssen. Martin, meine vergangene und längst überwundene Liebe, konnte zwar keiner Schürze widerstehen, war aber auch kein millionenschwerer Chef. Dennoch zog er mit seinem Schlafzimmerblick die Damen erst magnetisch an, dann aus. Seit mehr als drei Jahren war ich nun Single und wie es schien, blieb das vorerst so. Es sei denn, ein Ritter in glänzender Rüstung würde hoch zu Ross angeritten kommen und mich mit seinem Lächeln verzaubern. Wie lästige Fliegen fegte ich meine Spinnereien fort und konzentrierte mich wieder auf das Schreiben.

Die nächsten Zeilen murmelte ich mit zusammengezogenen Brauen leise vor mich hin. »Ich freue mich, Ihnen ein Angebot unterbreiten zu dürfen.«

Die Stuhllehne quietschte, als ich mich zurückfallen ließ. Mit Daumen und Zeigefinger zupfte ich gedankenverloren an meiner Unterlippe und überlegte, ob ich weiterlesen sollte. Die Worte meiner Mutter hallten in meinem Ohr. Kurz vor ihrem Tod hatte sie mir das Haus mit den drei Ferienwohnungen überschrieben, jedoch mit der Bitte, es keinesfalls zu verkaufen, um der Familientradition treu zu bleiben. Eine Gänsehaut zog über meine Arme. Spontan legte ich meine Hand auf den Heizungsregler, überlegte es mir aber anders und beließ es dabei. Um jeden Liter Öl, den ich sparen konnte, war ich froh. Ohnehin lag mein Schlottern nicht an dem unbeheizten Raum.

Meine Augen waren nun wieder auf den Bildschirm gerichtet. Zeitlich nach deren Eingang sortiert, öffnete ich nun die beiden anderen E-Mails. Der Inhalt war gleich, doch wurden die Meyers im Angebot konkreter. Schwer schluckend starrte ich auf die letzte Nachricht.

Eineinhalb Millionen Euro standen im Raum. Kein Wunder, dass die Landwirte um mich herum ihre Wiesen verkauften. Bei so viel Geld.

Diese verdammte Hotelgruppe bot mir ein Vermögen für mein Haus? Ich schnaubte verächtlich. Dass es hier nicht um das Gebäude ging, sondern allein um die unverbaubare Aussicht, lag auf der Hand. Der Preis war der Grundstücksgröße sogar angemessen. Meine Mutter hatte vor ihrem Tod das Grundstück von einem unabhängigen Sachverständigen schätzen lassen. Dennoch, ich würde nicht verkaufen. Das hatte ich ihr versprochen.

Ich drückte die E-Mails weg, um mich in den Buchungskalender für Dezember einzuloggen. Mein Magen sackte ab, als ich die Zahl der Gäste sah. Seit die großen Hotels in der Nachbargemeinde immer mehr Zulauf verbuchten, kehrten bei mir immer weniger Urlauber ein. Dringend musste ich an meinem Konzept feilen oder an der

Einrichtung, wenn ich auf dem Markt bleiben wollte. Bestürzt schüttelte ich den Kopf. Dieser Monat verlief gar nicht nach meinem Geschmack. Verstohlen schielte ich auf den Brief. Nein, ermahnte ich mich. Nur weil ich einen stetigen Rückgang verzeichnete, sollte ich nicht gleich den Kopf in den Sand stecken. Der Sommer war gar nicht mal so schlecht gelaufen. Nicht gut, aber auch nicht übel. Mit Einbrüchen musste man rechnen, gerade jetzt in der Weihnachtszeit. Bestimmt hetzten die Leute zwischen Jahresabschluss, Geschenke kaufen und Familientraditionen hin und her und vergaßen ganz einfach, Winterurlaub zu buchen. In den nächsten Tagen würden sicherlich noch Anfragen hereinschneien. Entschieden appellierte ich an meine Geduld, stand auf und schmiss im Vorbeigehen den ungeöffneten Brief in den Papierkorb.

Im Wohnzimmer angekommen, öffnete ich den Karton und schmückte Ast für Ast in träumerischer Erinnerung. Mucki lag schurrend vor dem Kamin.

Meine Leistungen waren mehr als vorbildlich. Das wusste er auch. Bevor mir noch die Augen zufielen, erhob ich mich.

»Warte, ich habe noch etwas für dich«, brummte er. Er nahm in seinem ledernen Bürostuhl Platz, zog die oberste Schublade seines Schreibtisches auf und übergab mir eine blaue Kartonmappe.

Mit gerunzelter Stirn nahm ich sie entgegen und blätterte darin. Eigentlich wusste ich über jedes Projekt Bescheid. Egal, ob es um die Planung, Entwicklung oder Ausführung ging. Ich war stets derjenige, der sich kümmerte. Aber diese Pläne waren mir völlig fremd. »Was soll das sein?«

»Es handelt sich um ein Grundstück in exklusiver Lage. Unverbaubare Aussicht auf einem Berg direkt am Wald.«

Ich zog meine Augenbrauen zusammen. »Das ist doch gar nicht unser Konzept. Wir bauen unsere Hotels in München, Hamburg, Paris und London. Weltweit! In den Metropolen«, erinnerte ich Konrad nachdrücklich. »Nicht auf Äckern in irgendeinem Dorf in …«, ich befeuchtete meinen Zeigefinger und blätterte zurück, »Schönbach!«

Konrad hatte wohl mit meinem Einwand gerechnet, er schien die Ruhe selbst zu sein. »Wir müssen mit der Zeit gehen. In der Nachbargemeinde errichten unsere größten Konkurrenten ein Hotel nach dem anderen. Mit großem Erfolg. Die Leute haben das Wandern für sich entdeckt. Bewegung an der frischen Luft tut der Psyche gut, baut Stress ab. Außerdem hat Schönbach gut ausgeklügelte Fahrradwege. E-Bikes ermöglichen sogar Achtzigjährigen, weite Strecken zu fahren. Das Wellnessangebot ist der Natur angepasst. Der ganze Kladderadatsch, den wir eh schon immer anbieten. Nur diesmal im Herzen der Natur.« Konrad fixierte mich mit seinen dunklen, stechenden Augen. Er ließ mir extraviel Zeit, mich genauer in das Exposé einzulesen. »Was sagst du?«

Ich hob den Blick von dem schlecht kopierten Lageplan und musterte meinen Schwiegervater in spe. Mein Gehirn ratterte und formte seine Ideen und Visionen zu einem Gesamtkonzept. Um mir jedoch eine genaue Vorstellung machen zu können, brauchte ich mehr als ein paar graue Striche auf Papier. Dafür zückte ich mein Smartphone. Per Sprachsteuerung beauftragte ich *Google Maps*, mir ein Satellitenbild zu zeigen. Keinen Lidschlag später breitete die

Suchmaschine um das Dorf herum einen grünen, beigefarbenen und braunen Flickenteppich aus. Vor dem lang gezogenen Wald markierte der tropfenähnliche *Google*-Pin die einzige zu vermietende Ferienwohnung. »Talblick«, murmelte ich. Mit Zeigefinger und Daumen zog ich den Bereich etwas größer, aber die Darstellung wurde pixelig.

»Das Haus wird natürlich abgerissen. Es hat für meine Pläne keine Relevanz.«

Mehr und mehr gefiel mir die Idee, konkurrenzfähig zu bleiben und auf der Trendwelle mitzureiten.

»Du hast schon Kontakt aufgenommen?«, fragte ich und steckte das Handy weg.

»Natürlich habe ich das. Mehrere E-Mails sind raus. Ich habe sogar einen Brief per Post verschickt.«

Ich legte meinen Kopf in den Nacken und lachte schallend. »Per Post? Mit Briefmarke und allem Drum und Dran?« Mein Rücken bebte bei der Vorstellung, wie der ungeduldigste Mensch auf Erden ein Schriftstück aufgab, das erst die verzwickte Straße des Briefzentrums durchlaufen musste, bis es in eine Kiste verpackt in einem LKW abtransportiert, dem Zusteller zugewiesen wurde, um dann zum Empfänger zu gelangen. Köstlich.

Konrads Miene verfinsterte sich. Er stand auf und steckte die Hände in sein graues Sakko. »Null Reaktion.«

»Du hättest mir die Betreuung des Projektes anvertrauen sollen. Sonst regele ich das schließlich auch.«

Er ging einen Schritt auf mich zu. »So wie das Letzte?«, fragte er in einem scharfen Ton.

Ich schnaufte. Da war ein einziges Mal etwas in die Hose gegangen, weil der von mir gestellte Bauantrag abgewehrt worden war, wegen ein paar unter Naturschutz gestellten Kammmolchen. Ja, das war eine Blamage für mich gewesen. So etwas durfte einfach nicht passieren. Aber abgesehen davon war ich stets als Gewinner aus allen kniffligen Disputen herausgegangen. Konrad konnte auf mich zählen. Warum dieser plötzliche Alleingang? »Zeig mir mal den Text. Ich will mal sehen, woran es liegt. Nicht, dass das Vorhaben wegen deiner übereilten Eigeninitiative scheitert.«

»Am Geld liegt es ganz bestimmt nicht. Ich war schon sehr großzügig. Diesmal wird es nicht so leicht für uns.«

»Warum? Ist der Besitzer ein Querulant? Bis jetzt konnte ich jeden eigensinnigen Menschen umstimmen.« Im Gegensatz zu Konrad spielte ich mit meinem Charme und meinen über die Jahre hinweg ausgefeilten Verhandlungskünsten. Nicht wie er mit seiner im Alter wachsenden Ungeduld. »Hast du dich schon bei der zuständigen Behörde informiert, um was für eine Person es sich handelt?«

Konrads Mund entschlüpfte ein undefinierbarer Laut. »Schon mal was von Datenschutz gehört? Niemand gibt mehr Informationen raus. Alles, was ich weiß, habe ich selbst recherchiert, aber ein paar Auskünfte konnte ich dem Bürgermeister entlocken. Er ist übrigens sehr angetan von unserem Plan, ein Hotel zu errichten. Vermutlich klingelt bei ihm jetzt schon die Kasse, nur bei dem Gedanken daran, Gewerbesteuer zu erheben.«

»Nicht zu vergessen die vielen Arbeitsplätze, die durch uns entstehen. Dir bleibt wohl nichts anderes übrig, als den Besitzer anzurufen, wenn er auf deinen persönlichen Brief nicht reagiert.«

Konrad platzierte sich vor dem Mahagonitisch und stellte seine Fingerspitzen auf die Hochglanzplatte. Nachdenklich verharrte er in dieser Position. Seine Mundwinkel bogen sich nach unten, während er seine buschigen, grauen Augenbrauen hob und aufblickte. »Der Besitzer ist eine Sie.«

»Prima«, sagte ich. »Ich liebe es, mit Frauen zu verhandeln.«

»Es wird nicht so einfach werden, wie du denkst«, murmelte er gedankenverloren und führte seine Fingerkuppen über das glatte Holz.

»Seit wann bist du ein Schwarzseher? Es ist nichts verloren, solange sie keine mit Krätze übersäte Einsiedlerin ist, um die man einen großen Bogen machen muss.« Ich lachte bei der Vorstellung, wie mir eine grauhaarige Alte mit dicker Warze auf der Nase und gebatikter Stola Einlass in ihr Hexenhäuschen gewährte.

»Ich kann dir weder zu ihrem Aussehen noch zu ihrem Alter etwas sagen.«

Die Tür sprang auf. Unsere Köpfe fuhren herum. Im Gegensatz zu dem alten Schrapnell in meinem Kopf kam Alexa mit schwingenden Hüften auf mich zu. Ihre blonden, kinnlangen Haare schaukelten neben ihrem perfekt geschminkten Gesicht, aus dem mich volle rote Lippen anlächelten. Im fahlem Bürolicht leuchtete das goldene Collier, das ich ihr im Sommer zum Geburtstag geschenkt hatte. Obwohl ich es für völlig überteuert gehalten hatte, hatte ich ihr den Wunsch nicht abschlagen können. Um ihre Handgelenke klirrten gefühlt Hunderte dünne Armreifen, die farblich perfekt zu ihrer Kette sowie ihren manikürten Fingernägeln passten. Die Christian-Louboutin-Schuhe mit den langen, dünnen Absätzen stoppten auf dem grauen Teppichboden. Ihren schwarzen Blazer zog sie bis zu ihren Ellenbogen hoch, noch bevor sie mir einen Kuss auf den Mund drückte.

»Darling, du bist schon zurück.« Mit einem vagen Lächeln rubbelte sie mir ihren Lippenstift vom Mundwinkel. »Wie war London?«, fragte sie und schob ihrem Vater ein Dokument zu. »Eine Unterschrift von dir und das Schriftstück geht zu unserem Anwalt. Der Prozess ist so gut wie gewonnen.« Alexa drehte sich wieder zu mir und betrachtete mich aus den fast schwarzen Augen mit den perfekt getuschten Wimpern, die genauso viel Kampfgeist ausstrahlten wie die ihres Vaters.

»Anstrengend, aber erfolgreich.«

Ihr Lächeln wurde breit, ihre Stimme indessen rau. »Dann lass uns nachher mit Champagner anstoßen und feiern.«

In freudiger Erwartung zog ein angenehmes Kribbeln durch meinen Körper. Unsere sexuelle Anziehungskraft war so stark wie am ersten Tag unserer Begegnung. Obwohl sich nach all den Jahren unserer Beziehung eine fühlbare Distanz wegen der vielen Arbeits- und Überstunden eingeschlichen hatte, schafften wir es dennoch, uns nahe zu sein, wenn wir es uns fest vornahmen. Zumindest ab und zu.

Das Kratzen des Füllers auf Alexas zu unterschreibendem Dokument hallte von den Wänden wider. Ohne den Blick von mir zu nehmen, griff sie nach dem Papier, ihr Lächeln war nun etwas milder. »Ich möchte mit dir später das Dinner durchgehen. Die Hochzeitsplanerin hat mir ein paar Vorschläge gemailt.«

Mein Blut, das dabei war, in meine Leisten zu schießen, stoppte bei dem Wort Hochzeit, obwohl Alexa und ich das Traumpaar schlechthin waren. Eine Heirat war unabdingbar, wenn ich zu einhundert Prozent zu der Meyer-Hotel-&-Resort-Group-International-Familie gehören wollte. Und das wollte ich nach meinem unermüdlichen Einsatz in der Firma, Zigtausend angesammelten Überstunden und Konrads kaum einzuschätzenden Launen. Silvester sollte die Trauung vollzogen werden. Also Ende dieses Monats. Das war verdammt noch mal bald. Und für kalte Füße viel zu spät. »Nicht heute. Ich bin fix und fertig.«

»Dann morgen früh. Die Blumen brauchen übrigens auch noch eine Farbe.«

»Ich bin mir sicher, die Hochzeitsplanerin hat eine ganze Palette bunter Vorschläge für dich.« Ich lächelte.

»Wenn ich sehe, was sie bis jetzt in Rechnung gestellt hat, dann sollte man meinen, sie wüsste, was sie tut. Wozu dann das Einverständnis eines Mannes?«, mischte Konrad sich ein.

»Aber, Paps. Ich heirate doch nur ein Mal. Es soll etwas ganz Besonderes werden. Und außerdem möchte ich, dass Lennart sich eingebunden fühlt. Hinterher heißt es womöglich noch, dass ich bei manchen Entscheidungen eigenständig gehandelt habe.«

»Ich gebe dir freie Hand. Sicherlich hast du ganz andere Vorstellungen als ich. Mir fällt es schon schwer, einen Unterschied zwischen Rot, Pink und Rosa zu sehen.« Sanft umfasste ich ihren schlanken Arm und zog sie dicht an mich heran. Ihr teures Parfüm fesselte mich genauso wie ihr Aussehen. Meine Bedenken wegen der eingeschlichenen Routine waren wie weggeblasen.

Ihr Blick wurde sanft. »Ach, Darling. Du weißt, wie du mich glücklich machst.« Sie schob ihren Ausschnitt noch etwas mehr in mein Blickfeld. Dann entzog sie sich mir, drückte ihr Handy ans Ohr und stolzierte mit wippenden Hüften aus dem Zimmer. »Hi, Liebes. Ich bin es. Wir haben uns entschieden. Wir nehmen Dinner-Vorschlag Nummer eins. Mit Vorspeise. Ja genau.«

Das Spektakel endete mit dem Klacken im Schloss.

Stumm schauten Konrad und ich uns an.

Da sprang die Tür erneut auf. Alexas Kopf erschien noch mal im Rahmen. »Es gibt Sushi heute Abend.«

»Perfekt.«

Klack.

Ich hasste Sushi, brachte es aber einfach nicht über das Herz, es ihr zu sagen.

Konrad richtete sich auf.

»Das *Talblick* wird mein letztes Projekt sein. Ich möchte alles unter Dach und Fach haben, bevor du das Geschäft übernimmst. Die Überschreibung wäre sozusagen mein Hochzeitsgeschenk für euch.«

»Das sollte kein Problem sein. Ich kontaktiere die Besitzerin.« Auffordernd hielt ich meine Hand hin. »Überlass mir alle Unterlagen.«

Viel zu lange musterte mich mein Schwiegervater. Irgendetwas heckte er aus. Meinen Arm ließ ich derweil sinken. Nach einer gefühlten Ewigkeit sagte er: »Du wirst keinen Erfolg haben, wenn du sie unter dem Firmennamen anschreibst. Bleib anonym.«

Ich öffnete den Mund. Mit einem Handzeichen gab er mir zu verstehen, dass er noch nicht fertig war.

»Du wirst dich dort privat einmieten. Für eine Woche.«

Entsetzt sog ich die Luft ein. »Das kannst du nicht von mir verlangen.« Wie lange war es her, dass ich in einem Hundert-Seelen-Dorf meine Zeit totschlagen musste? Ich wusste es. Bis zu dem Tag, als ich wegen meines Jobs von zu Hause weggegangen war. Jetzt, mit sechsunddreißig Jahren, nachdem ich die Stadtluft lieben gelernt hatte, sollte ich zurück. Nicht mal für ein paar Stunden schien mir das möglich. Doch mein Einwand interessierte ihn nicht die Bohne.

»In dieser Zeit findest du heraus, warum sie kein Interesse zeigt. Weise sie auf Baumängel hin, auf das viel zu große Grundstück. Herrgott noch mal! Irgendetwas wird dir doch einfallen!«, brauste er plötzlich auf.

»Wie stellst du dir das vor? Immerhin heirate ich bald. Es gibt noch Unmengen von Dingen zu besprechen.«

»Wenn ich dich daran erinnern darf, du hast deiner zukünftigen Frau jegliche Freiheiten gelassen.«

»Die Details hätte ich letztendlich doch mit ihr abgesprochen. Du kennst mich!« Lediglich meine Müdigkeit hatte mich zu dieser Aussage ermutigt. Haareraufend funkelte ich ihn an, aber er ließ mir keine Chance. Ich fühlte es.

»Bleib unerkannt. Auf keinen Fall soll sie dich mit uns Meyers in Verbindung bringen.«

Ich sollte Undercover-Urlaub in einem Dorf abseits jeglicher Zivilisation machen. Das konnte nur ein Witz sein. »Alexa wird nicht besonders begeistert sein.«

»Sie hat selbst genug mit sich und der Firma zu tun. Sie wird gar nicht mitbekommen, dass du nicht da bist.«

Alles in mir sträubte sich, Konrads Auftrag anzunehmen. Aber es schien ihm ein großes Anliegen zu sein. Genauso wie es mir wichtig war, ihm stets ehrerbietig zu begegnen. Wollte ich doch einfach nur, dass er meine Aufopferung der Firma gegenüber wertschätzte und sich meine Arbeit endlich auszahlte.

»Ich baue auf dich«, sagte er.

Resigniert schlurfte ich zur Tür.

»Versemmele es nicht wie letztens mit den Fröschen.«

# Kapitel 3

## Sophie

GERADE war die Buchungsbestätigung an Lennart Reuter rausgegangen. Ich wusste es: Mein *Talblick* war noch nicht abgeschrieben. Morgen, am Donnerstag, würde er schon anreisen. Mitten in der Woche, noch dazu sehr kurzfristig, aber nicht unmöglich. Schnell schickte ich dem ansässigen Brötchenservice die Bestellung für die nächsten Tage zu, bevor ich das Zimmer für Herrn Reuter vorbereitete. Ich wollte die Tür zu der Ferienwohnung aufschließen, da rollte ein Auto die Auffahrt hoch. Es gehörte Ralf, unserem Bürgermeister.

Was er nun wieder wollte? Er schloss gerade seinen Wagen ab. Durch ein Klopfen an der Fensterscheibe machte ich mich bei ihm bemerkbar. Sein Kopf fuhr hoch und er winkte. Ohne zu zögern, marschierte er zu mir.

»Hey, Sophie, wie läuft es denn so?«

»Könnte nicht besser sein«, begrüßte ich ihn und drückte ihm einen Schwung akkurat gefalteter Bettwäsche in die Arme, mit der er mir ins Gästeappartement folgte. »Danke fürs Halten.« Ich zwinkerte ihm zu und schüttelte das Laken auf.

»Bekommst du Gäste?«, fragte er sichtlich überrascht. Er ließ seinen Blick durch das Zimmer schweifen.

Die Einrichtung war mir ein bisschen peinlich, sie entsprach nicht mehr dem heutigen Zeitgeist. Statt eines hellen Holzfußbodens schützte grauer Nadelfilz gegen kalte Füße. Die Couch war noch im Stil des letzten Jahrtausends: grün gepunkteter Stoll auf geschwungenem Holz, das sich am vorderen Ende der Lehne wie eine Schnecke rollte. Das feine Strukturmuster der Gardine war auf das

Interieur abgestimmt. Ein helles Plissee wäre sicherlich tausendmal schöner. Andererseits kostete es auch ein kleines Vermögen.

Ich rollte mit den Augen. »Was denkst du denn? Ich beziehe aus Spaß das Bett?«

»Hast du dir das Angebot der Meyers durch den Kopf gehen lassen?«

Dieser Mistkerl. Dass er nur aus diesem Grund zu mir gekommen war, war klar wie Kloßbrühe. Ich presste meine Lippen aufeinander und fragte mich, woher er davon wusste. Kurz schaute ich auf und zog den Kissenbezug aus seiner Hand. »Natürlich.«

»Und?«

Gelangweilt zuckte ich mit den Achseln und riss ihm etwas zu ruppig das letzte Stück Stoff aus der Hand. »Nix und. Ich verkaufe nicht.«

Ralf massierte stöhnend seine Nasenwurzel mit Daumen und Zeigefinger. Fehlte nur noch, dass er wie ein trotziges Kind mit dem Fuß auftrat. »Sophie.« Er kam mit plötzlich sanftem Gesichtsausdruck auf mich zu. »Das ist eine super Chance für mich, … für uns, … für unser Dorf«, vervollständigte er schließlich den Satz.

»Vor allem für die Gewerbesteuer und den Tourismus.«

»Ja.«

Kopfschüttelnd marschierte ich ins Badezimmer, um es auf eventuelle Spinnweben zu kontrollieren. Nebenbei klemmte ich eine frische Toilettenpapierrolle auf den Halter, prüfte, ob sich noch genügend Seife im Spender befand, und zählte in gebückter Haltung die Handtücher durch.

»Du weißt, dass es hierbei um meine Mutter geht. Sie war immer schon sehr traditionell. Das Haus ist seit Jahrhunderten in unserem Familienbesitz. Ich wüsste wirklich nicht, warum sich das ändern sollte.«

»Es geht doch mehr um das Grundstück.«

Ich stoppte auf dem Weg in die im Wohnzimmer integrierte Küchenzeile. Ralf wäre mir fast in den Rücken gelaufen. »Wo ist der Unterschied? Du weißt genauso gut wie ich, dass das Haus abgerissen wird.« Mit festem Blick schaute ich ihm in die Augen. »Dich lässt das wirklich kalt, oder? Dir geht‘s nur um die Einnahmen.«

»Und die Arbeitsplätze.«

»Und meine Existenz?«, fragte ich mit erstickter Stimme.

»Mit dem Geld kannst du ’ne Weile leben, ohne dir Gedanken zu machen. In der Zwischenzeit suchst du dir einfach einen neuen Job. Im Kindergarten oder so. Da kann ich was für dich arrangieren. Du bist in dieser Richtung doch schon sozial engagiert.«

»Nur, weil ich einmal die Woche auf Josie aufpasse, heißt das nicht, dass ich meinen Beruf aufgebe. Und schon gar nicht das Haus!«

Bevor ich die Wohnung freigab, drehte ich die Rippenheizkörper auf und ein kleines Stückchen zurück.

»Meine letzten Ferienwohnungen hatten alle Fußbodenheizung.«

Ich seufzte. »Gerade in der Winterzeit hätte ich meinen Gästen gern eine Sauna angeboten, aber auf deine Unterstützung konnte ich ja nicht hoffen. Der Antrag für die finnische Sauna wurde kommentarlos abgelehnt.« Aufgebracht wedelte ich mit dem Finger vor seinem Gesicht. »Aber wehe, ein großer Name kommt um die Ecke und möchte hier an dieser Stelle, an der ich meine Kindheit verbracht habe und an der mein Herz hängt, ein Hotel errichten. Da ist alles möglich. Und alle Gremien stimmen zu. Merkwürdig.«

»Ach, Sophie.« Ralf massierte sich abermals die Nasenwurzel. »Wenn ich dich erinnern soll, ist kurze Zeit später dein Ölbrenner kaputtgegangen. Du musstest dein gesamtes Erspartes für eine neue Heizanlage ausgeben. Du solltest mir lieber dankbar dafür sein, dass du nicht in die Sauna investiert hast.«

Fassungslos fixierte ich ihn. Wie gern hätte ich ihm eine Menge böser Dinge an den Kopf geworfen, aber meine gute Erziehung verbot es mir, ihm die Krallen zu zeigen. Stattdessen atmete ich tief aus.

»Wenn dir keine zündende Idee einfällt, wie du das Haus modernisieren kannst, damit du wettbewerbsfähig bleibst, musst du ohnehin verkaufen.«

Ich zuckte mit den Achseln. »Dann werde ich mir den Käufer aber selbst aussuchen.«

»Wir als Stadt haben aber das Vorkaufsrecht. Wenn du verkaufst, kaufen wir, ob du willst oder nicht.«

Ach du Schreck. Das war mir gar nicht bewusst. Niemals durfte ich in die Situation geraten, mein Haus abgeben zu müssen.

»Und ehrlich, Sophie. Was wollen wir damit? Ist doch klar, dass wir es an die Meyers verkaufen. Selbst wenn die auf einmal kein Interesse mehr haben, weil sie zu lange auf den Spatenstich warten müssen, haben wir noch mindestens fünf andere Bewerber.« Er winkte gelassen ab. »Aber so weit wird es eh nicht kommen.«

Ich formte meine Augen zu Schlitzen. »Das hast du dir ja fein ausgedacht. Dennoch. So lange es geht, werde ich auf meinem Standpunkt beharren.« In Abwehrhaltung verschränkte ich die Arme vor der Brust und legte meinen Kopf schief. »Warum bist du eigentlich gekommen? Nur um mich zu ärgern?«

Stöhnend ließ er sich auf die Couch fallen. »Nein, eigentlich nicht. Ich wollte dir sagen, dass der Weihnachtsmann abgesagt hat.«

Entsetzt hielt ich die Luft an. »Was? O nein. Aber was ist mit den Kindern? Wir brauchen einen Darsteller.«

»Genau, so sehe ich das auch. Hast du vielleicht eine Idee?«

»Frag doch mal unseren Doktor Friedhelm Krug. Sein Neffe ist für solche Dinge doch bestimmt zu haben.«

Gedankenversunken nickte er und rieb sich dabei die Hände. »Das wäre eine Katastrophe, wenn wir niemanden für den Job hätten.«

»Wir haben noch mehr als eine Woche Zeit, Ralf. Bis dahin hat sich bestimmt jemand gefunden. Ich höre mich auch noch mal um.«

»Wir Schönbacher halten zusammen.« Er sagte es mit melancholischer Stimme.

Ich nickte, nur stimmte seine Aussage nicht mit dem neuen Bebauungsplan überein.

# Kapitel 4

## Lennart

ICH konnte es kaum glauben, dass ich tatsächlich auf dem Weg nach Schönbach war. Sobald ich in das Dorf rollte, umklammerte ich das Lenkrad so fest, dass meine Handknöchel genauso weiß hervortraten wie die schneebedeckte Kirchturmspitze.

Auch wenn ich überhaupt keine Lust hatte, in diesem Kaff zu versauern, im Grunde kam mir die Auszeit ganz recht. Nicht nur, dass ich mich nach meinen anstrengenden Arbeitstagen oft erschöpft fühlte, auch die anstehende Hochzeit bereitete mir Kopfzerbrechen. Sie bedeutete die Vollendung meiner über die Jahre hinweg geleisteten Arbeit, was aber nicht hieß, dass ich weniger zu tun haben würde, wenn Konrad mir das Geschäft überschrieb. Eher im Gegenteil. Wahrscheinlich verdoppelten sich meine Stunden. Ich schnaubte. Ach nein, das war kaum möglich. Der Tag hatte ja nur vierundzwanzig Stunden. Auf jeden Fall würde das aber bedeuten, dass Alexa und ich kein Privatleben mehr haben würden. Vor allem so kurz nach der Hochzeit war das sicher heikel. Die Hochzeit … Mein Magen zog sich zusammen. Die Pause hier in Schönbach tat mir bestimmt gut und half mir, mich an den Gedanken zu gewöhnen, bald ein Ehemann zu sein.

Weil ich mich stets auf meine *Klienten* und deren Umfelder vorbereitete, hatte ich vorsorglich meine dicksten funktionellen Winterklamotten eingepackt. Sogar eine Skihose befand sich in meinem Koffer, denn der Wetterbericht sagte reichlich Schnee voraus. Als ich heute Morgen gegen neun Uhr in Frankfurt gestartet war, hatte das Thermometer gerade mal ein Grad über null angezeigt. Hier in Schönbach sank die Temperatur bereits auf minus vier Grad.

Unter Konrads strengen Blicken hatte ich noch gestern Abend im *Talblick* eine Ferienwohnung für eine Woche angemietet. Ohne

Verpflegung! Lediglich einen Brötchenservice hatte ich zubuchen können. Eine Ikea-Tüte voll Instantnudeln verschiedener Geschmacksrichtungen sowie andere ungesunde Sachen, die ich ohne viel Aufwand zubereiten konnte, hatte ich vorsorglich eingepackt. Mein Magen schleifte nach vier Stunden Autofahrt auf dem Boden.

Im Schneckentempo fuhr ich durch das Zentrum des Örtchens. Alle Schaufenster waren mit goldenen Sternen geschmückt. An den Straßenlaternen hing altmodischer Weihnachtsschmuck in Form von Sternschnuppen. Allesamt waren mit Strom fressenden Glühbirnen versehen. Die Tempo-30-Zone gab mir Gelegenheit, noch ein paar Eindrücke zu sammeln, demnach hielt ich mich an die Geschwindigkeitsbegrenzung. Ohnehin wollte ich nicht mit meinem viel zu großen Auto in den schmalen Gassen auffallen.

Ah! Hier war also der Bäcker, von dem wahrscheinlich meine Brötchen geliefert wurden.

Ein altertümlicher Traktor querte die Straße und tuckerte davon. Eine rundliche Dame mit aufwendig toupierten Haaren führte ihren Dackel an der Leine. Ein älterer Mann mit Schiebermütze und Milchkanne unter dem Arm fuhr geradewegs mit seinem Drahtesel über die Brücke des schmalen Bachs, der sich idyllisch durch das Dorf schlängelte.

Im Gegensatz zu einer Stadt mit Fußgängerzone, Starbucks und riesigen Shoppingmalls gab es hier lediglich verschlungene, schmale Wege, die von Fachwerkhäusern umgeben waren. Mein SUV passte gerade so auf die Fahrbahn, ohne die gestrichelte Linie zu überfahren. Hier wollte niemand tot über dem Gartenzaun hängen. Ob es wirklich eine gute Idee mit dem Hotel war? So langsam zweifelte ich daran. Grübelnd bog ich an dem offensichtlich gerade frisch renovierten Rathausgebäude ab. Jedenfalls leuchtete die rote Farbe der Bohlen des Fachwerks feucht wie frisch gestrichen. Die Gefache waren so weiß wie der gerade gefallene Schnee. Das Gasthaus *zur Linde* diente, soweit ich das in der Schnelle beurteilen konnte, als Restaurant und das vermutlich unter dem Motto: typisch deutsche Speisen. Die Fenster oberhalb des Lokals deuteten auf Gästezimmer hin.

Ach, wozu das eigentlich alles? Das ganze Theater war einfach nur Mist. Ich würde da jetzt hochfahren, mich vorstellen, sagen, aus welchem Grund ich gekommen war, und der Talblick-Dame verklickern, dass ich erst wieder fuhr, wenn ich ihre verdammte Unterschrift unter dem Verkaufsvertrag lesen würde. Ich war ein Meister im Verhandeln.

»Sie befinden sich auf unebener Fahrbahn«, verkündete mein Navi, als ich die Dorfstraße verließ und auf einen feldwegähnlichen Pfad abbog. Meine Finger umschlossen das Lenkrad noch etwas fester und ich folgte dem schneebedeckten Streckenverlauf. Ich fuhr über die Kuppe. Vor dem mit Puderzucker bestäubten Wald präsentierte sich ein einfaches, gelb verputztes Jägerhaus mit Sprossenfenstern und braunen Balken. Es wirkte schon fast verwunschen in seiner einsamen Lage. Aus dem Schornstein stieg Rauch auf.

Ich drosselte noch mal die Geschwindigkeit. Beim genauen Betrachten des für uns interessanten Grundstücks bewegte sich eine Gestalt vor einer Tanne inmitten der weitläufigen Wiese. Ob das die renitente Besitzerin war?

Langsam tuckerte ich auf den Parkplatz. Eine der Buchten war wohl für mich reserviert. Jedenfalls hieß es auf der Website, dass jede der drei Wohnungen einen eigenen Stellplatz beinhaltete. Da dort kein anderes Auto stand, nahm ich den erstbesten.

Erschöpft legte ich meinen Kopf auf das Lenkrad. Auf was hatte ich mich da eingelassen?

Entschlossen straffte ich den Rücken, öffnete die Tür, stieg aus und gab ihr einen kleinen Schubser. Schmatzend fiel sie ins Schloss und ich schaute auf.

Atemberaubend. Dieser Ausblick war atemberaubend. Jetzt verstand ich, warum Konrad hier ein Hotel eröffnen wollte. Fasziniert von dem Bild des verschlafenen Dorfes im Tal und des Waldes ringsherum, atmete ich tief durch die Nase ein und füllte meine Lunge mit klarer Luft. In der Ferne erhob sich eine mit Pulverschnee bewaldete Anhöhe. Außer Stille hörte ich nichts. Hier konnte man ungestört seine Seele baumeln lassen. Das Konzept behagte mir immer mehr.

Mein Blick fiel auf den schwarzen Punkt, der sich nun auf mich zubewegte. Ich kniff die Augen zusammen. Vermutlich handelte es sich um eine Frau. Wahrscheinlich die Eigentümerin.

Den Trolley ließ ich vorerst im Kofferraum. Schließlich hatte ich vorhin noch vorgehabt, wieder abzureisen. Inzwischen war ich mir nicht mehr ganz so sicher. Keine Ahnung, ob ich mich in einer Stunde schon wieder auf dem Heimweg befand. Ich würde spontan über meine Verhandlungsstrategie entscheiden.

Mit raschen Schritten überquerte ich den Hof, stapfte über die weitläufige, gezuckerte Wiese, bis ich vor dem Michelin-Männchen stehen blieb, das meine Ansprechpartnerin sein musste.

Ein rehbraunes Augenpaar mit dichten, geschwungenen Wimpern schaute mich zwischen einem Schal und einer tief in die Stirn gezogenen Mütze an. Dem Anschein nach lächelte sie unter dem groben Stoff. Ein kaum zu erahnender Kranz bildete sich auf ihren Schläfen. Ja, diese Augen konnten nur einer Frau gehören.

»Guten Tag. Lennart Reuter«, sagte ich freundlich hinab und reichte ihr meine Hand zur Begrüßung.

Umständlich zog sie den groben Wollschal aus ihrem Gesicht. Auffallend sinnliche Lippen bildeten ein Lächeln. Ein herzliches Lächeln.

»Guten Tag. Sophie Schubert«, erwiderte sie mit einer engelsgleichen Stimme und schüttelte meine Hand mit mehr Druck, als ich erwartet hatte.

Wir schauten uns an, die Hände miteinander verschränkt, bis Frau Schubert sich aus der Verbindung löste.

Oje. Was sollte sie nur von mir denken, wenn ich sie anstarrte, als würde ihr eine zweite Nase wachsen? Was definitiv nicht geschah. Noch weniger ähnelte sie der Hexe von *»Hänsel und Gretel«*. Sie war wunderschön. Ohne Warze im Gesicht und ohne gebatikte Stola.

Nur schwer konnte ich mich von ihrem niedlichen Gesicht abwenden. Ich tat es dennoch. Mein Blick blieb an der Tanne hängen, an der eine kleine Trittleiter stand. »Brauchen Sie Hilfe beim Befestigen der Lichterkette?«

»Ehrlich gesagt, ja. Die Spitze ist viel zu hoch für mich. Ich müsste eigentlich eine richtige Leiter holen.«

Meine Mundwinkel bogen sich nach oben. »Das brauchen Sie nicht. Darf ich?«, fragte ich und lief die wenigen Schritte zu dem Baum. Ich klippte eine der vielen Kerzen auf die oberste Spitze, dann reihte ich sie immer weiter nach unten. Damit die Kabel sich nicht verhedderten, gab ich Sophie den Wust an grünen Schnüren. »Wenn Sie mir kurz das Ende der Kette halten könnten?« Ehe sie etwas erwidern konnte, legte ich ihr auch schon die kleinen Lämpchen in die behandschuhten Finger.

»Ich bin ein bisschen spät dran mit der Weihnachtsdekoration«, sagte sie, während ich die Tanne umwickelte. »Aber lieber später als nie.«

Die letzte Birne klemmte ich an den Zweig. Lächelnd drehte ich mich mit dem Stecker in der Hand zu ihr. »Wollen Sie den letzten Akt übernehmen?«

Lächelnd nahm sie mir das Ende ab und bückte sich, um den Stecker in eine Kabeltrommel einzuführen.

Der Baum erstrahlte ebenso wie ihr Gesicht. »Vielen Dank. Ohne Ihre Hilfe wären die Lämpchen noch nicht an ihrem Platz.« Ihr freudiger Blick blieb an mir hängen. Sie schien mich geradewegs zu scannen.

Obwohl ich wettertauglich angezogen war, bekam ich eine Gänsehaut.

»Na, kommen Sie.« Mit ihrem Kopf deutete sie zum Haus. Sie lief auch schon voran. Brav folgte ich ihr.

Sie drehte den Schlüssel, schob die Tür auf und trat ein.

»Scheuen Sie sich nicht. Kommen Sie, Sie frieren bestimmt.«

Plötzlich strich eine flauschige dunkelgraue Katze um meine Beine herum und blieb vor mir stehen. Miauend drehte sie ihren Kopf, dabei blinzelte sie mich mit ihren großen Augen an.

»Na, Mucki. Kannst du dich nicht überwinden rauszugehen?«, fragte meine Vermieterin das Tier mit weicher Stimme, während sie sich aus ihrem Winteroutfit pellte. Ordentlich legte sie ihre Skihose auf die unmoderne Heizung, den langen Mantel hängte sie an die Garderobe. Sie trug schwarze Leggings und einen Rollkragenpullover, der eng an ihrem Körper lag. Selbst Catwoman wäre über Frau Schuberts ideal ausgeprägte Hüften, die weiblichen Rundungen ihrer Oberweite sowie den knackigen Po eifersüchtig. Ich schluckte schwer bei dem Anblick, wie sie sich auf die Zehenspitzen stellte, um den Schal wie einen

Basketball auf das Hutbrett zu werfen. Er wickelte sich bis zur Hälfte wieder ab und baumelte herunter, was sie nicht zu stören schien. Dann erst zog sie ihre Mütze vom Kopf. Ihre braunen Haare glänzten wie eine frisch heruntergefallene Kastanie. Sie schüttelte sie kurz auf und lächelte aus ihrem herzförmigen Gesicht. Zu guter Letzt schlüpfte sie in eine beigefarbene, bis zu den Knien reichende Strickjacke. Ganz dicht schob sie sich an mir vorbei und ein zimtiger Duft zog mir in die Nase, dem ich kaum wiederstehen konnte.

»Mucki. Was ist jetzt? Du lässt ja die ganze Wärme raus.« Sophie bückte sich und streichelte die Katze zwischen den Ohren.

Noch einmal miaute das Tier in einem klagenden Ton, ehe es sich gemächlich erhob, abdrehte und schließlich in einem Zimmer verschwand. »Katze müsste man sein«, seufzte sie fast schon wehmütig. Dann richtete sie ihren Blick auf mich und strahlte mich an. Ich war völlig perplex, so schön war sie.

»Lennart Reuter. Ich bin von der …« Seit wann stammelte ich denn so? Und wieso kam mir der Name meines Arbeitgebers nicht über die Lippen?

Sophie fixierte mich, ohne ihr Lächeln zu vergessen.

Mir wurde ganz flau. »Äh …«, stotterte ich wie ein schüchterner Teenager. Ihre vollen Lippen glänzten im fahlen Licht und unter ihren geschwungenen Wimpern fächerte sich der Schatten des Flurlichtes auf.

Ich wollte nicht, dass sie mich hasste. Ich wollte nicht, dass dieses Leuchten aus ihren Augen verschwand und ich wollte in ihrer Nähe sein. »Lennart Reuter. Ich habe für eine Woche die Wohnung gemietet.«

»Ja, natürlich. Ich erwarte Sie schon.«

Stumm ergötzte ich mich an ihren rehbraunen Iriden.

»Ich hole Ihre Schlüssel«, sagte sie und drehte sich weg. Ihre Haare wirbelten herum, als sie durch die nächste Tür marschierte.

Was war nur mit mir los? Sollte ich ihr hinterher? Wie magisch angezogen, folgte ich ihr.

Nach wenigen Schritten befand ich mich im Wohnzimmer. Auf der Fensterbank lag Mucki und schnurrte vor sich hin. Neben dem

Miniaturfernseher flackerte der Ofen hinter einer Glasscheibe. Mit Sicherheit schaute Sophie nicht gern fern. Eher las sie viel in ihrer Freizeit. An der gegenüberliegenden Wand hingen unzählige eingerahmte Fotos. Ob es unhöflich wäre, wenn ich sie betrachtete? So konnte ich herausfinden, ob sie eventuell liiert war. Nun ja. Aus den Erfahrungen heraus lag die Verkaufsentscheidung nicht allein beim Eigentümer. Den Partner, das hatte ich aus vielen Verhandlungen gelernt, sollte man nicht unterschätzen.

»Darf ich?« Mein Finger zeigte auf die Schnappschüsse, während Sophie auf mich zukam.

»Sicher.« Lächelnd legte sie mir die Wohnungsschlüssel in die Hand.

Schweren Herzens löste ich mich von ihr und drehte den Kopf zu den Bildern. Hochzeitsfotos befanden sich nicht darunter. Sehr gut. Ich ließ meinen Blick weiterwandern. Eine Person fiel mir besonders auf. »Ist das Ihre Mutter?«, fragte ich und deutete mit dem Finger auf die Frau. Es musste so sein, denn die Ähnlichkeit war verblüffend. Die gleichen Haare, die gleichen Augen. Genauso attraktiv wie Sophie.

Sie stellte sich dicht neben mich. Wieder kitzelte der leichte Zimtduft meine Nase. »Ja«, hauchte sie. Ihre Augen schimmerten verdächtig. Zu allem Überfluss schlang sie ihre Arme um die Taille. Ihre plötzliche Zerbrechlichkeit schnürte mir die Kehle zu. Ich traute mich nicht weiterzubohren.

Unvermittelt knurrte mein Magen. Sophie schaute hoch und auf ihren Lippen zeichnete sich ein schwaches Lächeln ab. Mein Hunger hatte es geschafft, die unangenehme Situation zu retten. »Sie hatten bestimmt eine weite Anreise. Wie unhöflich von mir, Sie so lange warten zu lassen. Bestimmt wollen Sie Ihre Wohnung beziehen.«

»Äh, ja. Genau. Ich hole rasch die Koffer.«

Ich stellte meinen Koffer ab und blickte mich um. Unentschlossen stand sie im Rahmen. Das Zimmer war noch nicht einmal mit einer unserer einfachsten Suiten zu vergleichen, geschweige denn mit der Luxusklasse. Wie sollte ich ihr verklickern, dass das alles hier nach Jugendherberge aussah? Ich brachte es nicht übers Herz.

»Tja. Dann lasse ich Sie mal allein. Sagen Sie Bescheid, wenn irgendetwas nicht nach Ihren Wünschen ist.«

Mit einem gezwungenen Lächeln drehte ich mich zu ihr und nickte, woraufhin sie die Zimmertür sanft von außen schloss.

Ich setzte mich auf die Couch, vergrub mein Gesicht in den Händen und stöhnte. Was machte ich hier? Eigentlich hatte ich die alte Hexe Frau Schubert innerhalb weniger Stunden vom Verkauf ihres maroden Gebäudes überzeugen wollen, und nun saß ich, wie von Konrad verlangt, undercover in meiner Unterkunft und himmelte Sophie an, was überhaupt nicht geplant gewesen war. Wie in aller Welt hatte das passieren können?

# Kapitel 5

## Sophie

ICH schlang mir die Strickjacke fest um die Taille und hielt Mucki die Haustür auf. Die Bäume und Sträucher ächzten unter der dicken Ladung Neuschnee, die heute Nacht die Umgebung in eine Welt aus Zuckerguss verwandelt hatte. Gelbe Lichtpunkte schimmerten unter dem aufgehäuften Schnee der Tanne. In der aufgehenden Sonne glitzerten die Eiskristalle wie Miniaturdiamanten.

Bevor Mucki sich entschied, in die zugeschneite Welt hinauszuspazieren, hielt er seine Schnurrhaare in die Luft. Er schnupperte, miaute, tippte mit einer Pfote auf die aufgetürmten Flocken, die wie ein weiches Kopfkissen vor ihm lagen, und hüpfte dann hinaus. Grinsend sah ich ihm nach. Ehe ich die Kälte wieder aussperrte, entdeckte ich, wie Lennart sein Handy in die Höhe hielt und ziellos auf dem Hof umherlief. Vermutlich suchte er nach Netz. Ach herrje. Hier oben gab es wirklich überhaupt keinen Empfang. Ob ich ihn darauf aufmerksam machen sollte? Hoffentlich nahm er nicht Reißaus. Er war nett und gut aussehend noch dazu. Seine blauen Augen hatten mich sofort in den Bann gezogen, als er gestern vor mir aufgetaucht war. Wegen seiner fast schwarzen Haare stachen sie auffallend hervor. Noch dazu war er groß, und große Männer waren meine Schwäche. Leider hüpfte mein Herz bei diesem Typ Mann jedes Mal höher. Schwarze Haare, hochgewachsen und athletische Figur. Wie meine letzte Enttäuschung. Allerdings hatte der Kerl Anzughose und Krawatte getragen und nicht gefütterte Winterstiefel und Outdoorklamotten.

Obwohl ich natürlich nicht wollte, dass er schon am ersten Tag die Flucht ergriff, sollte ich Lennart vermutlich reinen Wein einschenken.

Ich schlüpfte in die Boots, ehe ich im Gehen den Reißverschluss der Daunenjacke zuzog.

Wie ein Storch stakste ich durch den wadenhohen Schnee. Hoffentlich dachte der Räumdienst an mich.

Lennart lächelte, als er mich entdeckte.

»Guten Morgen«, sagte ich und blieb vor ihm stehen. »Kann ich Ihnen vielleicht behilflich sein?«

»Guten Morgen, Sophie. Ich glaube, dass es eine Störung bei meinem Handy-Anbieter gibt. In der Wohnung sowie hier draußen habe ich kaum – besser gesagt – fast gar keinen Empfang. Das Passwort für das WLAN konnte ich leider nicht finden.«

Seine gepflegten weißen Zähne blendeten mindestens genauso wie der Schnee. Eine leichte Röte spürte ich auf meinen kalten Wangen bitzeln. »Oh, nach dem Passwort hat schon lange keiner mehr gefragt. Die meisten Urlauber genießen die Zeit offline, in der sie nicht erreichbar sind. Auf meiner Website werbe ich genau dafür. Digital-Detox und so.« Aus der Not eine Tugend machen.

Lennarts Mund klappte auf. Auweia. Wenn das nicht nach Abreise roch. Schnell sagte ich: »Aber wenn Sie es dringend brauchen, dann suche ich danach. Bestimmt liegt das Passwort bei meinen Unterlagen. Das ist gar kein Problem. Nur haben Sie lediglich im Haus Empfang. Hier draußen bricht er sofort ab.«

Gestern bei der Anreise waren sein Kinn sowie seine Wangen perfekt rasiert gewesen. Jetzt lag ein Bartschatten auf seinem Kiefer. Vermutlich dachte er, ich hätte nicht mehr alle Tassen im Schrank, so wie ich mich überschlagen hatte. Oje. Ich hielt die Luft an. Jetzt kam der Zeitpunkt, an dem er bestimmt seine gute Erziehung vergaß und mich runterputzte. Heutzutage auf Internet zu verzichten, war ungefähr so, wie ohne Auto in einem Dorf zu wohnen.

Ich schloss bereits die Augen, aber statt einer Beschwerde sagte er lediglich: »Wenn es Ihnen nichts ausmacht, sehr gern.«

Ein Stein fiel mir vom Herzen. Eine große Atemwolke stieg mit meinem Lachen auf. »Nein. Überhaupt nicht«, sagte ich, blickte zu ihm auf und schaute ihm tief in die Augen. In seinen blauen Iriden waren vereinzelt schwarze Punkte verstreut. Sie erinnerten mich an kleine Schokosplitter wie in einem Stracciatella-Eis. Er erwiderte meinen Blick und ein Lächeln zupfte an seinen Mundwinkeln. Mein Herz setzte kurz aus, ehe es im normalen Takt schlug. »Tja. Dann mache ich mich mal auf die Suche. Genießen Sie weiterhin Ihre freie Zeit.« Ich drehte mich um und stapfte ins Haus zurück. Wo könnte ich dieses Passwort nur haben? Mit knirschenden Schritten setzte Lennart mir nach. Mit seinen langen Beinen musste er sich wohl weniger abmühen, durch den wadenhohen Schnee zu laufen.

»Ihr Grundstück ist übrigens ein Traum. Pflegen Sie es allein?«

Versuchte er gerade herauszufinden, ob sich ein starker Mann an meiner Seite befand? Wenn er wachsam die Bildergalerie studiert hätte, wüsste er um meinen Beziehungsstatus. Aber wie auch immer, er war ein Gast. Aus Prinzip war es für mich ausgeschlossen, dass daraus mehr wurde, aber was sprach gegen einen kleinen Flirt? Schmunzelnd drehte ich den Schlüssel in meiner Haustür. »Ich liebe die Gartenarbeit, außerdem habe ich eine Menge Freunde, die mich unterstützen. Einen Tag lang im Herbst ist hier der ultimative Treffpunkt. Es wird gesägt, zerkleinert und natürlich auch gelacht. Der ganze Strauchschnitt wird gleich an Ort und Stelle geschreddert. Ein riesiges Spektakel. Am Abend wird gegrillt und gefeiert. Das ist fast schon Tradition.« Ich hängte den Daunenmantel an die Garderobe und schlüpfte aus den Boots. Lennart zog sich die Mütze vom Kopf und stopfte sie in seine Jackentasche. Seine dunklen Haare standen ihm strubbelig nach allen Seiten ab. Er bückte sich und schnürte sich wie selbstverständlich die Schuhe auf.

Merkwürdig, scheinbar fühlte er sich hier schon wie zu Hause. Sicherlich erwartete er von mir, dass ich ihm so schnell wie möglich den Zugangscode für das Internet beschaffte. Dementsprechend würde er mich wahrscheinlich erst in Ruhe lassen, wenn er ihn in den Händen hielt. Obwohl sonst selten Gäste meine Wohnung betraten, machte mir Lennarts Anwesenheit nichts aus. Ich durchquerte das Wohnzimmer, um in mein Arbeitszimmer zu gelangen. Dort fischte ich mir den Telefonordner aus dem Regal.

Im Türrahmen blieb Lennart stehen. Er schaute sich interessiert um. »Die Urlauber fühlen sich an dem Tag im Herbst bestimmt gestört, wenn es hier so laut ist.«

»Nein, gar nicht. Ich habe es auch schon erlebt, dass manche Gäste mit angepackt haben. Gerade Leute aus der Stadt kennen das Gefühl gar nicht, mit der Natur eins zu sein. Der Geruch von feuchter Erde und frisch geschnittenem Holz flasht sie total«, entgegnete ich und durchforstete Unmengen an Papier.

»Haben Sie gar keine Angst, allein hier oben? So weit abgeschnitten von der Zivilisation.«

Ich zog meine Augenbrauen zusammen, klappte die Akte zu und schob sie an ihren Platz zurück. Sein Verhalten war ziemlich merkwürdig. Konnte es etwa sein, dass … In stoischer Ruhe drehte ich mich zu ihm um und legte den Kopf schief. »Kommen Sie von einer Hotelgruppe?«

Aus Lennarts Gesicht wich jegliche Farbe. Er öffnete den Mund, klappte ihn wieder zu und fuhr sich durch die Haare. »Wie kommen Sie auf die Idee?«

»In letzter Zeit tauchen Fremde hier auf. Einige Unternehmen haben ein Auge auf mein Grundstück geworfen. Die sind so skrupellos und stehen einfach vor der Tür.«

»Ach, tatsächlich? Wie unangenehm.«

Hatte ich ihn aus dem Konzept gebracht? Er wirkte verlegen. »Eigentlich sehen Sie gar nicht wie ein Hotelier aus«, ruderte ich zurück.

»Ach nein?«, sagte er und atmete aus.

Lächelnd schüttelte ich den Kopf. »Der von der Rob-In-Gruppe hatte das Erscheinungsbild eines Versicherungsvertreters. Mit feinem Anzug, Schlips und Kragen.« Im Gegensatz zu dem besagten Typ trug Lennart einen flauschigen, braunen Pullover zu seiner gerade geschnittenen Jeans. Der Stoff seines Pullis wirkte so weich, dass ich ihm am liebsten wie Mucki über die Brust gestreichelt hätte.

Lennart zögerte. »Also, eigentlich bin ich …«, er stoppte in seinem Satz und ließ seinen Blick über das Bücherregal gleiten, bevor er zu mir zurückkam, »Projektmanager.«

»Interessant«, erwiderte ich. »Und Sie gönnen sich eine kreative Pause?« Noch während ich ihn fragte, zog ich die Schublade meines Schreibtisches auf und durchwühlte sie. Endlich wurde ich fündig. Wie einen Siegerpokal hielt ich das Pappkärtchen mit dem Internetzugang in die Höhe. Breit grinsend übergab ich es ihm.

Aus Lennarts Miene war nichts abzulesen. »Ja, ich … äh … brauche etwas Zeit für mich.« Er starrte auf den Boden, direkt auf den Papierkorb mit dem Brief darin. Seine Stirn war gerunzelt.

Ach herrje. Das war das Schreiben des blöden Meyer-Hotels. Das Logo sprang einem regelrecht ins Auge. »Die können mir gestohlen bleiben.«

»Sie haben ihn ungeöffnet in den Müll geschmissen?«

Schulterzuckend stob ich an ihm vorbei und nahm einen Schwung seines Aftershaves mit. »Ich werde nicht verkaufen. Da können die Meyers sich auf den Kopf stellen. Genauso wie der Bürgermeister«, setzte ich nach und rief mir die Unterhaltung mit ihm in Erinnerung. Grrr. Sofort bekam ich schlechte Laune. In der Küche setzte ich Teewasser auf. Lennart folgte mir immer noch auf dem Fuße.

»Gibt es einen Grund, aus dem Sie nicht verkaufen wollen?«, fragte er und sah sich um.

Die Landhausküche stammte aus meiner Kinderzeit, aus der Mitte der Neunzigerjahre. Ich erinnerte mich daran, als wäre es gestern gewesen. Unter den Augen meiner Eltern war sie von dem Schreiner aus dem Dorf aufgebaut worden. Meine Mutter war stolz wie Bolle gewesen. Auch wenn sie nicht mehr der Mode von heute entsprach, erfüllte sie ihren Zweck. Ich würde es niemals übers Herz bringen, sie auszutauschen. Lennart empfand sie bestimmt als unmodern.

»Es ist der Wunsch meiner Mutter, dass das Haus im Familienbesitz bleibt.« Meine Kehle schnürte sich zu, aber tapfer hielt ich die Tränen zurück. »Sie ist vor einem halben Jahr an Krebs gestorben.«

»Das tut mir leid.«

Ich nickte. Der Wasserkocher dampfte aus der Öffnung wie eine Lok in voller Fahrt, bevor er sich automatisch abschaltete.

Als ich eine Tasse von der Hakenleiste nahm, bemerkte ich, wie ein Auto auf den Hof fuhr. Mein Herz setzte für einen Moment aus. O nein. Nicht schon wieder. Das war bestimmt wieder irgend so ein Fuzzi von einem Wellness-Spa-Hotel-Resort oder wie auch immer die hießen.

»Bitte entschuldigen Sie«, sagte ich knapp und eilte in den Flur. Dort schlüpfte ich in meine Boots und zog meine Jacke über. Ich ignorierte mein vor Aufregung schlagendes Herz und ging angemessen höflich auf den Mann im Anzug und teuren Mantel zu. »Kann ich Ihnen helfen?«, fragte ich, meine Arme um die Taille geschlungen.

Er nahm den Aktenkoffer in die linke Hand und streckte mir die rechte entgegen. »Guten Tag. Ich bin auf der Suche nach Sophie Schubert.«

»Das bin ich«, sagte ich mit gestrafften Schultern, ohne seine Hand zu ergreifen.

Der Mann räusperte sich und richtete verlegen seinen Schlips. »Ich bin von der Messner-Hotel-Group und möchte mich gern mit Ihnen über Ihr Grundstück unterhalten.«

»Ich verkaufe nicht«, sagte ich und schob trotzig mein Kinn nach vorn.

»Wenn ich Ihnen vielleicht den Preis …«

»Nein.«

Der Mann lächelte überheblich. »Wenn Sie so freundlich wären und mir wenigstens eine Chance geben würden.«

»Gibt es Probleme?«

Überrascht drehte ich mich um. Zwischen Lennarts tief in die Stirn gezogener Mütze und dem aufgestellten Kragen loderten seine Augen, als würde ein Feuer darin brennen. Er musste sich in Windeseile angekleidet haben. Ganz dicht stellte er sich hinter mich, sodass sich unsere Jacken berührten, unsere Körper aber nicht. Mit seinem entschlossenen Auftritt wuchs meine Selbstsicherheit um ein gutes Stück. »Der Herr wollte gerade gehen.«

Der unverschämte Mann ließ sich jedoch nicht beirren. Statt sich von Lennart eingeschüchtert zu fühlen, streckte er nun ihm die Hand hin. »Wenn ich mich kurz vorstellen darf.«

»Dürfen Sie nicht«, entgegnete Lennart unmissverständlich.

Ich verkniff mir ein Lächeln.

Nun trat der Mann einen Schritt zurück. Er griff tief in seine Mantelinnentasche und zog ein Kuvert hervor, das er mir hinhielt.

In ablehnender Haltung ignorierte ich sein Angebot, indem ich den Kopf wegdrehte.

Unverrichteter Dinge steckte er den Brief zurück.

»Auf Wiedersehen«, forderte Lennart ihn mit fester Stimme auf.

Mit zusammengekniffenen Lippen stieg der Mann in sein Auto und fuhr mit mürrischem Gesichtsausdruck weg.

Erleichtert rieb ich mir mit dem Arm über die Stirn, als hätte ich gerade eine anstrengende Sporteinheit hinter mich gebracht. Ich drehte mich zu Lennart und legte meinen Kopf tief in den Nacken. »Danke«, murmelte ich und ergötzte mich an seinen blauen Augen, die nun überhaupt nicht mehr an eine Gewitterwolke erinnerten, sondern so rein funkelten wie ein kristallklarer Gletschersee.

Seine Mundwinkel bogen sich nach oben. »Der kommt so schnell nicht wieder.«

»Hoffen wir es.« Gedankenverloren rieb ich mir die Hände. Sie waren nicht nur von der Kälte eisig, sondern auch von der Aufregung. »Jetzt habe ich mir einen Tee verdient. Wollen Sie auch einen?«

Lennart betrachtete mich lange, ehe er mir eine Antwort gab. »Gern.«

Die Teebeutel wirbelten in den Tassen, sowie ich das heiße Wasser eingoss.

»Danke.« Er hielt seine Nase in den aufsteigenden Dampf, der einen Hauch von Zimt und Orange verströmte, und lächelte. »Riecht weihnachtlich.«

Ich führte den Tee an meine Lippen und schaute ihn über den Rand der Tasse hinweg an. Einen derart attraktiven Mann hatte ich lange nicht mehr in der Küche sitzen gehabt. Unauffällig ließ ich meinen Blick über seine gepflegten Hände gleiten. Er trug keinen Ehering. Innerlich jauchzte ich, ärgerte mich aber über meine viel zu hastige Freude. Er könnte genauso gut eine Freundin haben. Überhaupt, dass Lennart hier saß, war schon viel mehr. Sonst passierte das mit meinen Gästen nicht. Mir war es wichtig, vor meinen Urlaubern höflich distanziert aufzutreten. Eine derartige Zwanglosigkeit war völlig unüblich für mich.

»Kommt es sehr oft vor, dass Sie von Interessenten behelligt werden?«

»Ab und zu schon. Das zweite Mal innerhalb von ein paar Monaten.« Dennoch zweimal zu viel.

»Sie verkaufen nicht, weil Sie es Ihrer Mutter versprochen haben? Das ist wirklich eine nette Geste.«

»Natürlich hängt auch mein Herz daran. In meinen zweiunddreißig Jahren habe ich noch kein Weihnachtsfest woanders verbracht. Meinen Kindern möchte ich genauso viel Liebe und Geborgenheit geben, wie ich sie hier erlebt habe.«

»Sie haben demnach Kinder und sind verheiratet?«, fragte Lennart. Sein Blick glitt zu meinem nicht beringten Finger. »Ich habe gar kein Hochzeitsbild in Ihrer Galerie hängen sehen.«

Ihm war es aufgefallen. »Nein, nein. Ich bin nicht verheiratet, ich habe auch keinen Freund. Und Kinder habe ich auch nicht. Ich meinte das eher so, falls ich mal welche bekomme.«

Lennarts Blick klebte an mir, was mich ziemlich nervös machte. Irgendwann sagte er mit einem vagen Lächeln im Gesicht: »Verstehe.«

Würde jetzt der Zeitpunkt kommen, an dem Lennart mir seinen Beziehungsstatus kundtat? Wohl eher nicht. Jedenfalls blieb er, was das anging, stumm.

»Da haben Sie sich aber wirklich sehr viel aufgehalst. Ich will Ihnen da nicht zu nahe treten, aber wenn Sie in der Zukunft mithalten wollen, dann müssen Sie investieren. Das Mobiliar ist zwar zweckmäßig, aber wen wollen Sie denn damit beeindrucken?«

Ich spürte, wie ich innerlich zusammensackte. Dennoch versuchte ich, ihm meine Strategie zu erklären. »Schade, dass Ihnen meine Ausstattung nicht gefällt. Da kann ich wohl nichts machen. Sicher, es handelt sich hier nicht um das Hilton, dafür bin ja auch kein Hotel. Vielmehr möchte ich meinen Gästen Urlaub für wenig Geld anbieten. Wie Sie vielleicht festgestellt haben, bezahlen Sie weitaus weniger als in modernen, mit Fußbodenheizung ausgestatteten Wohnungen. Ich beherberge in der Regel Wanderer und junge Familien, die ohnehin nur zum Schlafen kommen und vielmehr im Wald und in der Natur unterwegs sind.«

Was war denn nun passiert? Noch vor Kurzem hatte ich gedacht, ich hätte einen Verbündeten vor mir sitzen, dem Glamour und Wasserbetten nicht wichtig waren. So konnte man sich täuschen. Mit einem Kloß im Hals erhob ich mich und atmete aus. Gespielt überrascht schaute ich auf die Uhr. »Oh, schon so spät. Sie haben bestimmt Ihren Tag verplant. In der Nachbargemeinde gibt es das *Bellevue* mit einer Therme. Die ist sicher nach Ihrem Geschmack.« Verstohlen wischte ich mir eine anrollende Träne aus dem Augenwinkel, bevor ich meine noch halb volle Tasse in die Spüle stellte.

Lennarts Stuhl scharrte auf den alten Dielen. Ehe ich mich versah, tanzte sein Aftershave in meiner Nase. Ganz nah stand er hinter mir und schaute mir über die Schulter.

»Es tut mir leid, wenn ich Sie gekränkt habe. Das war nicht meine Absicht. Ich wollte Sie nur darauf hinweisen, dass Sie trotz alledem mit der Zeit gehen müssen, wenn Sie konkurrenzfähig bleiben wollen.«

Ich schnaubte. Als ob ich das nicht selbst wüsste. Aber was sollte ich denn schon tun? Investieren konnte ich nur, wenn ich ausreichend Gäste bewirtete. Blieben sie aus, herrschte Ebbe in der Kasse und ohne Geld keine Investitionen. Ein Teufelskreis. »Ich weiß.«

»Läuft wohl gerade nicht so gut für Sie?«

»Ich schaffe das schon«, entgegnete ich. Das Geschirrtuch hängte ich an den Haken und kehrte mit der Hand getrocknete Brotkrumen zusammen, um sie in den Biomüll zu geben. »Im Sommer wird es voller werden. Im Winter ist ohnehin weniger los. Wer macht denn schon kurz vor Weihnachten Urlaub? Da kümmert man sich um die Vorbereitungen für das Fest: Besorgt Geschenke, schmückt den Baum, bummelt mit seinen Liebsten über den Weihnachtsmarkt.« Ich schloss den Abfalleimerdeckel und schaute auf, direkt in Lennarts Augen, die mich mit einer Mischung aus Hingabe und Faszination betrachteten.

»So sollte es jedenfalls sein, da haben Sie recht.«

»Und Sie?«, versuchte ich, von mir und meinen Problemen abzulenken.

Lennart zog sich ein Stück zurück und trank seine Tasse mit einem großen Schluck leer. »Ich … sammle mich noch für die anstehenden

Festlichkeiten.« Mit einem seltsamen Ausdruck im Gesicht stellte er seine Tasse neben meine und verabschiedete sich.

# Kapitel 6

## Lennart

DER glutamathaltige Instantnudelgeruch waberte noch von gestern Abend im Raum. Ich öffnete das Fenster und sog gierig die frische Luft ein. In der Ferne hob ein Reh den Kopf und wackelte mit den Ohren. Das Dörfchen lag verschlafen im Tal und erinnerte an meine Modelleisenbahn mit den täuschend echten Häuschen, die ich damals mit meinem Opa in vielen Stunden Mühe erschaffen hatte, weil mein Vater viel gearbeitet hatte. Als ich irgendwann weniger Interesse für dieses Hobby gezeigt und mich stattdessen lieber mit Mädchen und Jungen in meinem Alter verabredet hatte, war die Modellanlage genauso wie das restliche Mobiliar verstaubt. Das Haus war inzwischen verlassen, denn mein Vater lebte in einer Senioreneinrichtung. Der Vorschlag, ihn dort nach seinem Schlaganfall unterzubringen, kam nicht nur von mir. Auch Alexa hatte mich darin bestärkt, ihn in der Anlage einziehen zu lassen. Weder mein Vater noch ich mussten uns fortan um irgendetwas kümmern. All-inclusive gehörte zu dem komfortablen Ambiente genauso dazu wie die Möglichkeit, jederzeit Pflegeleistungen nach Bedarf abzustimmen. Anfangs hatte ich Bedenken gehabt. Mit seinen gerade mal knapp siebzig Jahren war er einer der Jüngsten in der Anlage für gehobenes Wohnen. Aber er fühlte sich wohl und es ging ihm gut. Hin und wieder besuchte ich ihn. Meistens zu Weihnachten.

Ich schüttelte die längst vergessenen Erinnerungen an die Eisenbahn und mein Elternhaus ab und beobachtete Sophie dabei, wie sie mit einer Schippe aus dem Keller kam und den Schnee wegräumte. Ich kannte sie erst seit gestern, aber was ich bereits festgestellt hatte, war, dass sie eine fleißige Person war, die mit Hingabe alles für den Erhalt ihres Grundstückes und Hauses tat. So ganz auf sich gestellt zu sein und nur auf die Hilfe der Dorfbewohner und Freunde zu hoffen. Respekt! Sie tat mir ein bisschen leid. Ich schüttelte den Kopf. Es ging hier nicht um sie, es ging hier um mich. Ums Geschäft. Um die Übernahme von Meyer Hotel & Resort Group International. Mein Traum war zum Greifen nah. Das sollte ich mir stets in Erinnerung rufen, wenn Sophie mich anlächelte. Aber wenn sich ihr sinnlicher Mund nach oben bog, hüpfte mein Magen mit.

Seufzend drehte ich mich weg. Es war an der Zeit, mich bei Konrad zu melden. Heute war schon Samstag. Immerhin hatte ich bereits die zweite Nacht hier verbracht und ich musste zugeben: So gut geschlafen hatte ich seit Langem nicht mehr. Die Matratze hatte sich entgegen meiner Vermutung, sie wäre durchgelegen, an meinen Rücken geschmiegt wie Alexas Körper, wenn sie sich an mich kuschelte. Was in letzter Zeit eher selten vorgekommen war. Außerdem hatte ich gut geschlafen, weil die Raumtemperatur sich hier wegen der schlechten Isolierung automatisch auf das optimale Raumklima herunterregelte. Zu Hause war es mir immer viel zu warm im Schlafzimmer, weil Alexa eine echte Frostbeule war.

Das Freizeichen ertönte, während ich das Reh beim Wegspringen beobachtete und schließlich mit dem Blick an Sophie hängen blieb. Körperliche Arbeit schien ihr nichts auszumachen. Sie bewegte sich geschmeidig wie eine Katze, trotz des vielen Neuschnees.

Konrad meldete sich endlich.

»Lennart, ein Lebenszeichen von dir. Wie schön. Läuft alles nach Plan?«

Natürlich. Wie hatte ich annehmen können, er würde sich nach meinem Befinden oder der Anreise erkundigen? »Ja.« Ich fuhr mir über den Nacken und drehte mich vom Fenster weg.

»Und? Warum verkauft sie nicht an uns? Haben andere schon den Zuschlag erhalten?«

Du meine Güte, wie sollte ich ihm erklären, dass es hier um ideelle Werte ging? Das würde er niemals verstehen. »Nein, bisher hat keiner profitieren können. Ihre Mutter ist vor einem halben Jahr verstorben. Sie hängt noch an den Dingen. Aber ich würde sagen, sie steht mit dem Rücken zur Wand. Wenn ich ihr vorrechne, was für Investitionen auf sie zukommen werden, wird sie bestimmt aufgeben. Sie kann es sich schlicht nicht leisten.«

»Aha. Nun ja. Das sind zwar keine erfreulichen Neuigkeiten, aber auch keine schlechten«, hörte ich es aus der Leitung brummen. Er war ganz und gar nicht zufrieden.

Stöhnend schloss ich die Lider. »Im Moment kann ich dir nur sagen, dass es einige Interessenten gibt. Sie aber mauert.«

»Gut, gut. Streng dich ein bisschen an. Eine Woche ist schnell vorbei.«

»Sobald ich Neuigkeiten habe, melde ich mich.«

»Am besten mit Erfolgsnachrichten.« Bevor ich ihn wegdrücken konnte, sagte er noch: »Junge, es ist wirklich nicht zu viel von dir verlangt, einen mickrigen Kaufvertrag auszuhandeln, wo du doch im Gegenzug eine weltweit agierende Hotelkette in den Schoß gelegt bekommst. Halt dich mal ein bisschen ran.«

»Na klar, Konrad, das mache ich.«

»Ansonsten muss ich mir wohl ernsthaft Sorgen machen, ob ich den richtigen Entschluss gefasst habe, was die Übernahme anbelangt.«

Ich schwieg.

»Enttäusch mich nicht.« Und dann wurde die Verbindung unterbrochen.

Erschöpft legte ich den Kopf in den Nacken und schaute auf die weiß gestrichene Decke. Dann wählte ich Alexas Nummer. Ein bisschen Trost von ihr wäre nicht schlecht.

»Hi, Darling.«

Ich musste das Handy etwas vom Ohr nehmen, als ich ihre grelle Stimme vernahm. Sie wirkte abgehetzt und aus der Puste. Ihre Schuhe klackerten unter ihren schnellen Schritten.

»Hi. Bist du unterwegs?«

»Ja. Ich bin gerade in der Shoppingmall in Madrid.«

Meine Augenbrauen zuckten hoch. War das geplant gewesen? Daran konnte ich mich beim besten Willen nicht erinnern. »In Madrid?«

»Ja, die Reise ist mir ganz kurzfristig dazwischengekommen. Außerdem brauchte ich mal Abwechslung.«

»Ach so.« Dann hatte ich es doch nicht vergessen. Trotzdem war die Erkenntnis bitter. Während sich die einen das nahmen, worauf sie Lust hatten, mussten andere sehen, wie sie am besten über die Runden kamen. Das Leben war ungerecht.

Ich schaute wieder über den Hof. Der Postbote übergab Sophie gerade ihre Sendungen. Sie unterhielten sich kurz, beide lachten, dann verabschiedeten sie sich und der Wagen rollte vom Hof.

»Darling. Ich sehe gerade im Schaufenster die neue Kollektion der Alexander-McQueen-Handtaschen. Die muss ich genauer unter die Lupe nehmen. Kuss. Bis später. Bye.«

Stille.

Genauso wenig wie ihr Vater hatte sie sich nach meinem Befinden erkundigt. Stöhnend fuhr ich mir über den Nacken, mein Blick traf wieder auf Sophie. Ohne lange zu überlegen, stieg ich in meine Stiefel und zog mir im Laufen den Reißverschluss hoch. Ein bisschen Unterhaltung und Bewegung täten mir bestimmt gut. Ich könnte sie fragen, ob sie noch genügend Holz vorrätig hatte. Wenn ich ihr ein bisschen Arbeit abnahm, könnte sie durchatmen und ich könnte prüfen, ob wir diese Art von naturnahen Erlebnissen in unserem Hotel anbieten könnten. Begeistert von meinem Einfall hüpfte ich die Treppe hinunter.

Sophie unterbrach ihre Arbeit. Sie wischte sich über die Stirn und entdeckte mich. »Guten Morgen, Lennart. Haben Sie gut geschlafen?« Sie stützte sich auf den Stiel der Schneeschippe und lächelte. Kleine Atemwölkchen stiegen zwischen ihren glänzenden Lippen empor. Vermutlich hatte sie einen Fettfilm zum Schutz gegen die Kälte aufgelegt.

Ich verlangsamte meine Schritte. Obwohl ich heute schon mit Konrad und Alexa telefoniert hatte, war Sophie die Erste, die fragte, wie es mir ging. Umso schwerer fiel es mir, mich auf meine Taktik zu besinnen und sie auf die angeblich schlimmste Nacht meines Lebens aufmerksam zu machen. »Tja also«, fing ich an. »Ehrlich gesagt … Könnte es sein, dass Sie Marder auf dem Dachboden haben?« Sofort rutschte ihr strahlendes Lächeln ab.

»O nein. Wirklich? Haben Sie Geräusche gehört? Das tut mir so leid, wenn Sie deswegen schlecht geschlafen haben. Hach, wie unangenehm. Und dabei hat Micha erst im Sommer Lebendfallen aufgestellt. Und noch dazu alle Ritzen im Dach abgedichtet. Ich rufe ihn gleich mal an, ob es sein könnte, dass er irgendetwas übersehen hat.«

Entschieden lehnte Sophie die Schaufel an eine Mauer und eilte in Richtung Haus.

Entsetzt über ihren Aktionismus, jemanden nach Tieren gucken zu lassen, die es vermutlich gar nicht gab, und der mir eventuell auf die Schliche kam, das Haus madigzumachen, folgte ich ihr. »Wie wäre es, wenn wir gemeinsam den Dachboden anschauen würden? Es bringt doch nichts, diesen Micha zu beauftragen, ohne nach dem Rechten gesehen zu haben.

Sie verlangsamte ihre Schritte und blieb stehen. Ihr Kopf fuhr hoch, und sie sah mich durch ihre braunen Augen wie das unschuldige Reh auf Futtersuche an. »Micha würde es ohnehin als Freundschaftsdienst machen. Aber ich gebe Ihnen recht. Ich sollte nicht unnötig die Pferde scheu machen.«

Sie nahm meine Vorschläge an. Hatte ich sie so weit, dass sie mir blind vertraute? Wenn das so war, sollte ich dann einen Schritt weitergehen? Ohne meinen Blick von ihr zu nehmen, reichte ich ihr meine Hand und sagte: »Lennart. Wir sprechen uns doch ohnehin die ganze Zeit mit dem Vornamen an. Da stört doch nur das förmliche Sie.«

Sophie wirkte etwas überrascht, gar unschlüssig. Wir standen uns gegenüber und schüttelten uns die Hände. Ihr Mund formte sich mehr und mehr zu einem breiten Lächeln. »Sophie.«

Danach führte sie mich zu dem Dachbodenaufstieg. Sie öffnete die Luke mit einem langen Haken. Keinen Atemzug später klappte die Leiter auf.

»Lass mich lieber vorgehen. Wer weiß, was für gefährliche Tiere hier überall lauern.« Der Beschützerinstinkt, den ich gerade an den Tag legte, war mir neu.

Meine Augen mussten sich erst mal an die Dunkelheit gewöhnen, sobald ich oben angekommen war. Das Knarren der Leiter verriet, dass Sophie mir folgte.

»Der Lichtschalter ist am Schornstein«, sagte sie.

Der riesige leere Raum erhellte sich.

Ich brauchte nicht lange, um festzustellen, dass hier Plagegeister ihr Unwesen getrieben hatten. Ach herrje. In fast jeder Ecke lagen Kotspuren und Nahrungsreste wie Federn oder Knochen herum. Zu allem Überfluss stank es bestialisch.

Sophies eben noch von der Kälte gerötetes Gesicht glich dem eines Hausgeistes. Plötzlich rutschte mir mein Herz in die Hose. Damit hatte sie wohl nicht gerechnet. Ich, ehrlich gesagt, auch nicht. Selbst die Isolierung zwischen den Dachbalken war von den Tieren in Mitleidenschaft gezogen und angefressen worden. Ein Bild, das kein Hausbesitzer sehen wollte. Trotzdem musste ich mit meinem Plan weitermachen, wenn ich das Hotelimperium wollte.

»Das geht bestimmt in die Zehntausende«, murmelte ich beiläufig und schaute mich um.

»Ich verstehe das gar nicht«, sagte Sophie tränenerstickt und hielt ihre schmale Hand vor den Mund. »Micha hat mir versichert, jede Einschlupfstelle akribisch verschlossen zu haben.«

»Da muss ein Fachmann ran, nicht, dass es noch zu schimmeln anfängt.« Auch wenn ich Sophie genau dort haben wollte, nämlich kurz vor dem Aufgeben, tat sie mir unendlich leid. Ihre Schultern sackten ab. In ihren Augenwinkeln schimmerte es verdächtig.

»Micha ist ein Fachmann. Er arbeitet sonst immer gewissenhaft.«

»Freundschaftsdienste werden oft nebenbei gemacht. Mit einem Gefallen verdient man nichts. Um das hier auf Vordermann zu bringen, bedarf es mehr als einen Samstagnachmittag zwischen Mittagsschlaf und Sportschau. Tut mir leid, wenn ich das sagen muss, aber da solltest du dir eine Zweitmeinung einholen.«

Sophie nickte, ohne aufzublicken.

Auch wenn es genau mein Ziel war, konnte ich sie nicht derart mutlos sehen. Etwas in mir zerbrach. »Es gibt bestimmt eine Lösung, lass uns runtergehen und in Ruhe drüber nachdenken«, schlug ich ihr vor. Ich stellte mich direkt vor sie und legte meine Hand beruhigend auf ihre Schulter.

Sophie schaute an mir vorbei. Sie nickte. »Geh du vor. Ich knipse das Licht aus.«

Ihr aufgewecktes Wesen schien Sophie weggepackt zu haben. Gedankenverloren kauerte sie auf dem mit einem Kissen versehenen Holzstuhl und drehte die dampfende Tasse in den Händen.

In der Mitte des Tisches flackerte die Kerze des Adventskranzes. Getrocknete Orangenschalen, ein paar Walnüsse sowie eine Zimtstange schmückten die Tannenzweige. Der Tee verströmte einen Hauch von Spekulatiusaroma, wie es die Verpackung versprochen hatte. Der Kater steckte gerade seinen Kopf in den Napf und kämpfte mit einem für ihn viel zu großen Fleischbrocken.

»Gehts dir besser?«, fragte ich schließlich und vergrub die Nase in der Tasse.

Sophie atmete schwer aus. »Den Schock muss ich erst mal verdauen.« Sie schaute auf, und ihr Blick traf mich unvermittelt. Als würde sie nach einer Antwort in mir suchen, betrachtete sie mich eingehend. Oder sie fand gerade heraus, was für ein mieser Typ ich eigentlich war. Nervös rutschte ich auf dem Stuhl hin und her.

»Eigentlich kann ich dir noch dankbar sein, dass du mich darauf aufmerksam gemacht hast. Wer weiß, wann ich es gemerkt hätte.«

»Ja, so ein Glück.« Obwohl das ja nur aus der Luft gegriffen gewesen war.

»Vorhin hast du gesagt, du würdest den Schaden auf die Zehntausende schätzen. Hast du damit schon mal Erfahrung gehabt?«

Innerlich zuckte ich zusammen. Alle Gebäude, die mit dem Grundstücksverkauf an uns gegangen waren, waren ohne aufwendige Begutachtungen dem Erdboden gleichgemacht worden, damit ein neues Hotel dort glänzen konnte.

»Na ja. Ich kann mich erinnern, dass an meinem Elternhaus das Dach neu gedeckt werden musste und der Keller wegen der Feuchtigkeit neu isoliert werden sollte. Das ist allerdings schon ewig her, bevor ich …« Ich stoppte in der Erzählung. Jetzt bloß keinen Fehler machen und ihr die Kennenlerngeschichte von Alexa, den Meyers und mir erzählen. »Bevor ich wegen meines Jobs weggegangen bin.« Verlegen führte ich die Tasse an die Lippen und schaute Sophie über den Rand hinweg an. Ihre Augen ruhten wic gebannt auf mir. Sicher ahnte sie nichts von meinem Ausrutscher und wartete geduldig auf die Fortsetzung meiner Geschichte. »Ich kann mich aber erinnern, dass es ein Heidengeld gekostet hat. Seit mein Vater ins Seniorenheim gegangen ist, steht es leer.« Sophies erschütterter Blick ging mir durch Mark und Bein, sodass ich mir vornahm, ihn bald mal wieder zu besuchen. Für sie war es bestimmt unvorstellbar, den eigenen Vater abzuschieben. »Es geht ihm dort wirklich gut. Es fehlt ihm an nichts. Es war für ihn und für mich das Beste. Ich habe mich nicht wohlgefühlt, ihn nach seinem Schlaganfall allein zu lassen. Aber so ist es gut. Dort ist er unter ärztlicher Aufsicht.« Vielleicht könnte ich einen Umweg einplanen, wenn ich hier alle Zelte abbrach?

Sophie nickte. »Und das Haus? Hängst du gar nicht daran? Ich könnte jetzt schon heulen, wenn ich nur daran denke, es aufgeben zu müssen.«

Ich schüttelte den Kopf. »Nein.«

»Oh«, erwiderte sie und sah mich an, als würde ein Alien vor ihr sitzen.

Ich schmunzelte. »Das Verhältnis zwischen meiner Mutter und meinem Vater war irgendwann nur noch mit Streit verbunden. Selbst wenn Robert, mein Vater, bis tief in die Nacht gearbeitet hat und er wahrscheinlich vor Müdigkeit umgekommen ist, hackte meine Mutter auf ihm herum. Sie hat uns verlassen, wegen eines anderen. Ihre Verbitterung hängt in allen Wänden. Da war ich circa …«, ich wiegte meinen Kopf hin und her, »fünfzehn. Mir tat es nicht leid. Damit mein Vater nicht allein war, bin ich bei ihm geblieben. Ich dachte immer, dass er sich glücklich schätzen müsste, endlich von ihr befreit zu sein, aber nach der Trennung war er noch verschlossener, als er ohnehin schon gewesen war. Er ist auch nicht früher von der Arbeit gekommen. Eher im Gegenteil. Es wurde immer später. Mein Opa hat viel Zeit mit mir verbracht bis zu seinem Tod. So habe ich mich bis zum Abi durchgeschlagen. Zum Studieren bin ich dann weggegangen.« Das Glück hatte mich in die Arme von Alexa und dementsprechend in den Schoß der Meyer Hotel & Resort Group International geführt. Etwas Besseres hätte mir nicht passieren können.

»Ihr habt nie darüber gesprochen?«

»Mein Vater ist kein Mensch der großen Worte. Er schweigt gern alles aus.«

»Deswegen hast du keine schönen Erinnerungen an dein Elternhaus«, sinnierte Sophie.

»Zurückzugehen war nie eine Option für mich. Mein Lebensmittelpunkt ist jetzt woanders. Ich bin dann eher ein Stadtmensch.«

»Oh.« Sie schüttelte den Kopf und lachte. »Das bin ich definitiv nicht. Ich kann mir keinen schöneren Ort als diesen hier vorstellen.«

Mein Mundwinkel zuckte. »Das ist wirklich ein schönes Fleckchen Erde.«

»Wenn ich nachher ins Dorf fahre, sehe ich Micha. Ich werde mit ihm darüber sprechen. Vielleicht ist es gar nicht so schlimm. Wenn der Gestank erst mal verflogen und der Unrat entfernt ist …«

Diese Frau ließ sich so schnell nicht aus der Ruhe bringen.

»Wie hast du denn deinen Tag verplant?«, erkundigte sie sich und nippte an dem Tee.

»Ach, ich weiß gar nicht so genau. Kannst du mir ein Lokal empfehlen? Essengehen wäre nicht schlecht.« Keine Instantnudeln mehr.

Sophies Miene hellte sich auf. »Dann komm doch einfach mit. Wir treffen uns heute am späten Nachmittag im Gasthaus *zur Linde*. Vom Salat bis hin zum Fleisch kommt alles aus der Region. Ich kann dir das Restaurant wirklich nahelegen.«

»Okay«, erwiderte ich. »Was findet denn dort für ein Treffen statt? Nicht dass ich mit meiner Anwesenheit störe.« Oder mich jemand erkannte. Wobei selbst Alexa mich mit meinen ungewohnten Klamotten und meinem Dreitagebart nicht bemerken würde. Gott sei Dank gab es nur wenige Fotos von mir auf der Internetseite der Meyer-Gruppe. Und wer rechnete schon mit dem berühmtesten Hotelnachfolger hier in Schönbach.

»Quatsch, du störst doch nicht.« Sie winkte ab. »Jedes Jahr am dritten Advent findet unser Weihnachtsmarkt statt. Wir gehen noch mal die Vorbereitungen durch. Dieses Mal verkaufe ich selbst gemachte Plätzchen.« Ein eigentümliches Funkeln lag in ihren Augen. Sie fixierte mich. Lange. »Du bist perfekt!«, rief sie.

»Oh. Äh, danke.« Dass das vermutlich nicht einfach nur ein Kompliment war, wurde mir allerdings erst bewusst, als sie in sich hineinlachte. Ich fragte lieber nach. »Wofür?«

»Für den Weihnachtsmann. Bis jetzt haben wir noch keinen.«

Okay. Ob das nun wirklich etwas für mich war, bezweifelte ich. Wobei, anscheinend spielte ich meine Rolle als Spion schon hervorragend. Als Weihnachtsmann würde ich vermutlich noch den Oskar gewinnen. »Wann genau ist denn der Auftritt?«

»Nächste Woche Sonntag«, sprudelte es hoffnungsvoll aus ihr heraus.

»An dem Wochenende bin ich schon wieder abgereist.«

»Daran habe ich gar nicht gedacht.« Sophie stand auf, um Mucki über das Köpfchen zu streicheln. »Vielleicht findest du in der Zwischenzeit doch noch Gefallen am Dorfleben?«

»Vielleicht.«

Sophie fuhr weiterhin über Muckis Fell. »Warum sonst hast du eine Woche in dieser Gegend gebucht, wenn nicht ein Teil von dir genau das braucht?«

# Kapitel 7

## Sophie

NORMALERWEISE band ich meine Haare zu einem lockeren Pferdeschwanz zusammen. Aber heute bürstete ich sie und ließ sie offen auf meine Schultern fallen. Da ich ohnehin weitestgehend auf Make-up verzichtete, tupfte ich mir ein wenig Lipgloss auf die Lippen. Einen Spritzer des teuren Parfüms, das mir meine Mutter letztes Weihnachten geschenkt hatte, stäubte ich mir hinter die Ohren. Meine Wangen waren ohnehin leicht gerötet, Rouge wäre eindeutig zu viel des Guten. Entweder lag es an der Aufregung, weil Lennart mir zugesagt hatte, gemeinsam *zur Linde* zu gehen, oder meine Schweißausbrüche lagen an der ausströmenden Wärme des Kamins.

In letzter Zeit musste ich mir eingestehen, fühlte ich mich hier oben oft einsam, seitdem mir die Gäste ausgingen. Da war mir Lennart mit seiner netten Art und Umgänglichkeit eine willkommene Abwechslung. Dummerweise hüpfte mein Herz immer dann, wenn ich in seine Augen abtauchte. Er war lediglich Gast und würde bald auch schon wieder abreisen. Außer, dass sein Vater in einem Seniorenheim und er selbst wegen der Arbeit in der Stadt lebte, wusste ich nichts über ihn. Trotzdem fühlte ich mich sehr wohl in seiner Gegenwart.

Seufzend betrachtete ich mich ein letztes Mal im Spiegel und presste meine Lippen zusammen, um die Lippenpflege zu verteilen, bevor ich im Wohnzimmer die Kerze ausblies.

Draußen dämmerte es bereits. Gewissenhaft zog ich die Tür hinter mir zu. Die Tanne leuchtete unter ihrem weißen Niederschlag und der Lichterkette. Meine Kehle schnürte sich zusammen, wenn ich an die Zeit zurückdachte, als meine Mutter und ich gemeinsam den Weg in die Siedlung gelaufen waren, die von hier aus an ein Dorf in einer Schneekugel erinnerte.

»Hier bin ich«, sagte eine Stimme hinter mir. Ich drehte mich um. Lennart zog sich gerade Handschuhe über und lächelte. Seine Mütze hatte er tief in die Stirn gezogen, der Schal versteckte seine vollen, kussfreudigen Lippen. Seine blauen Augen stachen zwischen dem groben Stoff heraus.

Wieder dieser ungewöhnliche Schlag meines Herzens. »Dann können wir ja los.«

Wir liefen nebeneinanderher die Hände in die Jackentaschen gestopft. Kleine Atemwölkchen verschmolzen mit der klirrend kalten Abendluft. Die ersten Sterne funkelten in der Dämmerung. »Wenn es so kalt bleibt, dann wird es vorerst keinen Schnee mehr geben. Das kommt mir eigentlich ganz gelegen, dann bleibe ich wenigstens mobil. Außerdem will ich am Montag mit Josie Schlittenfahren gehen. Die Piste ist mittlerweile gut eingefahren.«

»Josie?« Lennarts Kopf fuhr herum.

»Die Tochter einer Freundin. Einmal pro Woche passe ich auf sie auf, wenn ihre Mutter lange arbeiten muss.«

»Ein Freundschaftsdienst sozusagen.«

Ich lachte. »Ja, ein Freundschaftsdienst.« Eine kurze Pause entstand, nur das Knirschen unter den Schuhen hallte in der angenehmen Stille wider, bis ich sie durchbrach. »Aber sag mal, du willst doch bestimmt die Gegend erkunden. Wie gesagt, die Therme in der Nachbargemeinde ist toll zum Entspannen. Oder du kannst eine Schneewanderung machen. Das ist superromantisch im verschneiten Wald.«

Lennart verzog das Gesicht und schaute stur geradeaus. »Ganz allein bezweifele ich, dass das romantisch ist.«

Ich schüttelte den Kopf. »Es geht doch nur um das Gefühl, das kann man auch allein haben.«

»Eigentlich fühle ich mich ganz wohl bei dir.«

Ich spürte seinen eindringlichen Blick auf mir ruhen. Eine kleine Explosion fand in meinem Herzen statt, deren Erschütterung in Wellen durch meinen Körper rauschte. »Trotz der Marder unter dem Dach?«, fragte ich, ohne den Blick von meinen Füßen zu nehmen.

»Ich sage dir dann morgen Bescheid, ob ich sie wieder tippeln gehört habe und sie die Nacht zum Tag gemacht haben.«

»Das wäre aber wirklich schade. Denn tagsüber bist du ja nicht zum Schlafen gekommen.«

Auch wenn die Dunkelheit viel von seinem Gesicht verschluckte, bemerkte ich, wie sich ein Schatten unter seine Augen legte. »Das stimmt wohl«, murmelte er und kickte mit der Fußspitze einen angehäuften Schneeturm weg. Die Kristalle funkelten in dem fahlen Licht der Laternen. Die Ruhe fühlte sich fast schon gespenstisch an.

Wir betraten das Gasthaus. Ich zog mir die Mütze vom Kopf und hängte meinen Mantel sowie den Schal an die an der holzvertäfelten Wand befestigten, polierten Messinghaken. Das Gasthaus spiegelte das wider, was der Name versprach: rustikales Ambiente. Eichenholzstühle mit einem ausgesägten Herz in der Rückenlehne reihten sich um die passenden, mit jeweils rot-weiß karierten Decken versehenen Tische. An einer Kette hängende Pendelleuchten im Stil einer Petroleumlampe spendeten diffuses Licht.

Um unseren Stammtisch herum saßen bereits alle Teilnehmer des von uns veranstalteten Weihnachtsmarktes. Während ich zielsicher auf einen der letzten freien Plätze zusteuerte und Lennart mir mit einer Geste zu verstehen gab, dass er sich auf den freien Platz etwas abseits von uns setzte, rief mir Gabi von der Theke einen Gruß zu.

»Hey, Sophie, wen hast du denn mitgebracht?« Zu ihrer rauchigen Stimme tanzten ihre schwarz bemalten Augenbrauen. Die langen goldenen Ohrringe reichten ihr fast bis auf die Schultern und wippten zu ihren Bewegungen. In der Hand hielt sie ein Weinglas und polierte es mit einem Geschirrtuch. Die Köpfe der Gäste drehten sich automatisch in Lennarts Richtung. Er nahm gerade an einem Zweiertisch Platz. Auf dem Fensterbrett neben ihm stand ein dekorativer, tiefroter Weihnachtsstern und vor ihm stand eine Kerze.

»Einen Gast«, erwiderte ich und zog den Stuhl an den Tisch heran. Automatisch fuhren die neugierigen Gesichter zu mir. Ich ließ mich nicht beirren und beugte mich über den Tisch. Direkt vor mir saß Micha. »Micha, ich habe wieder eine Marderfamilie auf dem

Dachboden wohnen. Kannst du morgen mal danach schauen? Die haben ganz schön gewütet.«

Vor meinem Bekannten stand ein Weizenbier mit einer perfekten Schaumkrone. Er griff danach und führte es an seinen Mund, dabei ließ er mich nicht aus den Augen. Sein Adamsapfel hüpfte. Nickend setzte er sein alkoholisches Getränk ab und wischte sich den Schaum von den Lippen. »Na klar. Montag nach Feierabend komme ich mal vorbei.«

Etwas enttäuscht lehnte ich mich zurück. Ob Lennart tatsächlich mit seiner Aussage recht hatte, dass derartige Freundschaftsdienste in der Regel nicht so gewissenhaft ausgeführt wurden? Aber was konnte ich auch von ihm verlangen, wenn er an einem Sonntag vorbeikam? Ich schenkte Micha mein schönstes Lächeln. »Danke, das ist wirklich lieb von dir.«

Gabi stellte mir derweil einen Pfefferminztee hin. Ihre schwarze Dauerwelle kam mir dabei ganz nah. »Das ist ja ein richtig Süßer, den du da mitgebracht hast.«

Automatisch glitt mein Blick zu Lennart hinüber. Meine Wangen bitzelten. Sobald ich ihn betrachtete, breitete sich ein Feuerwerk in mir aus. »Er ist bloß Gast bei mir.« Ich zuckte mit den Schultern, als ob es bedeutungslos wäre.

»Sehr gut«, feuerte Klaus, der Postbote, mich an. »Es geht wieder bergauf bei dir. Und die *Meyers von Spar-dir-das-Wellnessgedöns* können sich vom Acker machen.«

Ich grinste. »Ach, Klaus. Wie gut, dass du stets Bescheid weißt, von welchen Hotelbetreibern ich Post bekomme.«

Klaus‘ Mundwinkel sackten ab, während die anderen in schallendes Gelächter ausbrachen. Brummig legte er seine Arme auf die Tischplatte und drehte sein Bierglas. »Nach so vielen Berufsjahren bekommt man einen Blick dafür. Ich kann da nichts gegen machen.« Nachdrücklich schüttelte er den Kopf.

»Gegen deine schlechten Leberwerte wohl schon.« Mit einem breiten Grinsen im Gesicht fuhr der Zeigefinger des letzten Landarztes unserer Region mahnend in die Höhe.

Wenn Friedhelm bald seine Praxis altersbedingt aufgeben würde, müssten wir nach einem neuen Arzt Ausschau halten. Und da sahen wir alle schon mit Graus in die Zukunft. Bis jetzt hatte er noch keinen Nachfolger finden können, obwohl er sich wirklich anstrengte.

Nachdem der Lachchor abgeebbt war, wurde es ernst in der Runde.

Regine, die Ehefrau von Friedhelm und hoch angesehene Umweltaktivistin, sagte: »Wir sind uns da ja alle einig, dass wir hier im schönen Schönbach keine Wellnesshotels mit Spa-Bereich haben wollen, oder? Die vielen Urlauber vermüllen doch nur unsere Wälder. In der Nachbargemeinde ist das mittlerweile ein ganz großes Problem.«

Ehrfürchtig nickten wir.

»Ich sehe das ein bisschen anders«, sagte Gabi mit einem vollen Tablett in der Hand. »Für mich bedeutet das: potenzielle Gäste.«

»Täusch dich mal nicht, liebe Gabi. Die Menschen, die hier Urlaub machen, buchen doch eh das volle Programm. Mit Frühstück, Mittag- und Abendessen. Die werden sich nicht hier in deine Absteige verirren«, meldete sich Micha zu Wort und lachte ohne Scheu.

Das Raunen der anderen füllte den Raum.

Gabi verpasste ihm einen Schlag mit dem Geschirrtuch, ehe sie wieder hinter ihre Theke verschwand, um ihre Gläser zum Glänzen zu bringen.

Im Grunde hatte Micha aber recht. Wir Kleinen konnten doch gegen die Großen niemals anstinken.

»Seid unbesorgt. Ohne mein Einverständnis wird nichts gebaut. Jedenfalls nicht auf meiner Wiese.«

In dem Moment sprang die Tür auf und mit der einströmenden Kälte trat unser lieber Bürgermeister ein.

»Anderes Thema«, nuschelte Micha mit hochgeschobenen Schultern und festem Blick auf die karierte Tischdecke.

Bevor Ralf sich zu uns gesellte, ließ er seinen Blick durch das Lokal schweifen. Bei Lennart blieb er hängen, bis er schließlich seinen grauen Mantel aufknöpfte und ihn an den Haken hängte.

»Guten Abend, die Herren und die Damen.« Ralf hob die Hand und deutete Gabi seine Bestellung an. »Habe ich was verpasst?«, fragte er und rückte sich den Stuhl zurecht.

»Nee.« Klaus schüttelte den Kopf, dass seine durch das Alter herunterhängenden Wangen mitschwangen.

Grinsend steckte ich die Nase in meinen Tee. Über den Rand hinweg traf ich auf Lennarts Augen. Mein Bauch kribbelte ganz furchtbar und noch mehr, sobald sich unsere Blicke ineinander verknoteten und keiner von uns das Band zwischen uns kappte – bis ich angesprochen wurde.

»Was ist mir dir, Sophie? Hättest du Montag Zeit, vor Oma Giselas Haus den Schnee zu räumen und eventuell zu streuen?«

Ich löste mich schweren Herzens aus unserem Blickkontakt. »Klar, das passt. Bevor ich Josie aus dem Kindergarten abhole, kann ich das erledigen.« Meine Brauen schoben sich zusammen. »Aber warum macht Gert das nicht?« Sie selbst war mit ihren fast neunzig Jahren nicht mehr in der Lage, die Massen an Schnee zu räumen, aber ihr Sohn konnte das doch tun.

»Habe ich doch eben erklärt, weil Gert die nächsten Tage nicht da ist. Hast du gar nicht zugehört?«

»Äh. Ich war wohl gerade in Gedanken«, flunkerte ich. Mein Blick huschte erneut zu Lennart hinüber. Diesmal tippte er mit zusammengekniffenen Lippen etwas in sein Smartphone. Er wirkte angespannt. Hier unten im Dorf war das Internet zwar nicht besonders gut, aber immerhin hatte man Empfang.

»Ja, das ist wirklich gar kein Problem. Ich erledigte das.«

Ralf meldete sich zu Wort. »Bevor wir zum eigentlichen Punkt kommen, möchte ich euch noch verkünden, dass wir bis jetzt noch keinen geeigneten Weihnachtsmann-Ersatz haben.«

»Warum machst du es nicht, Ralf?«, fragte Micha und grinste.

»Weil ich die Ansprache halte. Und ich nicht an zwei Plätzen gleichzeitig sein kann.«

Alle anderen in der Runde hielten sich dezent zurück und schauten betreten zu Boden.

»Ich habe mich schon umgehört«, meinte Friedhelm und schüttelte den Kopf. »Ist wohl kein so angesehener Job. Mein Neffe hält sich auch noch zurück.«

»Es kann doch nicht so schwer sein, einen Weihnachtsmann aufzutreiben.« Regine spitzte ihren Mund und hielt sich zusätzlich den Zeigefinger an die Lippen. Dem Anschein nach grübelte sie, wie wir das Problem lösen konnten.

Wenn Lennart mich nicht daran erinnert hätte, dass er nächstes Wochenende längst abgereist wäre, hätte ich ein Ass im Ärmel gehabt. Aber ich hielt mich lieber zurück. Ich wollte niemanden überreden, noch dazu war er schließlich zum Erholen hier und nicht zum Arbeiten. Obwohl er ein perfekter Weihnachtsmann wäre, allein der Größe wegen. Unauffällig wanderte mein Blick abermals an Lennarts Tisch. Eine Portion Pommes mit einem großzügigen Schnitzel stand vor ihm. Seine gepflegten Hände umschlossen das im Licht reflektierende Besteck.

Ralf musste wohl meinen Blicken gefolgt sein. Er drehte sich, prüfte die Lage und kam direkt wieder zu mir. »Wer ist denn das?«

»Ein Gast von mir.« Mein Rücken straffte sich automatisch, als hätte ich behauptet, dieser attraktive Herr am anderen Tisch wäre mein Freund.

»Ein Gast?« Ralfs Augen weiteten sich abnormal.

»Was ist denn jetzt? Wollen wir nicht mal loslegen?«, erkundigte sich Micha und tippte nervös auf seine Uhr.

»Ab Montag werden die Buden aufgebaut, das kann ich euch schon mal sagen …«

Während Ralf den alljährlichen Ablauf gebetsmühlenartig herunterratterte, stellte ich mir vor, wie es wohl wäre, auf dem freien Platz vor Lennart zu sitzen und mit ihm ein Glas Wein zu trinken. Über was wir uns wohl unterhalten würden? Wenn ich doch nur mehr über ihn erfahren könnte. Aber er erschien mir wie ein wandelndes Geheimnis.

Die Stimmen um mich herum verschmolzen zu einem einzigen Brei. Zwischendurch ertönte ein lautes Lachen, sodass ich aus meinen Gedanken geholt wurde. Aber worüber sich die anderen amüsierten, ging an mir vorbei. Es war wie ein Fluch. Meine Augen fanden immer den Weg zu Lennart. Das imaginäre Stoppschild missachteten sie einfach.

»Dann ist ja alles besprochen«, beendete Ralf die Versammlung und stand auf.

Überrascht blinzelte ich. Dem Anschein nach bezog sich die Unterhaltungen nicht mehr auf den bevorstehenden Weihnachtsmarkt, sondern auf andere Dinge.

Regines Oberkörper beugte sich über den Tisch. »Alles in Ordnung mit dir? Du wirkst heute etwas abwesend.«

»Was? Nein. Ich … Mir sind nur ein paar Dinge durch den Kopf gegangen.« Und wieder ertappte ich mich dabei, wie ich zu Lennart hinüberstarrte. Sein Platz war leer. Mit einem gespielten Lächeln sah ich wieder Regine an. Die Enttäuschung, dass Lennart ohne Abschied gegangen war, versuchte ich zu ignorieren.

Regines gerunzelte Stirn veranlasste mich, nach einer weiteren Entschuldigung zu suchen. »Ich bin ein bisschen müde.« Das war auch mein Stichwort, aufzustehen. Den Stuhl schob ich unter den Tisch und drehte mich um. Unvermittelt kollidierte ich mit einer muskulösen Brust unter einem weichen Angora-Pullover. Sein holziger Duft spazierte geradewegs in meine Nasenflügel und bescherte mir Bilder vor meinem inneren Auge von einem Kaminfeuer mit einem Bärenfell davor. Darauf saß Lennart. Entsetzt über meine rege Fantasie schob ich die Bilder fort.

»Möchtest du gehen?«, fragte er mich mit einem zarten Lächeln auf den Lippen. »Wenn du noch einen Augenblick brauchst, warte ich. Bei der Dunkelheit würde ich dich nur ungern allein laufen lassen.«

Alle Mitglieder der Versammlung starrten uns an, als wären wir wahrgewordene Weihnachtselfen. Meine über die Jahre hinweg eingemotteten Schmetterlinge erwachten. Sie flatterten wie betrunken durch meinen Magen. Zu allem Überfluss spürte ich eine leichte Wärme in meine Wangen steigen. Ich löste mich von Lennarts eindringlichem Blick und steckte mir eine gelöste Haarsträhne hinter das Ohr. Ehe ich etwas erwidern konnte, rutschte Ralf zwischen uns und reichte Lennart die Hand.

»Guten Tag. Ralf Haas. Ich bin der Bürgermeister dieser netten Gemeinde. Sie machen Urlaub hier?«

Lennart wich einen Schritt zurück, fuhr sich über die Wange und streifte mich mit seinen Augen. Er wirkte etwas verlegen. Vermutlich fühlte er sich überrumpelt von unserem forschen Bürgermeister.

»Ralf, bitte.« Strafend funkelte ich ihn an.

»Was denn? Ich darf ja wohl noch unsere Gäste begrüßen«, entgegnete er und zu Lennart gewandt, sagte er: »Da haben Sie sich ein Traumplätzchen ausgesucht. Der Blick ist unvergleichlich.«

»Ja. Da gebe ich Ihnen recht.« Lennart fixierte mich.

Räuspernd legte ich mir erneut eine Strähne hinter das Ohr.

»Das freut mich wirklich, dass Sie sich für das *Talblick* und die Einfachheit entschieden haben. Wenn ich bedenke, wie viele Tausende Gäste über das Jahr gesehen in unserer Nachbargemeinde den Urlaub verbringen. In modernen luxuriösen Hotels. Nicht zu vergleichen mit der bescheidenen Ferienwohnung unserer lieben Sophie.«

»Was soll das Ralf?« Wieso redete er meine Ferienwohnungen schlecht?

»Nichts«, wiegelte er mit einem für einen Mann viel zu niedlichen Augenaufschlag ab. »Aber nur mal angenommen, genau auf Sophies Grundstück würde sich eine Hotelkette niederlassen. Mit allem Schnickschnack: Restaurant, Schwimmbad, geführte Wanderungen. Würden Sie dann nächstes Jahr wiederkommen?«

Eine Flut von Tränen türmte sich bereits hinter meinen Lidern auf. Konsequent schluckte ich sie hinunter. »Ich werde nicht verkaufen«, presste ich zwischen meinen Lippen hervor und ballte meine Hände zu Fäusten. Ralfs Taktlosigkeit ging eindeutig zu weit.

»Tja, so gesehen wäre ein Hotel an diesem Standort bestimmt eine Goldgrube.«

Entsetzt über Lennarts Aussage gefror mir das Blut in den Adern. Was zur Hölle? Und ich dachte, ich hätte einen Verbündeten an meiner Seite. Dass er mir jetzt in den Rücken fiel, obwohl er für mich diesen Interessenten von der Messner-Hotel-Group in die Flucht geschlagen hatte, war mehr als verwunderlich.

Mein Mund klappte auf und ich suchte in Lennarts Gesicht den Grund für seinen Verrat. Seine Augen hafteten entschuldigend an mir, während Ralf ihm den entworfenen Bebauungsplan kundtat. Mir fehlten die Worte. Hatte ich mich von seiner Freundlichkeit und seinem guten Aussehen täuschen lassen? Ja! So musste es sein.

»Sie gefallen mir.« Ralf boxte Lennart fast schon kumpelhaft an die Schulter.

Gabi stolzierte mit ihrem Tablett an uns vorbei und musterte Lennart argwöhnisch. Sie blieb bei mir stehen und flüsterte mir ins Ohr: »Hätte gar nicht gedacht, dass er mit Ralf einer Meinung ist. Im ersten Moment dachte ich, dass er von der anderen Sorte Mensch ist, die ohne Thalasso-Urlaub auskommen.«

»Das dachte ich auch«, murmelte ich. Immer noch entsetzt über die Tatsache, dass ich mich in Lennart getäuscht hatte, drehte ich den beiden den Rücken zu und eilte Micha nach. Er drückte bereits die Klinke herunter.

Ich folgte ihm. Die Kälte erschlug mich und es fühlte sich an, als hätte ich eine eisige Wand durchbrochen. Meinen Schal wickelte ich bis über das Kinn. »Micha, warte mal. Kannst du mir sagen, wann genau du nach den Tieren schaust?« Ich wollte keine Zeit verlieren.

»Mein Terminkalender ist voll. Aber ich verspreche dir, Montag direkt nach der Baustelle vorbeizukommen.«

»Es ist mir wirklich wichtig, Micha. Nicht, dass die Marder noch einen größeren Schaden anrichten.«

Sein Blick wurde etwas milder. Freundschaftlich legte er mir seine Hand auf den Arm und lächelte. »Keine Bange. Ich kümmere mich darum. Dafür sind Freunde doch da.«

Erleichtert lächelte ich zurück.

Die schwere Holztür fiel ins Schloss. Lennart stand in voller Größe vor dem Eingang. Mit zusammengezogenen Augenbrauen musterte er uns.

Michas Miene versteinerte jäh. Seine Kieferknochen traten markant hervor. Die Blicke, die die beiden sich zuwarfen, hatten nichts Freundliches. Sie mochten sich nicht. Diese Signale waren eindeutig.

Als hätte Lennart seine Verärgerung einfach abgelegt, kam er lächelnd auf uns zu. »Ich dachte schon, du wärst ohne mich nach Hause gegangen. Wollen wir?«, fragte er mich wie selbstverständlich.

»Nee, ich bleibe noch ein bisschen. Geh, wenn du magst.« Dann drehte ich mich weg, ohne ihm weitere Beachtung zu schenken, und nahm das Gespräch mit Micha wieder auf. »Sie waren sogar schon an der Isolierung.«

»Ich werde dich doch nicht allein den Weg laufen lassen.«

Verwundert drehte ich mich zu Lennart. Zwischen seine Nasenwurzel grub sich eine steile Furche.

»Oh, mach dir keine Sorgen. Seit ich denken kann, gehe ich allein nach Hause. Die Laternen spenden genügend Licht.«

Zu seinen zusammengeschobenen Brauen runzelte er zusätzlich die Stirn. »Ich würde es mir nie verzeihen, wenn dir etwas passieren sollte.«

Lachend stieß ich ihm mit der Faust gegen den Arm. »Was soll denn schon passieren?«

Lennarts Mimik verdunkelte sich zusehends und noch mehr, als er Micha mit seinem Blick streifte. »Immerhin hattest du gestern noch unangemeldeten Besuch.«

Ich neigte den Kopf und betrachtete ihn. »Wenn du dich bei mir nicht eingemietet hättest, würde ich doch auch allein laufen. Und wer kommt auf die Idee, mich am späten Abend zu besuchen?«

Lennart starrte mich an, als hätte ich ihm gerade offenbart, dass es in Wahrheit den Weihnachtsmann nicht gab. Er blinzelte, fuhr sich über das Kinn und nickte schließlich. »Tja, da kann ich wohl nichts machen.« Mit knirschenden Schritten zog er ab.

Erleichtert atmete ich aus. Mir war gar nicht aufgefallen, dass ich die Luft angehalten hatte. Dennoch tat es mir in der Seele weh, wie er mit hängendem Kopf davonschlurfte. Aber es war besser so. Ohnehin hatte ich die Grenze zwischen Gast und Gastgeberin längst überschritten.

Michas Mundwinkel hoben sich, sobald wir wieder unter uns waren. Wir schwatzten noch kurz. Friedhelm und Regine gesellten sich ebenfalls zu uns.

»Sophie«, fing Regine an. »Komm morgen Vormittag zu mir. Ich habe eine Überraschung für dich. Es ist alles bis in das kleinste Detail geplant.«

»Ach herrje. Verrat es mir bitte.«

»Was hältst du von einer Demo gegen das Bauvorhaben? Bei dir auf der Wiese.« Regine hielt die Luft an.

»Eine Demo? Mit selbstgestaltetem Banner?«

»Und mit einem Demospruch.«

»Kein Hotel aus Stahlbeton, weg mit dem Schuhkarton?«, reimte ich mir auf die Schnelle zusammen.

Friedhelm lachte. »Ja, so in etwa.«

»Wenn ich da nicht die Fechners gegen mich habe«, murmelte ich. Das Gefühl von Stolz und Zusammenhalt stieg in mir auf, allerdings waren da auch noch die aufkeimenden Bedenken.

»Also, spitz den Bleistift. Morgen zeigen wir es den Interessenvertretern.«

Das Ehepaar verabschiedete sich mit knirschenden Schritten.

Ich knabberte an meiner Wangeninnenseite und stellte mir bildlich vor, wie ich mit bunt bemalten Plakaten gegen den Bau von Nobelhotels protestierte.

In Lennarts Zimmer schien Licht, als ich die letzte Kurve einschlug. Er stand am Fenster, das Handy ans Ohr gepresst. Als er mich entdeckte und mich sicher zu Hause wusste, verschwand seine Silhouette. Eigentlich eine nette Geste von ihm, dass er mich nachdrücklich hatte begleiten wollen. Aber es half nichts. Die Enttäuschung war zu groß. Er hatte Ralf in seinem Wahn, hier oben ein Hotelgebiet zu entwickeln, unterstützt.

Mucki begrüßte mich mit einem klagenden Miauen, sobald ich die Tür aufschloss. Ein würziger Zimtgeruch streichelte mein angeknackstes Herz. Wie konnte ich nur so schnell jemandem mein Vertrauen schenken? Ich bückte mich zu meinem Kater hinunter und fuhr ihm über das flauschige Fell. Schnurrend lief er vorweg. Der Schlüssel klimperte, als ich ihn auf die Konsole legte. Im Wohnzimmer knipste ich das Licht des Weihnachtsbaumes an, dachte wehmütig an meine Mutter und ließ mich seufzend auf die Couch fallen. Unter der weißen Asche glomm die letzte Glut, bis sie irgendwann erlosch und mir die Augen zufielen.

# Kapitel 8

## Sophie

SELBST am nächsten Tag ärgerte ich mich noch über Lennarts Aussage: *»Ein Hotel an diesem Standort wäre bestimmt eine Goldgrube.«* Pah. Von wegen. Ich würde es allen zeigen! Entschlossen machte ich mich auf den Weg zu Regine. Sie und Friedhelm würden mich zu einhundert Prozent unterstützen.

Ich rollte in Regines Straße. Dort standen mehr Autos als gewöhnlich. Ob das mit ihrer Einladung zu tun hatte? Mit einem Schubs fiel die Tür schmatzend ins Schloss.

Ich klingelte. Keine Sekunde später öffnete Regine und zog mich in den warmen Flur. Sie tat geheimnisvoll. Ob sie verhindern wollte, dass ich gesehen wurde? Ein Stimmengewirr aus unterschiedlichen Tonlagen scholl durch den Flur.

Mit gerunzelter Stirn schälte ich mich aus meinem Mantel. Mütze und Schal stopfte ich in den Ärmel. »Hast du denn schon so viele Leute zusammentrommeln können? Hier hört es sich wie in einer Demo an.«

»Du wirst staunen.« Regine nahm meine Hand und führte mich in das überfüllte Wohnzimmer. Viele Fremde, aber auch bekannte Gesichter lächelten, als ich dazustieß. Überrascht hob ich den Arm zur Begrüßung. »Hallo, zusammen.«

Ein kollektives »Hallo« folgte.

»Für alle, die Sophie noch nicht kennen: Das ist unsere Betroffene. Dort, wo seit mehreren Jahrzehnten ihr Haus steht, soll ein Hotelgebiet entstehen. Mit Wellness-Angeboten und dem ganzen Kladderadatsch. Sie hat schon mehrere Anfragen von großen Hotelbesitzern bekommen. Wir sagen: Geht gar nicht. Die Tiere werden aus ihrer natürlichen Umgebung verdrängt. Wo sollen sie denn alle hin? Steht erst einmal eins dieser hässlichen Betongebäude, werden sie nach und nach den angrenzenden Wald in Beschlag nehmen. Und was bedeutet das wiederum? Genau. Abholzung, noch mehr Eliminierung natürlichen Lebensraums, Vermüllung der Natur. Und wir sagen …«

»Nicht mit uns!«, erscholl es im Chor.

Eine Gänsehaut breitete sich über meinen Körper aus. Ich hätte nie gedacht, dass sich in so kurzer Zeit so viele Menschen für mich verbündeten, noch dazu welche, die ich vorher noch nie gesehen hatte. Regine gab mir Hoffnung.

»Am besten wäre es ja«, sagte einer im Bunde, »wenn in dem Bereich zu schützende Tierarten leben. Du darfst noch nicht einmal einen Stein versetzen, wenn sich genau dort nachweislich zum Beispiel Mauereidechsen angesiedelt haben. Genauso gilt das für Frösche und Vögel.«

»Fledermäuse genießen ebenso Artenschutz«, hörte ich jemand anderen sagen.

»Ihr meint wirklich, ich habe eine Chance?« Verblüfft von so viel Leidenschaft ließ ich mich auf einen freien Stuhl sinken.

»Heutzutage machst du dich schon strafbar, wenn du ein Hornissennest auf eigene Faust entfernen willst«, sagte eine Frau, die in einem selbst gestrickten Pullover steckte.

»Okay, Leute, wie gehen wir die ganze Sache an?«, erkundigte sich Regine. Ihr Blick ging in die Runde.

»Es wäre schon mal gut, wenn die Naturschutzbehörde davon in Kenntnis gesetzt wird.«

»Kein Problem, das erledige ich. Das Fernsehen ist auch schon informiert«, meinte Friedhelm.

Zu mir gewandt, sagte Regine: »Kannst du dich um die Verpflegung kümmern? Heißer Tee und Punsch.« Ohne dass ich ihr eine Antwort gab, drehte sie sich weg. Lächelnd reichte sie einen geflochtenen Korb gefüllt mit bunten Edding-Stiften herum. Mit erhobener Stimme sagte sie: »Jeder von uns gestaltet Plakate. Ich habe alles schon bereitgelegt. Stoff und Pappe findet ihr in der Küche. Eindrucksvoll und aufsehenerregend sollen sie sein. Wir müssen das öffentliche Interesse wecken. Breitet euch aus.« Wie eine Erzieherin, die eine Horde Kinder aufscheuchte, wedelte Regine mit den Händen. Fehlte nur noch, dass sie »Husch, husch« sagte.

Ich zog die Kappe meines Stiftes ab, da kam Friedhelm mit fröhlicher Miene hereingeschneit. »In meiner Praxis habe ich eine Petition ausgelegt. Hier.« Auch mir übergab er einen Stapel Blätter. »Die kannst du an deinem Stand auslegen. Das ist ein gutes Instrument, um unser Begehren zu vertreten.«

Sprachlos beobachtete ich, wie alle Mitwirkenden ganz selbstverständlich auf dem Formular unterschrieben, bevor sie sich wieder ihren Plakaten widmeten.

»Wann soll denn die Demo stattfinden und wo?«, fragte ich. Ein mulmiges Gefühl stieg in mir auf. Hoffentlich gab das nicht zu viel Ärger. Befürworter für den Bau gab es zur Genüge. Hier im Dorf waren Stellen rar. Viele nahmen einen weiten Weg in Kauf, um an ihren Arbeitsplatz zu fahren.

»Montag!«, entgegnete Regine.

Morgen schon!? »Okay«, sagte ich gedehnt und zeichnete einen eckigen Klotz mit der Aufschrift *Hotel* auf die Pappe. Dann übermalte ich das grobe Gebäude mit einem roten X. War das eindeutig genug? Stolz zeigte ich Regine meinen Entwurf.

»Genau so etwas. Ich stelle mir das folgendermaßen vor: Wir positionieren uns in deinem Garten. Überleg dir schon mal, was du der Presse sagen wirst. Warum du das machst. Sag aber nicht, weil ich sonst pleitegehe oder Ähnliches. Die Leute sollen Mitgefühl für dich entwickeln. Sag eher so etwas wie: Aus alter Familientradition möchtest du das Haus nicht aufgeben. Du hängst daran. Schon deine Großmutter hat dort Zimmer vermietet.«

»So ist es ja auch. Angefangen hat es mit Wandergesellen. Irgendwann kamen junge Familien mit wenig Geld bei uns vorbei. Das ist schon Ewigkeiten her. Im Verlauf der Zeit haben meine Eltern die Zimmervermietung weiterentwickelt und angepasst. Mein Herz hängt daran. Ich habe es meiner Mutter noch am Sterbebett versprochen, es nicht abzugeben.«

»Perfekt. Das zieht. Diese Mitleidstour. Beispiellos. Etwas Vergleichbares hat es bei uns noch nie gegeben. Und nebenbei machst du noch ein bisschen Werbung.«

Ja, Regine hatte recht. Das könnte wirklich funktionieren. Mein Herz klopfte aufgeregt in meinem Brustkorb.

»Beiläufig kannst du natürlich noch die Sache mit der Natur erwähnen.«

»Mir tut es wirklich leid um die Rehe. Fast jeden Morgen begrüßt mich eins und lugt zwischen den Bäumen hervor.«

»Tja, das werden die Armen dann wohl nicht mehr machen können.«

Meine Bedenken waren verflogen und ich straffte meine Schultern. »Das Ökosystem muss geschützt werden, aber auch ich habe Anspruch auf Einklang in meinem Leben.«

»Aus dir wird noch 'ne richtige Kämpferin.« Regine legte mir die Hand auf die Schulter.

Wenn ich doch nur genauso stark in meinen Liebesangelegenheiten wäre. Na ja. Wenigstens war mein Tag heute so verplant, dass ich Lennart nicht unter die Augen treten musste.

# Kapitel 9

## Lennart

DEN gestrigen Sonntag hatte ich mit viel Arbeit und zu verschickenden E-Mails verbracht. Außerdem hatte ich mich über andere laufende Projekte erkundigt. So lenkte ich mich von Sophie ab. Den ganzen Tag über war kein Lebenszeichen von ihr zu hören gewesen.

Nun war Montag und bis jetzt konnte ich Konrad noch keine neuen Fakten hinsichtlich des *Talblicks* liefern. Bestimmt wartete er ungeduldig darauf. Ich sollte mich sputen. Auf weitere Drohungen verzichtete ich liebend gern.

Aber was waren schon seine Moralpredigten im Vergleich zu dieser herrlichen Aussicht.

Ich zog die Vorhänge zur Seite. Der Himmel leuchtete bilderbuchblau. Eine zusätzliche Schicht Schnee hatte sich eine Handbreit auf den vorhandenen gelegt.

Unmittelbar öffnete ich das Fenster und sogleich strömte kalte Luft in den Raum. Fast schon unerträgliche Stille zog mit jedem Atemzug in mich ein, dennoch hielten sich meine Kopfschmerzen vehement.

Bevor ich Konrad eine E-Mail schreiben würde, angelte ich mir die von Sophie hingehängte Brötchentüte von der Wohnungstürklinke. Die Kaffeemaschine, in die ich abgezähltes Kaffeepulver hineinlöffeln musste, empfand ich als zu umständlich. Zu Hause betätigte ich lediglich einen Knopf, um schnell munter zu werden. Nachdem mir Sophie Tee wieder schmackhaft gemacht hatte, stellte ich den Wasserkocher an.

Der heiße Dampf stieg empor. Ich schaute auf und beobachtete eine Menschentraube, die sich draußen auf Sophies Wiese positionierte. Was war denn hier los? Ein leises *Ping* erklang. Eine *WhatsApp* von Alexa. Ich löste mich von diesem merkwürdigen Zusammentreffen und widmete mich meiner Freundin. Mit ihrem geschminkten Gesicht und ihrer perfekten Frisur strahlte sie mich von einem Bild an. Aber der Fokus sollte sicherlich auf die hochgehaltene Handtasche gelegt werden. Die dritte neuerworbene in diesem Monat und Weihnachten stand noch bevor. Gewiss befand sich eine Weitere auf ihrem Wunschzettel, die zu ihrem eben noch gekauften Kleid passte. So lebte jeder seine Prioritäten aus. Während Sophie sich von einer Marderfamilie unter dem Dach in ihrer Existenz bedroht fühlte – und natürlich von skrupellosen Geschäftsleuten –, wussten manch andere nicht, wohin mit dem Geld.

Ich runzelte meine Stirn. Das Stimmengewirr wurde lauter. Ein Megafon? Ich legte das Handy beiseite und schaute neugierig aus dem Fenster. Das Blut gefror in meinen Adern. In der Zwischenzeit hatte sich ein Fernsehteam aufgestellt. Gerade interviewte es Sophie. Neben ihr stand eine Frau, die sich am Wortwechsel beteiligte. Andere Anhänger hielten bunt bemalte Plakate in die Höhe. Gegen was wurde denn überhaupt protestiert? Jemand drehte sich, sodass ich die Aufschrift auf einem der vielen Banner ohne Weiteres lesen konnte. Ich erstarrte.

*Wir wollen keine fetten Klunker, nieder mit dem Bettenbunker!*

Entsetzt drehte ich mich weg. Das war eindeutig gegen uns gerichtet. Verdammt. Wenn Konrad … Just in diesem Moment meldete sich mein Smartphone. Mein Schwiegervater in spe.

»Guten Morgen!«, rief ich gespielt gut gelaunt in den Hörer.

»Findest du?«, dröhnte es in meine Ohren.

Ich kniff die Lider zusammen. Er wusste Bescheid.

»*Bloß die Landschaft nicht verschandeln und auf Wellnesspfaden wandeln!*« Stille auf der anderen Leitung. Ein missbilligendes Zungenschnalzen folgte. »Ich vertreibe mir gerade die Zeit mit den Nachrichten. Was machst du so?« Ehe ich etwas erwidern konnte, sagte er: »Den Spruch finde ich noch viel besser: *Im Stadtrat sind nur Pannenglatzen, drum wollen sie noch mehr Matratzen!* Wirklich interessant, was sich alles auf meinem potenziellen Grundstück abspielt. Kannst du mir das vielleicht mal erklären?«

Ich unterdrückte ein Schmunzeln. Kreativ war die Truppe. »Keine Ahnung, was da gerade passiert. Ich wusste von alledem nichts.« Das entsprach der Wahrheit. Nach der Versammlung im Gästehaus *zur Linde* war Sophie nicht besonders redselig gewesen. Dabei war es doch nur eine dämliche Antwort auf eine dämliche Frage gewesen. Leider war ich mir inzwischen ziemlich sicher, dass ich sie mit meiner Aussage hinsichtlich des Hotels noch dazu ermutigt hatte, heute dieses völlig überzogene Theater zu veranstalten.

»*Diese Planung ist nur Quark, wir brauchen keinen Wellnesspark!*«, donnerte es in mein Ohr.

»Mach dir keine Sorgen, Konrad. Ich …«

»Bieg das wieder gerade!«, unterbrach er mich.

»Sicher. Ich tue alles, was in meiner Macht steht.«

Dann war die Verbindung unterbrochen.

Abgekämpft ließ ich das Handy sinken. »So ’ne Scheiße«, murmelte ich.

Im Verborgenen beobachtete ich die vielfältige Menschenmenge. Aus dem Augenwinkel sah ich, wie Ralf sichtlich aufgebracht vortrat, um dann wieder stampfend zu verschwinden. Er hatte von dieser Aktion wohl auch nichts gewusst.

Sophies Wangen waren leicht gerötet. Furchtlos versuchte sie, sich den Interessenvertretern entgegenzustellen. Wenn sie Glück hatte, würde sie in den nächsten Tagen sogar die eine oder andere Buchung erzielen. Eine bessere Publicity hätte sie gar nicht veranstalten können. Schmunzelnd drehte ich mich weg, um die Website des *Talblickes* genauer unter die Lupe zu nehmen. Sie war nach Standard aufgebaut. Nichts, was einen ermutigte, sofort auf *Reservieren* zu klicken. Die Fotos der Zimmer, der Ausblick auf das Tal. Ja sicher, alles schön und gut. Aber ohne Pep und das gewisse Extra. Sophie könnte noch mehr in ihre Vermarktung stecken, genauso wie sie den Dachboden ausbauen könnte, um noch mehr Räume zu schaffen – wenn sie genügend Kleingeld hätte. Aber wie es um ihre Finanzen stand, wusste ich. Und der Meyer Hotel & Resort Group International war das egal. Trotzdem tat es mir in der Seele weh. Ich wusste, wie sehr ihr Herz an dem Haus hing. Was machte ich hier überhaupt? Meine Absicht war klar definiert. Mitleid war kein guter Berater, wenn es um die Karriere ging. Um meine Karriere! Harte Arbeit steckte hinter Konrads schonungsloser Führung. Fehler durfte man sich nicht leisten, obwohl niemand vollkommen war. Ich ebenso wenig wie alle anderen Menschen auf der Welt. Passierte doch etwas Abweichendes, bebte die oberste Etage in seinem Bürogebäude. Lief alles nach Konrads Wünschen, nahm er es als gegeben und selbstverständlich hin. Ich schnaubte. *Mach kein großes Ding daraus. Du weißt, warum du hier bist und um was es letztendlich geht. Um die Zukunft.* So schnell wie möglich musste ich diesen Fehler ausbügeln. Und das hieße, viel Zeit mit Sophie zu verbringen, um ihr klarzumachen, dass das *Talblick* keine Chance hatte.

# Kapitel 10

## Lennart

DURCH das Surfen im Internet und die Arbeit zwischendrin, verging die Zeit wie im Flug. Es war bald schon Mittag, als die Demonstranten mit ihren Plakaten davonzogen. Das Einzige, was daran erinnerte, war der plattgetretene Schnee auf der Wiese.

Jetzt hieß es, nicht die Nerven zu verlieren und gute Miene zum bösen Spiel zu machen. Denn auf Konrads schlechte Laune und seine Drohungen konnte ich gern verzichten.

Hatte Sophie nicht gesagt, dass sie heute mit Josie Schlitten fahren wollte? Ich war es einfach nicht gewöhnt, *nichts* zu tun. Die Zeit rann mir durch die Finger. Entschlossen, nicht weiter Däumchen zu drehen, schlüpfte ich in die Stiefel, wickelte mir den Schal mehrfach um den Hals, setzte mir die Mütze auf und klingelte bei Sophie.

Sie öffnete nicht. Gedankenverloren drehte ich mich zu allen Seiten. Ihr Auto stand nicht da. Bestimmt war sie unterwegs, um Josie abzuholen. Entschlossen klappte ich den Kragen meiner Jacke hoch und eilte in das friedlich verschlafene Dorf.

Der Geruch nach verbranntem Holz stieg mir in die Nase. Die Gehwege waren vorbildlich geräumt worden, einige Anwohner befreiten den zum Teil vereisten Teer mit Sand. Freundlich grüßten mich die mir entgegenkommenden Dörfler. Ich erwiderte ihre liebenswürdige Art. Doch von Sophie keine Spur. Zwischen teilweise verfallenen Fachwerkhäusern und gut in Schuss gehaltenen Bauten bog ich an der nächsten Kreuzung ab und befand mich eindeutig auf dem Dorfplatz. Zu meiner Überraschung herrschte hier reges Treiben. Hand in Hand wurden die Buden für den Weihnachtsmarkt aufgebaut. Hämmern und Bohren störten die trügerische Besonnenheit der niedlichen, altwürdigen Kirche mit den reich verzierten Kunstwerken inmitten des Platzes.

Ob sich Sophie hier aufhielt? Neugierig drehte ich meinen Hals in alle Richtungen. Tatsächlich: Zwischen den vielen handwerklich arbeitenden Männern lugte Sophies Bommelmütze heraus. Sie lachte und zeigte den Arbeitenden ihren Daumen hoch, bevor sie zur nächsten Bude weiterzog. Von jedem wurde sie stets mit einem Lächeln im Gesicht begrüßt oder verabschiedet.

Meine Schritte beschleunigten sich automatisch, genauso wie mein Herz unverhältnismäßig schnell in meinem Brustkorb schlug. Vor ihr blieb ich stehen.

»Hallo, Sophie.«

Ihr eben noch vor Begeisterung sprühendes Wesen wechselte zu überrascht, gar zu zurückhaltend.

»Hallo, Lennart. Ich hoffe, wir haben dich nicht so früh geweckt heute Morgen. War ja eine Menge los bei mir. Wie hast du denn geschlafen?«, fragte sie mit einem aufgesetzten Lächeln. Ihre Herzlichkeit kam eindeutig nicht aus freien Stücken wie eben noch gegenüber ihren Freunden.

Das versetzte mir einen Stich in die Magengrube. »Ja, danke. Die Marder waren sehr rücksichtsvoll diese Nacht.«

Sophie nickte und quälte sich erneut ein Lächeln ab. »Gut zu wissen.« Ohne mir weitere Beachtung zu schenken, drehte sie ab und schlug einen schmalen Weg ein, der zwischen den rot gestrichenen Fachwerkhäusern hindurchführte. Seufzend folgte ich ihr. Sicherlich war sie noch wütend auf mich.

»Sophie!«, rief ich ihr hinterher. »Es tut mir leid, wenn ich dich verletzt habe. Es war doch gar nicht so gemeint. Der Bürgermeister hat mich nach meiner persönlichen Meinung gefragt und ich habe geantwortet. Das hat doch gar nichts mit dir oder dem Haus zu tun gehabt.«

»Ach nein?«, fragte sie und verlangsamte ihre Schritte. An einem kleinen Gebäude mit unmodernen beigefarbenen Gardinen blieb sie stehen und öffnete wie selbstverständlich das verbogene Garagentor. Flink schlüpfte sie hinein. Dem Anschein nach war vor langer Zeit ein Auto davor gerollt, dessen Schaden nie behoben worden war.

Mit einer Schneeschaufel und einem mit Sand gefüllten Eimer kam sie zurück, den sie mir einfach vor die Brust hielt. Das schabende Geräusch hallte von den Hauswänden wider.

Mein verloren gegangenes Vertrauen musste ich zurückgewinnen, egal was es kostete. »Ich habe mir vorhin mal deine Website angeschaut. Wenn du sie vielleicht noch ein bisschen aufpeppen könntest … Aber möglicherweise hast du mit deiner Demo ein Schneeballsystem aktiviert und du kannst dich bald vor Buchungsanfragen kaum retten.«

Sophie presste ihre von der Creme glänzenden Lippen zu einer schmalen Linie zusammen. Möglicherweise hatte ich einen wunden Punkt erwischt. »Danke, Lennart. Das ist wirklich nett von dir. Aber ich komme allein zurecht.«

Ich legte meinen Kopf schief. »Ach komm schon, Sophie. Gib mir eine Chance.«

Wie aufs Wort stoppte sie. Kurz sah sie mich an, um dann die Schaufel an den windschiefen Jägerzaun zu lehnen. Mit energischen Schritten kam sie auf mich zu und nahm mir den Eimer ab. Mit ausholenden Bewegungen streute sie den Sand auf den von ihr freigeräumten Bürgersteig. Danach brachte sie die Gerätschaften zurück. Sie klappte das Garagentor zu, stellte sich vor mich und legte ihren Kopf in den Nacken. Sie sagte nichts. Unsere Blicke trafen sich. Wirklich süß, wie sie so vor mir stand mit loderndem Blick und zusammengekniffenen Lippen. Ich wusste doch, dass sie in Wirklichkeit niemandem böse sein konnte. Ihr Wesen gab das nicht her. So hatte ich sie bis jetzt jedenfalls kennengelernt.

»Weißt du«, sagte sie. Plötzlich wich sie einen Schritt zurück und senkte ihren Blick. Von dem kleinen Teufel in ihr war nichts mehr zu spüren. Sie atmete tief aus, bevor sie ihren Kopf hob und mir fest in die Augen schaute. Ihre Wangen waren von der Kälte und der Anstrengung gerötet. Sie öffnete ihren Mund und kleine Atemwölkchen verließen ihren sinnlichen Mund. »Ich habe gerade den Eindruck, alles falsch zu machen. Ja sicher, vielleicht hast du recht, dass ich durch die Demo die eine oder andere Anfrage bekomme. Aber was glaubst du, wie begeistert Ralf von der Aktion war? Die Fechners ebenso wie die Müllers. Die einen sind für den Hotelbau, die anderen dagegen. Es liegt nur an mir, ob der Ort zu einem aufblühenden Erholungsort wird oder nicht.« Nachdrücklich tippte sie mit dem Zeigefinger auf ihre Brust, ohne mich aus den Augen zu lassen. »Hast du eigentlich ’ne Ahnung, wie mich das belastet? Selbst Gabi träumt davon, dass ihre Kasse klingelt, wenn ganze Heerscharen an Touristen eintrudeln. Und dann kommst du und gibst ausgerechnet demjenigen recht, der mich am liebsten mit einer Fackel und Mistgabel wie eine Aussätzige davonjagen will.« Sophies Augen schimmerten verdächtig, dennoch hielt sie meinem Blick stand.

Ich schluckte trocken. Ihre Sätze trafen mich wie schallende Ohrfeigen. Du meine Güte, was für ein Ballast auf ihren viel zu schmalen Schultern lasten musste. Betroffen ließ ich meinen Kopf hängen. »Sophie. Ich … Es tut mir leid. Mir war nicht klar, was ich mit der unüberlegten Aussage bei dir angerichtet habe.«

»Vielleicht war es auch mein Fehler, weil ich dachte, du wärst auf meiner Seite und du und ich, wir …«

Sophie kappte unsere Verbindung. Ihre ohnehin geröteten Wangen leuchteten wie der Weihnachtsstern auf der Fensterbank im Gasthaus *zur Linde*. Sie druckste herum und trat nervös von einem Bein auf das andere.

Ich schmunzelte. »Weil wir uns gut leiden können?«

»Ja«, sprudelte es aus ihr heraus. »Deswegen.«

Ich schloss die Lücke zwischen uns und legte freundschaftlich meine Hand auf ihren Arm. Ihr Kopf fuhr hoch und unsere Blicke trafen sich erneut. Sie verwoben sich zu einem einheitlichen Muster. Ihre rehbraunen Augen entfachten eine wohlige Wärme in mir, obwohl die Kälte bereits den Weg durch die Sohlen in meine Knochen gefunden hatte. Ich hielt den Atem an. Keiner von uns wagte wegzuschauen, bis es im Haus neben uns von innen an eine Scheibe klopfte und eine Hand zwischen unzähligen Grünpflanzen winkte.

So wie ich es von Sophie gewöhnt war, bogen sich ihre Mundwinkel nach oben. »Oma Gisela. Ich sage rasch noch Hallo.« Sie überlegte kurz, sichtlich hin- und hergerissen, und fragte dann: »Kommst du mit?«

Wie konnte ich da Nein sagen?

Sie schloss die Haustür auf und trat ein. Im ersten Moment dachte ich, es handelte sich um ein Museum. Der Boden war mit orientalischen Teppichböden ausgelegt, an den Wänden klebte eine Tapete mit grün-braunen Ornamenten. Ein Nierentisch stand vor einem mit hölzernen Armlehnen versehenen Sessel, der farblich perfekt zu dem Sofa passte.

Oma Gisela saß mit einer Zigarette in der Hand auf der Couch. Der Aschenbecher vor ihr quoll über. Mit geübten Griffen öffnete Sophie ein ohne Blumen dekoriertes Fenster und ließ frische Luft in das stickige Zimmer.

»Ach, Oma Gisela. Das haben wir ja gern. Wenn die Katze aus dem Haus ist, tanzen die Mäuse auf dem Tisch.« Gewissenhaft ließ Sophie ihren Blick durch den Raum schweifen.

»Welch hübschen Mann hast du mitgebracht, Sophie?«

»Das ist Lennart. Ein Gast. Lennart, das ist Oma Gisela. Sie ist die Dorfälteste.«

Lennart reichte ihr die Hand. »Es freut mich, Sie kennenzulernen. Damit ich das richtig verstehe: Ihr beiden seid nicht verwandt?«

Sophie lächelte. »Gut erkannt. Ihr Sohn Gert ist an manchen Tagen beruflich unterwegs. Wir haben uns aufgeteilt. Jeder ist mal dran, nach ihr zu schauen, damit sie keinen Unsinn treibt.«

Die Dame beugte sich etwas vor. »Neunundneunzig Jahre bin ich nun alt. Und die wollen mir mit aller Gewalt das Rauchen abgewöhnen.« Oma Gisela tippte sich mit ihren krallenartigen Fingern an die Stirn. »Als ob das jetzt noch was ausmachen würde. Sie geben auf mich acht, als wäre ich vier.«

Ich lachte.

Sophie hob eine leere Piccoloflasche von der altmodischen Anrichte und beäugte sie mit zusammengezogenen Brauen. »Oma, wenn Gert das sieht, bekommt er einen Herzinfarkt. Wo hast du die bloß her?« Kopfschüttelnd brachte Sophie das Altglas in die Küche und kam gleich darauf zurück.

Gisela hob ihre Schultern und lachte in sich hinein. »Möglicherweise habe ich den Milchmann bestochen.«

Sophie versuchte ernst zu bleiben, auch ich unterdrückte ein Lachen.

»Du bist und bleibst einfach unverbesserlich.« Sophie sperrte die viel zu kalte Luft wieder aus, indem sie das Fenster schloss. »Kann ich dir sonst noch irgendetwas Gutes tun?«, fragte sie und schüttelte das giftgrüne Kissen auf, das sie gleich wieder zurück in Oma Giselas Rücken steckte.

»Versprich mir, dass du diesen wirklich gut aussehenden Mann heiratest. Nicht, dass es jemand anderes tut.« Wieder schob Oma Gisela ihre Schultern hoch und lachte wie ein Kindergartenkind.

Nervös fuhr ich mir über die Wange, als Sophie mich mit ihrem Blick streife. Sie wusste natürlich nichts von meiner anstehenden Heirat und mir wäre daran gelegen, wenn es dabei blieb.

»Ach.« Sophie winkte ab. »Wer heiratet denn noch heutzutage. Du vergisst, dass wir uns im einundzwanzigsten Jahrhundert befinden. Die Zeiten sind vorbei, in denen wir Frauen uns von Männern abhängig machen. Wir stehen unseren eigenen Mann.«

Oma Gisela beugte ihren Oberkörper etwas nach vorn zu mir und grinste mich mit ihren Dritten an. »Ich war fast siebzig Jahre verheiratet und nie habe ich mich jemals von Wilfried – Gott hab ihn selig – abhängig gemacht. Unsere Ehe war stets auf Solidarität, Loyalität und Liebe gebaut.« Zufrieden lehnte sie sich zurück und nickte nachdrücklich. Ihre goldenen Clip-Ohrringe peitschten gegen ihre Wangen.

Sophie grinste und schlug Omas Beine fest in eine Decke ein. »Das wird knapp. Dann müsste ich schon hundert werden. Und noch heute meinem Traummann das Ja-Wort geben.«

»Pfarrerin Harpe wird das bestimmt hinkriegen. Geht ja keiner mehr in die Kirche. Sie kann euch zwischendurch reinquetschen. Ich könnte eure Trauzeugin werden.« Ihre Augen leuchteten wie der mit viel Glitter ausgestattete Adventskranz.

»Das ist eine fantastische Idee«, entgegnete Sophie. »Aber heute passt es leider bei mir nicht. Ich habe Josie versprochen, mit ihr Schlitten zu fahren.« Sie gab Oma Gisela einen Kuss auf die runzelige Wange. »Wir müssen dann auch. Nicht, dass sie noch warten muss.«

»O ja. Also, wenn du ihr das zugesichert hast«, eine tiefe Traurigkeit legte sich in Oma Giselas Augen, »das geht natürlich vor.«

Ich runzelte die Stirn. Automatisch wanderte mein Blick zu Sophie. Ihre Lippen waren zu einem schmalen Strich zusammengepresst. Sie deutete mir an, zu gehen.

# Kapitel 11

## Sophie

MIST. Ich war viel zu spät dran, dabei brauchte Josie ihre Routine. Das gab ihr Sicherheit im Alltag. Der Kindergarten lag zwar unweit von Oma Giselas Haus, dennoch musste ich mich sputen.

»Nimmst du mich nicht mit?«, fragte Lennart, der mir mit strammem Schritt folgte. Schließlich schloss er zu mir auf und schaute auf mich herab.

Ich wusste nicht, ob das eine gute Idee war. Josie begegnete Fremden gegenüber eher zurückhaltend. Eigentlich wäre es viel besser, ihn wegzuschicken. Zumal mein Herz schon wieder hüpfte, sobald er in meiner Nähe war. »Da muss ich erst Josie fragen.«

Lennart lächelte. »Kein Problem. Ich würde mich freuen, mit euch den Nachmittag zu verbringen.«

Wir eilten zwischen den Fachwerkhäusern hindurch und überquerten die Brücke, unter der sich idyllisch der Bach schlängelte. Unter der dünnen Eisschicht sprudelte munter das Wasser. Neben der Straße häufte sich der von dem Bürgersteig weggeschobene Schnee. Die von den Dorfkindern gebauten Schneemänner begrüßten uns in den Vorgärten.

Vor dem roten Backsteingebäude mit der Schaukel neben dem gusseisernen Tor blieb ich stehen. Der Kindergarten. Nachdenklich kaute ich auf der Innenseite meiner Wange. Es war eine Sache, ob Josie dafür oder dagegen war, wenn Lennart uns begleitete, aber ihre Mutter war eine ganz andere. Sie würde nicht begeistert sein. Er war fremd und könnte die zarte Verfassung der Vierjährigen wie ein Blizzard durcheinanderwirbeln. Unentschlossen, ob ich das durchziehen sollte, schaute ich hoch. Lennarts blaue Augen leuchteten zwischen seinen fast mädchenhaften Wimpern.

Zur gleichen Zeit öffnete sich die Eingangstür und eine Erzieherin trat mit Josie an der Hand heraus und übergab sie mir. Sie hatte mir die Entscheidung abgenommen. »Siehst du, Sophie ist schon da.«

Ich kniete mich zu dem Mädchen hinunter und strich über ihre Stupsnase. Eine blonde Strähne lugte unter ihrer rosafarbenen Mütze hervor. »Hallo, Josie. Wie war dein Tag?«

»Alles fabelhaft. Zu Mittag hat sie fast den ganzen Teller Spaghetti gegessen. Sie hat ein wunderschönes Winterbild gemalt. Mit dir auf dem Schlitten. Es ist noch nicht ganz fertig, deswegen lassen wir es noch hier.«

Ich richtete mich wieder auf und schaute auf Josie hinab, gleichzeitig griff ich nach ihrer Hand. »Da bin ich aber gespannt, was du Kreatives gezaubert hast.«

Simone, Josies Erzieherin, knotete fahrig ihren Pferdeschwanz, während ihre natürlich geschminkten Augen immerfort zu Lennart wanderten.

»Morgen holt Josies Mama sie wieder ab.«

»Dann weiß ich Bescheid. Viel Spaß, euch beiden.« Simone verschwand durch die Tür, bevor sie ein letztes Mal Lennart musterte.

Josies kleines Händchen umschloss meine Finger etwas fester. Sie zog an meiner Hand. Selbstverständlich beugte ich mich erneut zu ihr hinunter. »Josie, das ist Lennart.« Mit dem Zeigefinger deutete ich auf meine Begleitung. »Er möchte uns gern beim Schlittenfahren begleiten.«

Josies Kornblumenaugen schauten mich etwas hilflos aus ihrem blassen Gesicht an. Sie verzog ihren Mund und zuckte unschlüssig mit den Achseln.

Lächelnd rückte ich etwas näher an sie heran. Lennart sollte meine Worte nicht hören. Mit der Hand schirmte ich ihr Ohr ab und flüsterte: »Er ist nett und ich mag ihn.«

Automatisch musterte sie ihn. Sie fixierte ihn lange, bis sie schließlich nickte.

»Na, dann ist ja alles klar.« Erleichtert erhob ich mich und boxte Lennart freundschaftlich an die Schulter. »Ich hoffe, du weißt, auf was du dich eingelassen hast. Josie und ich, wir halten seit letztem Jahr den Streckenrekord.«

»Tatsächlich?«, fragte Lennart und zog überrascht seine Augenbrauen hoch. Seine Mundwinkel bogen sich nach oben. Er beugte sich zu Josie hinunter und hielt ihr die Hand hin. »Schön, dich kennenzulernen. Ich heiße Lennart.« Josie hingegen lächelte vage und schüttelte vorsichtig seine Hand.

Lennart wartete auf einen Gegengruß, aber ich wusste, der würde nicht kommen. Etwas verwirrt wegen ihres sturen Schweigens, versuchte er sie aus der Reserve zu locken. »Vielleicht können wir eine neue Bestleistung hinlegen, wenn du dich traust.« Josie begegnete Lennart lediglich mit einem Augenaufschlag, antwortete ihm aber nicht. Unverrichtete Dinge richtete er sich auf und sah mich fragend an.

»Josie spricht seit einem Jahr nicht mehr«, sagte ich lediglich, nahm Josie an der Hand und wir ließen den verdatterten Lennart zurück.

»Das Auto steht in der Nähe der Kirche. Wir fahren vorher heim, ziehen uns rasch um und schnappen uns die Schlitten.« Ich zwinkerte Josie zu. »Du hast doch sicherlich Lust auf einen Nachtisch.«

Sie nickte und strahlte mich mit ihren großen Kulleraugen an.

Josie und ich stärkten uns, und Lennart zog sich in seiner Ferienwohnung für die Schlittenfahrt wetterfest an.

Danach stapelte ich die Keksteller sowie die leer getrunkenen Kakaotassen auf der Spüle und Josie streichelte Mucki über das Fell. Ein leises, angenehmes Schnurren füllte die Stille, bis es an der Haustür klingelte.

Ich öffnete. Gut eingepackt in Skihose, Mütze und Schal grinste Lennart mich an. »Wir sind gleich so weit. Wir ziehen uns rasch auch noch an.« Auf Zehenspitzen angelte ich nach einem Schlüssel und ließ ihn in Lennarts Hand gleiten. »Du kannst schon mal die Schlitten aus der Hütte holen.« Ich zeigte auf das Bretterhäuschen.

»Kein Problem.«

Fasziniert schaute ich ihm nach, wie er mit festen Schritten davoneilte. Seufzend riss ich mich von seinem Anblick los.

»Josie. Wir ziehen uns jetzt an.«

Wie auf Kommando löste sie sich von dem Kater und kam in den Flur. Sie schlüpfte in ihren grellorangefarbenen Schneeoverall und zog den Reißverschluss geräuschvoll zu. Dann folgten Mütze, Handschuhe und Schal.

Ich schnallte mir den Rucksack mit Proviant um, nachdem ich mich ebenfalls dick eingepackt hatte. Die Tür zog ich hinter mir zu.

Lennart wartete geduldig mit zwei aufgestellten Schlitten auf uns. Sobald wir ihn erreichten, legte ich meinen Kopf in den Nacken und schaute in den zugezogenen Himmel. »Sieht nach Schnee aus. Wie angekündigt.«

Lennart schaute ebenfalls hinauf. »Und das, obwohl heute Morgen die Sonne geschienen hat.« Er schmunzelte und ließ von den grauen Wolken ab, um mich zu betrachten. Ein kleines Flämmchen loderte in meiner Magengegend, als hätte ich von einem Glühwein mit Schuss genascht. Ich kappte unsere Verbindung und nahm mir einen Schlitten. »Wie du siehst, ist die Lage nicht nur traumhaft, die Rodelpiste befindet sich auch direkt neben meinem Haus.«

Eine Handvoll Kinder fuhr bereits die etwas steilere Abfahrt für die Fortgeschrittenen hinunter. Wir würden allerdings den Abhang für die Kleinen nehmen.

Unter uns knirschte der Schnee, als wir den Weg über die Wiese der Fechners einschlugen. Mit hängenden Ohren wurde mir bewusst, dass es mit den Hotels keine Schlittenfahrten mehr geben würde, da blieb Lennart abrupt stehen. Das Seil in seiner Hand spannte sich verräterisch. Verwundert drehten wir uns um.

Josie hatte sich ohne Ankündigung auf Lennarts Schlitten gesetzt und grinste wie ein Honigkuchenpferd.

Lennarts Mundwinkel zuckten verdächtig, dann brach er in schallendes Gelächter aus, in das ich einstimmte. Schließlich setzten wir unseren Marsch fort. Dem Anschein nach merkte Lennart das zusätzliche Gewicht hintendrauf nicht. Mit konstantem Schritt stampfte er weiter.

»Gleich sind wir da.« Mit dem Zeigefinger deutete ich auf die kleine Anhöhe. Momentan waren wir noch die einzige Gruppe.

Josie sprang von ihrem Schlitten ab und lief voran. Lennart bekam etwas zu viel Schwung und taumelte, aber er fing sich mit gelassener Sicherheit. Grinsend stellte er den Schlitten ab. »Wollen wir ein Wettrennen machen?«

»Was sagst du, Josie? Wird er mit dem Rückschlag zurechtkommen?«

Josies Augen funkelten voller Tatendrang.

»Ich fahre mit Josie. Komm, Süße, setz dich nach vorn.«

Wir platzierten uns auf dem Holz. Ich setzte mich hinter Josie und Lennart fuhr auf sich allein gestellt.

Ich umschloss Josie am Bauch, mit der anderen Hand hielt ich mich an einer Sprosse fest. Meine Füße nutzte ich zum Lenken. »Auf die Plätze, fertig, los!«

Gleich zu Anfang fuhren wir uns einen Vorsprung ein. Lennart hatte wohl beim Start seine Schwierigkeiten gehabt. Um manche Hindernisse, in der Form von Senkungen und kleinen Mulden, zu umfahren, lenkte ich geschickt dagegen, was zulasten unseres Schwungs ging. Eine kleine Ladung Schnee spritzte uns ins Gesicht, als ich den linken Fuß zum Bremsen nutzte. Lennart schloss auf. Kopf an Kopf ließen wir uns ausfahren, bis wir schließlich am Ziel vor dem Graben ankamen.

»Gewonnen, gewonnen!«, rief ich euphorisch.

Josie stieg ab, schmiss jubelnd ihre Arme in die Höhe und hüpfte auf der Stelle.

Lennart blieb noch auf dem unbequemen Holz sitzen und lachte. »Von wegen. Das war eindeutig Gleichstand.«

»Was habe ich dir gesagt, Josie? Lennart ist ein schlechter Verlierer.« Ich nahm den Schlitten und zog ihn zu mir. Augenzwinkernd schaute ich auf meine Begleitung hinab.

Josie nahm ihre behandschuhte Hand und hielt sie sich vor ihren Mund. Ihr Rücken bebte vor Belustigung.

»Ich will eine Revanche.«

»Wollen wir sie ihm geben?«, erkundigte ich mich bei meiner Schlittengefährtin.

Josie nickte mit einem breiten Lächeln auf den Lippen.

»Aber erst müssen wir den Weg wieder hinauf.«

Obwohl wir uns tatsächlich auf dem weniger steilen Abhang befanden, rangen wir nach Luft, als wir oben ankamen.

Wir nahmen die gleiche Sitzposition ein. Ich zählte bis drei. Bevor ich jedoch bei der Zahl angekommen war, düste ich einfach los und ließ einen verdatterten Lennart zurück. Jedenfalls vermutete ich, dass er es war.

Da ich nun schon auf die Tücken der Bahn vorbereitet war, wusste ich, wo ich am besten und am schnellsten entlangfahren musste. Josie war eine beispiellose Mitfahrerin. Wir stoppten kurz vor dem Graben, wo offensichtlich schon viele Rodler ihre Reise beendet hatten. Von Ängstlichkeit in ihrem strahlenden Gesicht war nichts zu entdecken.

Auch Lennart kam nun endlich angefahren. Ich konnte schlecht aus seiner Mimik lesen. Er wirkte etwas verärgert. Kurz vor dem Graben blieb er stehen und erhob sich. Ob ich wohl doch zu weit gegangen war? Es sollte doch bloß ein Scherz sein. Niemals hätte ich gedacht, dass er derart griesgrämig darauf reagierte.

Mit eingefrorener Miene bückte er sich und formte mit der Hand einen Schneeball. Mit einem immer breiter werdenden Lächeln kam er auf mich zu.

Er würde doch nicht … »Lennart«, mahnte ich mit einem hysterischen Lachen. »Einseifen ist das Gemeinste, was man machen kann!« Ich tat einige Schritte rückwärts, bevor ich mich schnell umdrehte, um zu flüchten. Er meinte es wirklich ernst. Ich hörte ihn unmittelbar hinter mir. Obwohl ich alle Kräfte zusammennahm, war ich zu langsam. Er umfasste bereits meinen Arm und hielt mich davon ab, davonzulaufen. Plötzlich rutschte ich auf dem glatten Untergrund aus und der Schnee fing mich auf. Lachend und außer Atem drehte ich mich auf den Rücken und blickte direkt in Lennarts blaue Augen. Fast schon fanatisch funkelten sie mich an.

»Gemein? Du hast dir einfach einen Vorsprung verschafft. Das war hinterhältig.« Lennarts Grinsen zog sich über beide Wangen. Mit geschmeidigen Bewegungen hielt er mich fest, in der Hand hatte er den Schneeball.

Kichernd wehrte ich seinen Arm ab, aber er war stark. Ich spürte, dass er sich gar nicht anstrengte, während mir langsam die Kraft schwand. Resigniert legte ich meinen Kopf ab. »Okay, ich entschuldige mich, dass ich geschummelt habe.« Erneut schlüpfte mir ein Lachen aus dem Mund. Ich war nicht entschieden genug.

»Du sollst es schon ernst meinen.«

»Tue ich. Absolut.« Wieder lachte ich.

Mit seinem Grinsen hob sich seine mit Munition bestückte Hand.

Vorsichtshalber drehte ich mein Gesicht und schloss zudem die Lider. Ich war vorbereitet.

Eigentlich hatte Lennart jetzt Gelegenheit, sich an mir und meiner frechen Tat zu rächen. Doch als ich die Augen wieder öffnete, traf mich sein Blick. Wie ein Stromschlag ging er mir unter die Haut. Er keilte mich weiterhin mit seinen Knien ein. Sein Atem verlangsamte sich mit jedem Zug. Unsere Blicke verschmolzen miteinander wie winzige Kristalle zu einer perfekten Schneeflocke. Mein Herz wummerte heftig gegen die Daunen meines Mantels.

Lennarts Grinsen verschwand. Eine sanfte Ersthaftigkeit spiegelte sich in seinen Augen wider. Die Luft zwischen uns knisterte gewaltig. Ich müsste nur meine Hand heben, sie in seinen Nacken legen und mich an ihm hochziehen. Seine Lippen kosten, die in meinen Vorstellungen wie Plätzchen schmeckten und von denen ich niemals genug bekommen würde. Halt! Das ging eindeutig zu weit. Den mahnenden Zeigefinger meiner Mutter sah ich regelrecht vor mir. Verliere keinesfalls dein Herz an einen Gast! Dennoch kribbelte es in meinem Magen. Ich konnte dieses Gefühl einfach nicht abstellen.

Was er nicht wusste, war, dass Josie sich von hinten anschlich und Lennart mit einer dicken Portion Schnee einseifte.

Sein überraschter Gesichtsausdruck war zum Schießen. Zudem hob er seine Arme, als würde er sich ergeben.

Josie hielt sich ihre Hände vor den Mund und kicherte in sich hinein. Ich nutzte die Chance, um mich aus seinem *Gefängnis* zu befreien.

Lachend stand ich auf. Lennart hingegen blieb einfach sitzen. Unter seiner warmen Haut schmolzen die Kristalle und glitten von seinen Wangen. Resigniert schmiss er seinen perfekt geformten Schneeball hinter sich. Fast hatte ich Mitleid mit ihm und seiner vorgeschobenen Schnute.

»Ich befürchte, ich habe einfach keine Chance gegen euch pfiffige Damen.«

Obwohl ich Josie dankbar war, uns aus der innigen Situation gebracht zu haben, sodass ich vor seinem warmen Atem flüchten konnte, hielt ich ihm den Arm entgegen. Auch wenn seine Berührungen mir unter die Haut gingen.

Lennart umschloss meine Hand, doch anstatt sich von mir aufhelfen zu lassen, zog er mich übermütig zu sich herunter. Von seiner gepolsterten Jacke sanft aufgefangen, landete ich schwungvoll in seinen Armen. Er hatte mich wieder in die gleiche Situation gebracht. Absichtlich? Ob er ebenfalls wissen wollte, wie unsere Küsse schmeckten? Was ihm wohl durch den Kopf spukte, wenn er mein klopfendes Herz hörte? Er konnte es nicht ignorieren. Es schien zu zerspringen.

Unsere Nasen berührten sich fast. Unsere Münder waren nur Millimeter von einem Kuss entfernt, den ich mir eben noch herbeigewünscht hatte, der mich gleichzeitig aber auch alarmierte.

Sein Grinsen wich, wie sein Atem sich mit jedem Zug beruhigte. Die Augen flammten leidenschaftlich auf. Niemand von uns durchbrach die stille Verbundenheit. Er wollte es genauso wie ich. In gemächlicher Geschwindigkeit beugte ich mich zu ihm hinunter, mein Herz stand kurz vor der Explosion.

Mit einem Mal tippte Josie mir auf die Schulter. Erschrocken löste ich mich aus Lennarts Blick und zog meinen Kopf zurück und entfernte meine Lippen wieder von seinen, die sie fast berührt hätten. Ich blinzelte, als hätte Josie mich aus einem Traum geholt.

Mit einfachen Gesten deutete sie auf meinen abgestellten Rucksack. Bestimmt war sie durstig. Ich nickte. Daraufhin wandte ich mich an den unter mir liegenden Lennart, der, dem Anschein nach, keine Anstalten machte, sich zu befreien. Auch wenn ich den Moment am liebsten eingefroren und meine Lippen auf seine gedrückt hätte, richtete ich mich seufzend auf.

»Warte, Josie. Der Tee ist heiß. Ich helfe dir.« Meine Hände zitterten, dennoch füllte ich den Becher, ohne etwas zu verschütten. Aus dem Augenwinkel beobachtete ich, wie Lennart sich den Schnee von seiner Hose klopfte. Unter seinen Wangen mahlte sein Kiefer. Er richtete sich die Mütze, lächelte vage und schloss zu uns auf.

Ich hielt ihm einen Becher mit Früchtetee hin. Dankend nahm er ihn an.

War er unsicher? Er wirkte so. So etwas wie Traurigkeit hatte sich seit unserem Beinahe-Kuss in seine Augen geschlichen. Es waren nur Albernheiten. Auf keinen Fall sollte ich zu viel hineininterpretieren.

Josie zupfte an meinem Ärmel. Kniend schob ich mein Gedankenkarussell fort, sodass ich mich voll und ganz auf die Kleine einlassen konnte. Sie zeigte mir mit wenigen Gesten, dass sie einen Schneeengel machen wollte.

»Natürlich. Mach das.«

Fröhlich hopste sie weg von uns, legte sich lang gestreckt auf unberührten Schnee und ruderte mit Armen und Beinen.

Lennart stellte sich derweil direkt hinter mich, dass sich zwar unsere Jacken berührten, aber durch die Daunen kein Körperkontakt entstand. »Warum spricht Josie nicht?«

»Sie hatte einen schweren Autounfall. Ihr Vater ist dabei ums Leben gekommen. Sein Leichnam lag, bis Hilfe kam, eingequetscht zwischen Lenkrad und Sitz. Seitdem ist Josie stumm. Keinerlei Therapie schlägt an. Aber ich glaube fest an sie, dass sie irgendwann ihr Trauma überwindet und wieder spricht. Vor diesem schrecklichen Ereignis war sie ein ganz aufgewecktes Kind.«

»Und die Mutter? War sie bei dem Unfall nicht dabei?«

»Nein. Josie war das Wochenende über bei ihrem Vater. Sie waren beide auf dem Nachhauseweg, hierher nach Schönbach, als der Unfall passierte. Josie war in ihrem Kindersitz gut geschützt, aber für ihren Vater kam jede Hilfe zu spät. Die Feuerwehr musste ihn freischneiden. Von dem Auto war so gut wie nichts mehr übrig.«

Lennart schwieg. Lediglich die fröhlichen Stimmen der Schlitten fahrenden Kinder lagen in der Luft.

»Das ist tragisch.«

Ich nickte.

»Josie! Wollen wir noch mal ’ne Runde fahren?«, fragte ich, um von dem dramatischen Thema abzulenken. Schließlich waren wir zum Amüsieren hier.

Kopfschüttelnd kam sie auf mich zu. Sie tippte den Zeigefinger auf ihre Brust. Ich runzelte die Stirn.

»Du willst allein?«

Energisch nickte sie. Ein ungutes Gefühl wallte in mir auf. »Ich weiß nicht. Wir befinden uns zwar schon auf der weniger steilen Piste, dennoch ist sie nicht ganz ungefährlich. Schon allein wegen des Grabens.«

»Wenn du möchtest, warte ich unten auf sie und fange sie auf.«

»Das würdest du tun?«

Lennart schmunzelte. »Natürlich.«

Josies Kulleraugen leuchteten wie der Polarstern am Nachthimmel. Wie konnte ich da nur widerstehen?

»Einverstanden.«

Ich setzte Josie auf den Schlitten und fixierte ihre Füße auf die Kufen. Lennart stapfte bis an das Ende der Rodelbahn. Er hob die Hand und gab das Zeichen, dass er bereit war.

»Okay, meine Süße. Dann mal los.« Ich gab ihr einen kleinen Schups am Rücken. Der Schlitten nahm Fahrt auf, aber nicht so sehr, dass ich Panik bekam. Erleichtert winkte ich Lennart zu, er zeigte mir einen Daumen nach oben. Von seiner Seite aus schien alles gut zu sein.

Doch mit einem Mal driftete Josie ab. Sie nahm an Geschwindigkeit zu. Sie entfernte sich immer weiter von Lennart und dem geplanten Ziel.

Mein Herz rutschte in die Hose, als ich den Ernst der Lage erkannte. Automatisch rannte ich so schnell los, wie es mir der rutschige Untergrund erlaubte. Aus dem Augenwinkel beobachtete ich, dass auch Lennart losspurtete. Sie kam dem Graben immer näher, und im Moment war Lennart viel zu weit weg, um sie noch rechtzeitig aufzufangen.

»Josie!«, schrie ich. »Lass dich fallen!«

Im Grunde konnte nicht allzu viel passieren, selbst wenn sie samt Schlitten in die Mulde fiel. Aber was, wenn sie unvorteilhaft mit dem

Kopf aufschlug? Die Verantwortung lag bei mir. Ich hätte sie niemals allein fahren lassen dürfen. Meine Füße schlitterten über den festgefahrenen Schnee, trotzdem war ich nicht schnell genug, ebenso wenig wie Lennart.

»Du musst bremsen!«, krächzte er außer Atem. Trotz eines gekonnten Hechtsprungs verfehlte er Josie ganz knapp. Sofort rappelte er sich auf. Mit langen Schritten setzte er ihr nach. Bevor der Schlitten in den Graben fuhr, angelte er nach dem Kind, presste es fest an seinen Körper und ließ sich selbst auf den Rücken plumpsen.

Abgehetzt und außer Atem ließ ich mich auf die Knie fallen und zog Josie fest an mich heran. »Alles gut?« Mit der Hand tastete ich alles an ihr ab, um zu schauen, ob sie wirklich noch an einem Stück war.

Was für eine Aufregung. Ich überprüfte sie auf Schrammen, aber ihre Augen sprühten vor Begeisterung. Von Angst keine Spur. Eher im Gegenteil. Sie lächelte bis über beide Ohren.

Ein Stein fiel mir vom Herzen. »Ach, Josie.« Ich lachte, während mir eine Träne aus dem Augenwinkel rollte.

Lennart erhob sich und befreite sich vom Schnee. Auch er wirkte sichtlich erleichtert, dass ihr nichts passiert war.

»Komm her.« Er nahm Josie und setzte sie auf seine Hüfte. Mir half er ebenfalls vom Boden auf.

Ich konnte nicht anders und schlang meine Arme ganz fest um seinen Körper und drückte mich an ihn.

Irgendwann legte ich meinen Kopf in den Nacken. »Ich weiß gar nicht, wie ich dir danken kann.«

Lennarts Augen ruhten sanft auf mir.

Erneut entstand eine Verbundenheit zwischen uns. Sie wärmte mich von innen, obwohl ich schlotterte. Doch wenn ich an seine baldige Abreise dachte, knackste mein Herz.

»Was ist denn passiert, dass du auf einmal die Rakete gezündet hast?«, fragte er und gab Josie einen Stups auf die Nase.

Sie hob die Schultern und schüttelte den Kopf.

»Es ist besser, wenn wir nach Hause gehen. Der Schreck sitzt wirklich tief. Jedenfalls bei uns«, murmelte ich.

»Ich schaue mir mal die Piste genau an. Vielleicht gibt es eine Erklärung.«

»Du kannst mir Josie auf den Schlitten setzen, ich knote die beiden zusammen.«

»Sie ist dir doch viel zu schwer.«

Ich winkte ab. »Ach Quatsch. Das wäre ja nicht das erste Mal, dass ich Josie ohne männliche Hilfe den Hügel hinaufziehe.«

Lennart eilte zu der Stelle, an der Josie Fahrt aufgenommen hatte, und begutachtete den Ort. Ich zog Josie den Berg hinauf und formte im Kopf eine Entschuldigung für ihre Mutter. Hoffentlich trug sie mir das Missgeschick nicht nach. Immer wieder drehte ich mich um, um mich zu vergewissern, dass bei der Kleinen alles in Ordnung war. Sie klammerte sich an die Holzsprossen und grinste.

Lennart stieß endlich wieder zu uns. »Eine Stelle war total vereist. Ich vermute mal, dass sich irgendwelche Kids einen Streich erlaubt haben. Das war auf jeden Fall präpariert.«

»Was alles hätte passieren können.« Eine Welle der Übelkeit überkam mich. Ich schwitzte aus jeder Pore.

Lennart schaute prüfend auf mich herab. »Komm, das letzte Stück übernehme ich.« Ohne Einwand übergab ich ihm das Seil.

Keine fünf Minuten später kamen wir bei meiner kleinen Hütte an und Josie rutschte vom Schlitten. Tatkräftig versuchte sie, einen Schneemann zu formen. In der Zwischenzeit verstaute Lennart alles dorthin, wo es hingehörte.

»Bevor deine Mama kommt, koche ich uns noch einen heißen Kakao. Wer möchte einen?«

Wie auf Kommando rauschten alle Arme hoch.

Lachend lief ich voran und schloss die Tür auf. Eine wohlige Wärme schlug mir entgegen. Sie besänftigte mein aufgewühltes Gemüt. Stumm schälten wir uns aus unseren Schneeanzügen, ehe ich das Licht im Wohnzimmer anknipste. Mucki blinzelte mich faul von dem Fensterbrett an. Geschickt legte ich ein Holzscheit in den mit reichlich Glut ausgestatteten Kamin. Sofort tanzte ein kleines Feuer darin, so wie bei mir, wenn Lennart mich anlächelte.

Zurück in der Küche erhitzte ich Milch in einem Topf. Ich angelte nach drei großen Tassen und häufte ausreichend Kakaopulver in die Becher. Derweil sprudelte die Milch auf. Der perfekte Zeitpunkt, sie von der Platte zu nehmen. Ich goss und rührte gleichzeitig, bis aus dem Weiß ein sattes Braun entstand. Lächelnd stellte ich die dampfenden Becher vor Lennart und Josie. Meinen Pott holte ich nach. Die Kerze mitten auf dem Tisch entfachte ich mit einem Streichholz.

Josies Wangen glühten. Sie wirkte sehr zufrieden mit sich. Vor allem schien ihr die Schokolade zu schmecken.

Ich nippte vorsichtig und schaute über den Rand hinweg direkt in Lennarts Augen. Meine Schmetterlinge kitzelten erneut, sobald ich mich in seinem Blick verlor. Wenn ich doch nur den Mut aufbringen könnte, mehr über ihn zu erfahren und herauszufinden, was das zwischen uns war.

Lennart legte seine gepflegten Hände um die Tasse, trank aber nicht.

Eine unangenehme Gesprächspause entstand.

Josie rutschte vom Stuhl, um Mucki zwischen den Ohren zu kraulen. Sofort hallte ein monotones Schnurren durch den Raum.

Draußen legte sich Dunkelheit über die Landschaft, dabei war es gerade mal halb fünf. Die Kerzen schalteten sich automatisch an und ein Kranz aus diffusem Licht umgab die Tanne draußen auf der weitläufigen Wiese. Auch die restliche Weihnachtsbeleuchtung zeigte ihre Besinnlichkeit.

»Du hast es dir hier oben sehr gemütlich gemacht.«

Ich lächelte. »Danke. Ich fühle mich dann weniger allein, wenn überall ein Lämpchen leuchtet.«

»Warum bist du das denn? Ich meine, warum gibt es keinen Herrn Schubert?«

Er fragte einfach, während ich mir auf die Zunge biss. Warum erkundigte ich mich nicht bei ihm? Ich wusste es: Weil die Enttäuschung viel zu groß sein würde. »Vermutlich liegt es daran, dass mein Ex-Freund niemals den Namen Schubert angenommen hätte.«

Lennarts Lachfalten fächerten sich um seine Schläfen. Seine perfekt in einer Reihe sitzenden Zähne strahlten im Kerzenschein. Die Flamme zauberte lustige Schatten auf sein Gesicht. Er trug wieder den wohlig weichen Angora-Pullover, über den ich gern mit meiner Hand streichen würde.

»Es ist kein großer Verlust. Er hat es mit der Treue nicht so ernst genommen.«

»Verstehe.« Lennart ließ seinen Kopf hängen.

Von draußen erschien ein Lichtkegel. Das war wohl Josis Mama, die mit dem Auto auf den Hof fuhr. Nervös steckte ich mir eine Haarsträhne hinter das Ohr und schob den Stuhl nach hinten. Noch bevor es klingelte, öffnete ich die Tür und bat Tina herein.

»Hallo, Sophie. Hattet ihr einen schönen Tag?« Als sie ins Wohnzimmer trat und ihr Blick in die Küche ging, wusste ich, dass sie nicht begeistert sein würde.

Sie runzelte die Stirn. »Du hast Besuch?«

»Das ist Lennart. Lennart, das ist Tina. Josies Mama.«

Josie ließ von Mucki ab und spannte ihre Ärmchen auf, um ihre Mama zu begrüßen.

»Hallo, mein Engel. Wie war das Schlittenfahren?«

Josie grinste über beide Wangen und nickte.

Nachdem sie ihre Tochter herzlich begrüßt hatte, fixierte Tina mich erneut.

»Es gab einen kleinen Unfall«, sagte ich zerknirscht. »Aber sei unbesorgt, es ist nichts passiert.«

Zwischen Tinas Nasenwurzel grub sich eine tiefe Furche. »Ist sie etwa gestürzt?« Aufgebracht kniete sie sich zu Josie hinunter. Mit ihren Händen tastete sie sie ab.

»Es ist wirklich nichts passiert«, wiegelte ich ab. »Wir haben sie ein Stückchen allein fahren lassen. Sie ist dann vom ursprünglichen Weg abgekommen.«

»Die Fahrbahn war präpariert. Das konnten wir nicht ahnen«, brachte Lennart sich in das Gespräch ein.

Tinas Mund klappte auf und sie sendete Lennart einen bitterbösen Blick. Aus ihren Augen sprühte Zorn.

»Sie hat den Sturz gut verkraftet. Lennart hat sie noch auffangen können.«

»Ich habe dir mein Kind anvertraut. Wer weiß, was das in ihr ausgelöst haben könnte.«

Mein Herz rutschte in die Hose. »Es tut mir wirklich leid. Ich versichere dir, dass Josie nichts davongetragen hat.«

»Das lass mal lieber den Psychologen entscheiden, ob und wie sie das bewältigt. Du weißt, wie labil sie ist.« Tinas Kopf fuhr automatisch in Lennarts Richtung. »Und wie sie auf Fremde reagiert.«

»Oh. Josie hat mir nicht den Eindruck vermittelt, als hätte sie Angst vor mir gehabt.«

»Ich weiß jetzt wirklich nicht, was ich sagen soll, außer, dass ich echt enttäuscht von dir bin.« Sie setzte ihre Tochter auf die Hüfte und trug sie in den Flur, dort zog Tina sie in Windeseile an. Schwungvoll drückte sie die Klinke hinunter. Bevor die beiden von der Dunkelheit verschluckt wurden, hob ich die Hand.

»Tschüss, Josie. Hat Spaß mit dir gemacht.«

Meine Schultern sackten hinab. Zum letzten Mal strahlten mich die Lichtkegel des Autos an. Ich hörte Lennarts Schritte auf mich zukommen. Ehe ich mir über das feuchte Gesicht wischen konnte, fand ich mich schluchzend an seinem Angora-Pullover wieder. Sein Duft kroch mir wie eine Aromatherapie in die Nase. Es tat unheimlich gut, mich in seinen Armen zu spüren, dass er für mich da war und mich tröstete.

»Es ist nicht deine Schuld«, raunte er an meinem Scheitel.

Seine Berührungen, so zärtlich, aber doch fest. Am liebsten würde ich den Moment in eine hübsche Schachtel packen und eine Schleife darumbinden.

Dieser magische Augenblick wurde durch das Telefon unterbrochen. Brummig drückte ich meine Lider fest zu, um dieses grässliche Bimmeln auszublenden. Der Anrufbeantworter sprang an.

*Hi, Sophie. Hier ist Micha.*

*Du, es tut mir leid. Aber ich schaffe es heute nicht mehr, nach den Mardern zu gucken. Ich melde mich. Ciao.*

Lennart drückte mich noch etwas fester an seine Brust.

# Kapitel 12

## Lennart

NERVÖS tigerte ich in meiner Wohnung auf und ab. Es war bereits Dienstag, die gebuchte Woche neigte sich dem Ende zu. Konrads eindringliche E-Mails, ich möge doch endlich Fakten auf den Tisch legen, bereiteten mir Bauchschmerzen. Ich konnte das nicht mehr, Sophie auszuspionieren und ihr das Haus und das Grundstück madigzumachen. Wie sollte ich Konrad das erklären?

Das Einzige, was ich meinem Schwiegervater in spe liefern konnte, war, dass ich Sophie jeden Tag mehr in mein Herz ließ. Sie berührte mich mit jedem Satz, mit jeder Bewegung, mit jeder Tat. Wie sie selbstlos den Dorfbewohnern half und dabei ihre eigenen Probleme hintanstellte.

Alexa war ein ganz anderer Typ Mensch. Mit Geldproblemen hatte sie sich noch nie auseinandersetzen müssen. Falls es Schwierigkeiten gab, kaufte sie sich mit den besten Anwälten frei. Ich befürchtete, Sophie besaß noch nicht einmal eine einfache Rechtsschutzversicherung.

Mir kam die anstehende Hochzeit in den Sinn. Meine kalten Füße wurden eisiger, je näher der Termin rückte.

Der Beinahe-Kuss gestern im Schnee drängte sich mir auf wie eine Schale verführerischer Sommerfrüchte mitten im Winter. Ich wollte ihn so sehr, dass es mich jetzt noch schmerzte, den letzten Schritt verpasst zu haben. Ganz tief im Inneren spürte ich, dass Sophie ihn genauso herbeigesehnt hatte. Ihre hungrigen Augen nach tiefer Zuneigung entfachten eine längst vergessene Lebendigkeit in mir, die jedoch in sich zusammensackte, sobald ich an mein Versprechen dachte.

Ich nahm das auf dem Tisch liegende Handy. Unschlüssig öffnete ich Alexas Chat und tippte:

*Wir müssen reden.*

Mein Daumen schwebte über dem grünen Kreis mit dem weißen Papierflieger. Gefühlte Minuten harrte ich so aus, bis ich den Satz löschte, der alles verändern könnte oder nichts.

Was passierte, wenn ich Alexa über mein Gefühlschaos berichtete? Sie würde ihre untröstliche Miene mit ihrem wohlwollenden Lächeln aufsetzen, ihre Hand auf meine Wange legen und mich schließlich mit ihren Verführungskünsten um den Verstand bringen. Oder sie schickte mich mit ihrem gespielt zuvorkommenden Lächeln in die Hölle, der Vorantreiber: Konrad. Meine Existenz stand auf dem Spiel. Mein Gott. Auf was hatte ich mich nur eingelassen?

Konfus ließ ich mich auf die Couch fallen und vergrub das Gesicht in meinen Händen. Vor meinen geschlossenen Lidern tanzte Sophie im Schnee. Ich sah, wie sie ihre Arme ausbreitete und mit der Zunge die Flocken auffing.

Was war nur los mit mir? Lag meine Schwärmerei an diesem verzauberten Ort?

Nach dem übertriebenen Wutausbruch von Josies Mutter gestern hatte mir Sophie dermaßen leidgetan, dass ich sie erst allein lassen konnte, als sie mir versichert hatte, dass alles okay war. Dann auch noch die Absage von diesem Micha. Mein Gewissen lag blank. Nur weil ich Sophie hatte weiß machen wollen, dass irgendwelche Tiere mich nachts wachgehalten hätten. Andererseits: Möglicherweise gab es die tatsächlich.

Aus Sophies Wohnung waberte Plätzchenduft durch den Türspalt. Ein längst vergessenes Gefühl von Vorfreude, Spannung und dem Beisammensein seiner Liebsten wickelte mich mit jedem Hauch ein. Weihnachten bei den Meyers bedeutete, sinnlose Geschenke auszupacken sowie ausführliche Gespräche über das Geschäft zu führen.

Erneut erreichte mich eine E-Mail von Konrad. Meine Kehle schnürte sich zu. Ich würde mich später darum kümmern. Ohne der E-Mail weitere Beachtung zu schenken, schlüpfte ich in die Stiefel, um mich bei Sophie nach ihrem Befinden zu erkundigen. Für den kurzen Abstecher verzichtete ich auf eine Jacke.

Je mehr ich mich ihrer Wohnung näherte, desto intensiver duftete es nach Zimt, Vanille und Schokolade. Mir lief das Wasser im Mund zusammen.

Ich klingelte. Keine zwei Atemwölkchen später öffnete Sophie die Tür. Über ihrem eng anliegenden Rollkragenpullover trug sie eine Schürze mit einem breit grinsenden Rentier mit dicker Nase. Ihre Wangen waren leicht gerötet. Über ihren braunen Haaren lag ein dünner weißer Schleier, als hätte ihr jemand mit einem Sieb Mehl darübergestreut. Selbst die Spitzen ihrer natürlich geschwungenen Wimpern waren staubig weiß.

»Störe ich?«

Sophies Augen leuchteten. Mit dem Geschirrtuch in der Hand winkte sie mich lächelnd hinein. »Nein, gar nicht.«

»Ich bin der Nase nachgegangen. Nun bin ich bei dir gelandet.« Grinsend streifte ich meine Schuhe vor der Garderobe ab. Selbstsicher folgte ich ihr ins Wohnzimmer, in dem ein angenehmes Feuer im Kamin flackerte. Vor Kopf im Küchenbereich herrschte ein heilloses Durcheinander. Mehrere Schüsseln, eine Tüte Mehl, Zucker, eine Stiege Eier sowie ein tropfendes Handrührgerät standen verstreut herum.

»Ich backe für den Weihnachtsmarkt. Gefühlt habe ich schon hundert Bleche fertig, wobei mir bestimmt noch zweihundert fehlen.« Sophie lachte.

»Kann ich dir helfen?«

»Ja, wenn du nichts anderes geplant hast, gern. Die Abgekühlten kannst du in eine Gebäcktüte einpacken.« Sie deutete mir ihrem Teigschaber in die besagte Richtung. »Dort. Die mit den goldenen Sternen drauf.«

Sophie drehte den Teig zu vielen fingerdicken Wülsten und ich füllte die Tütchen.

In einvernehmlichem Schweigen arbeiten wir wie ein eingespieltes Team. Sophie brachte mit flüssigen Bewegungen die Plätzchen in Form. Ich hingegen mühte mich damit ab, den Cellophan-Beutel zu schließen. »Für die Schleife bin ich eindeutig zu ungeschickt. Das Bändchen ist ja kaum zu fassen.«

Sophie schaute grinsend auf. »Warte.« Sie wischte sich ihre mehlbestäubten Hände an ihrer Schürze ab und rückte so dicht an mich heran, dass ich ihre Wärme spürte. Sie nahm den goldenen Faden, der mich an einen Streifen Lametta erinnerte und schnürte ihn geschickt zu einer akkuraten Schleife. Ihr Kopf fuhr hoch. Ihre rehbraunen Augen loderten amüsiert in dem viel zu hellen und somit ungemütlichen Küchenlicht. Bei ihrem Anblick flatterte mein Magen unverhältnismäßig. Könnten das diese legendären Schmetterlinge sein, von denen immer gesprochen wurde, wenn jemand verliebt war? Dieses unbekannte, aber wohlige Gefühl breitete sich wie ein Lauffeuer in mir aus. Aber es konnte nicht fremd sein. Bei Alexa musste ich sie auch mal gespürt haben. Vor langer Zeit. Bevor wir der Arbeit verfallen waren. Mehr und mehr beschlich mich die Einsicht, dass die Vorstellung, wir wären das Traumpaar schlechthin, ein Trugschluss war und uns nur noch das Körperliche verband.

Sie nahm meine Hand und begutachtete sie, als suchte sie in einem Diamanten nach Einschlüssen. Ihre Berührung jagte mir einen Schauer den Rücken hinunter. »Deine Finger sind für solch grazile Arbeiten zu …«, Sophie unterbrach sich, verzog dabei einen Mundwinkel und es schien, als würde sie nach einem Wort suchen, »stattlich.« Zufrieden nickte sie.

Überrascht zog ich die Stirn kraus. »Stattlich?« Schmunzelnd sah ich auf sie hinab.

»Na ja. Zu dick fand ich nicht passend.« Glucksend ließ sie von mir ab und drehte sich weg. Sie schob das nächste Blech in den Backofen. »Was hältst du davon, wenn ich Musik auflege? Ein bisschen Weihnachtsmusik macht das Ganze stimmungsvoller.« Ohne auf mein Einverständnis zu warten, lief sie mit dicken Socken zu der uralten Anlage. Sie drückte die Knöpfe. Gleich darauf erschollen typische Weihnachtsklänge.

Plötzlich wirkte sie etwas bedrückt und offensichtlich mied sie meinen Blick.

»Alles in Ordnung? Ist es wegen Josie und ihrer Mutter? Oder wegen des Hauses?«

Fahrig wischte sie sich eine anrollende Träne von ihrer Wange, bevor sie weiteres Gebäck formte. »Es sind die Erinnerungen. Noch letztes Jahr, um die Zeit, haben meine Mutter und ich diese Songs gehört und dazu Plätzchen gebacken. Da war die Welt noch in Ordnung. Tja, und jetzt bin nur noch ich hier. Allein. Und jeder möchte mich hier fortjagen, damit ein Hotel an der Stelle gebaut wird, wo ich die meiste Zeit meines Lebens verbracht habe.«

Wie ein Donner hallten ihre Worte in meinen Ohren. Der Grund, warum ich hier war. Mein Herz rutsche in die Hose wie ich sie so hilflos vor mir stehen sah. Wie musste sich eine eigenverantwortliche Frau fühlen? Gänzlich ohne Unterstützung. Deren Existenz zu kippen drohte.

Sophie schniefte. »Josie geht mir außerdem auch nicht mehr aus dem Sinn. Was ist, wenn sie doch darunter leidet?«

»Tina hat viel zu schroff reagiert«, sprudelte es aus mir heraus. »Es war unfair von ihr, dich so runterzuputzen. Das Kind hat gelacht, als ich sie aufgefangen habe. Ich hätte ihr das noch mal bestätigen sollen.«

»Ich hätte sie nicht von so weit oben runterfahren lassen dürfen. Sie ist doch noch so klein.«

Bestürzt schüttelte ich den Kopf. Sophie ließ einfach keine Entlastung zu. »Lass dich davon nicht entmutigen. Es ist nichts passiert.«

Sophie nickte, aber an ihrer Art, wie sie es tat, wusste ich, dass sie sich längst nicht verziehen hatte.

Ich stellte mich ganz dicht hinter sie, sodass wir uns minimal berührten, obgleich ich mich gern an sie gepresst hätte, um sie zu trösten und sie in die Arme zu schließen. Aber das durfte ich nicht, denn dann wäre ich verloren.

Die Anlage spielte *»Last Christmas«.* Dieser Song gehörte wahrlich nicht zu meinen Favoriten, dennoch wusste ich jetzt schon, dass dieses

Lied mich auf immer und ewig an die Zeit hier oben mit Sophie erinnern würde. Diese Bande zwischen uns war etwas Besonderes.

In stoischer Langsamkeit drehte sie sich zu mir herum. Unsere Blicke trafen sich.

Ich schluckte den Impuls hinunter, sie zu küssen. Alexa wartete zu Hause auf mich, vermutlich mit einer Palette an Farben für den Blumenschmuck. Das durfte ich trotz des Knisterns zwischen uns nicht vergessen.

In Sophies Augen sah ich, dass sie es ebenso spürte. Dieses brennende Verlangen. Endlich der Vernunft nachzugeben, um sich das zu nehmen, was für einen das Beste war. Wenigstens für den Moment.

Aber ich konnte ihr nicht geben, was sie brauchte. Einen zuverlässigen, treuen Freund. Obschon ich das war, und genau aus dem Grund konnte ich sie nicht küssen. Mein Herz verkümmerte geradewegs wie ein erschlaffter Luftballon. Wie sie mich betrachtete, ihr Blick voller Hoffnung. Und ich hin- und hergerissen zwischen Küssen und schlechtem Gewissen.

Ein gellender Ton holte uns aus der zusammengeknüpften Einheit. Eine aufgeregt tanzende Eieruhr. Der Zauber war vorüber. Ich wusste nicht, ob ich wütend oder froh über diese Störung sein sollte.

Räuspernd löste sich Sophie von mir. Mit geschmeidigen Bewegungen zog sie die Topflappenhandschuhe in Form von Weihnachtselfen über. Sie öffnete die Ofentür und ein dampfend heißer Schwall Hitze strömte heraus.

»Das sollte vorerst das Letzte sein. Ich lasse es abkühlen. Gleich will ich noch mal runter ins Dorf und beim Aufbau der Weihnachtsbuden helfen.« Sie streifte sich die Topflappen von den Händen und legte sie zur Seite.

Gedankenversunken kaute sie auf der Innenseite ihrer Wange. Ich könnte mein Gewissen reinwaschen, indem ich ihr dabei half. »Wenn du nichts dagegen hast, komme ich mit«, schlug ich vor. Automatisch hielt ich die Luft an.

Sophie neigte den Kopf und fixierte mich.

»Etwas handwerklich begabt bin ich auch.« Der Versuch, sie von meinen Vorzügen zu überzeugen, fruchtete.

»Warum hast du das denn nicht gleich gesagt? Wir können jede Hand gebrauchen. Warte, bevor wir gehen, lege ich noch ein Holzscheit auf. Muckis Näpfchen muss ich ebenfalls auffüllen.«

Die letzten Jingles der CD verklangen, ehe Sophie das Licht im Wohnzimmer ausschaltete. Der Duft der ausgeblasenen Kerze breitete sich in der Dunkelheit aus.

Im Flur wickelte sie sich bereits den Schal um ihren Hals.

»Ich hole rasch meine Jacke«, sagte ich beim Binden der Stiefel.

»Geh ruhig durch diese Tür.« Sophie drehte einen im Schloss steckenden Schlüssel und schob die Tür auf. Dort befand sich der Treppenaufgang zu den Zimmern.

»Ah, verstehe. Das ist die Verbindung zu den Ferienwohnungen.«

»Richtig. Sie ist immer verschlossen. Ich benutze sie wirklich nur, wenn keine Gäste im Haus sind.«

»Aber ich bin doch Gast«, schmunzelte ich.

Sophie errötete ein wenig. »Ja. Aber bei dir mache ich eine Ausnahme. Aber wie du willst, du kannst auch den offiziellen Weg durch die Kälte nehmen.«

»Schon gut. Ich nehme dein Angebot gern an.« Oben angekommen, zog ich mir die Jacke über, schlüpfte in die Handschuhe und wickelte den Schal um den Hals. Aus dem Augenwinkel sah ich, wie eine Nachricht mein Handy erreichte. Mit geschlossenen Lidern und den Kopf in den Nacken gelegt, schnaubte ich, als ich sah, von wem sie war. Jetzt gerade wünschte ich mir keinen Internetempfang. Hin- und hergerissen zwischen der Pflicht, Alexas Nachricht zu lesen, und der Möglichkeit, mein Smartphone einfach liegen zu lassen, entschied ich mich, das Handy mit der ungeöffneten *WhatsApp* in der Jackeninnentasche verschwinden zu lassen.

»Musst du vorher noch zu Oma Gisela?«, fragte ich, bevor wir zu dem Dorfplatz abbogen.

»Heute nicht. Da schaut irgendwer anders nach ihr.« Sophie winkte jemandem, sobald wir an unserem Ziel angekommen waren.

Wieder herrschte buntes Treiben vor der Kirche. Wieder wurde gehämmert und gebohrt. Zwischendurch knarzte und rauschte es aus den aufgestellten Boxen, dass sich manche Arbeitenden die Ohren zuhielten. Leider musste ich zugeben, dass das hier alles ein bisschen semiprofessionell aussah. An einzelnen Buden hingen schon die mit tischtennisballgroßen Lichtern versehenen Tannengirlanden. Andere Hütten schauten noch nach Holzverschlägen aus.

»Da hinten müssen wir hin.« Sophie deutete mit ihrem Finger in die besagte Richtung. Ich folgte ihr brav. Zwischendurch hob sie zum Gruß ihren Arm und winkte. Sie war beliebt und jeder mochte sie. Sogar der Bürgermeister kam mit einem fetten Grinsen auf uns zu, um uns zu grüßen.

»Sophie, Hi. Schön, dass du da bist. Und du hast deinen Gast mitgebracht. Na, wenn ich da nichts merke«, zwinkerte er. »Guten Abend. Wir haben uns ja schon vorgestellt.« Freundlich reichte er mir die Hand.

»Ja, richtig. Guten Abend.« Wie es sich gehörte, erwiderte ich sein Händeschütteln. Aus dem Augenwinkel beobachtete ich, wie sich Sophies Haut zwischen Mütze und Schal leicht rot färbte. Wie niedlich sie war, wenn sie sich ertappt fühlte. Zerrissen zwischen der Erkenntnis, dass sie mehr als nur einen Gast in mir sah und ich ihr einfach nicht das geben konnte, was sie am dringlichsten brauchte, nämlich einen treuen Mann an ihrer Seite, schrumpelte mein Herz wie eine vertrocknete Blume.

Ralf schaute wieder Sophie an. »Es gibt Probleme mit der Verkabelung bei der Bühne.«

»Schau mich doch nicht so an. Ich bin doch keine Elektrikerin.« Lachend richtete sie ihre Mütze.

»Ja, ich weiß. Mike ist schon unterwegs.«

»Er wird den Fehler wohl finden«, räumte Sophie ein. Nun wandte sie sich an mich. »Mike ist unser Elektroinstallateur. Sein Geschäft befindet sich am Ortsausgang.«

»Vielleicht nur ein Kabelbruch«, bemerkte ich, ohne wirklich eine Ahnung davon zu haben.

Ralfs hellblonde Augenbrauen fuhren überrascht hoch. »Ein Mann vom Fach.«

Abwehrend hob ich die Hände. »Nein. Wirklich nicht. Ich dachte nur gerade an meine Modelleisenbahn. Ständig mussten wir, mein Opa und ich, die Kabel prüfen. Meistens lag das Problem in der Ummantelung.«

Ralf nickte nachdenklich. Zu meinem Leidwesen betrachtete er mich viel zu lange.

Es machte mich nervös. Was wäre, wenn er mich noch der Meyer-Familie zuordnete? Schließlich sagte er: »Wie gefällt Ihnen unser Weihnachtsmarkt? Er ist noch nicht fertig aufgebaut. Aber das wird er. Heute noch. Die romantische Stimmung kommt ohnehin erst mit der Dunkelheit.« Er drückte seinen Ellenbogen gegen meinen Arm, während er Sophie übertrieben zuzwinkerte. Offensichtlich wollte er sie in Verlegenheit bringen. Ich ballte meine Fäuste.

Sie sollte sich nicht von einem verunsichern lassen, der sich selbst nicht treu war.

»Für ein so süßes Dorf wie Schönbach ist er ganz nett.«

Wie vom Donner gerührt erstarrte Ralf. »Wie meinen Sie das?«

»Na ja. Was immer gut ankommt, ist eine Schlittschuhbahn mit Almhütte und Ausschank zum Beispiel.«

Ralf winkte sofort ab. »Ja. Also, wir als Stadt hatten da ja jemanden an der Hand. Der hat aber ganz kurzfristig abgesagt.«

Sophies Kopf fuhr hoch. »Wirklich? Davon weiß ich ja gar nichts.«

»So etwas ist ja auch geheim. Nur die Gremien wissen darüber Bescheid. Deswegen bleibt das auch unter uns«, sagte er nachdrücklich und fuhr dann fort: »Aber nächstes Jahr. Nächstes Jahr wird es eine Schlittschuhbahn geben.« Ralf drückte seinen Rücken ins Hohlkreuz, sodass sein Bierbauch zum Vorschein kam.

Ich lächelte Sophie von der Seite an. Sie erwiderte mein Schmunzeln. Wir beide wussten, dass er sich das gerade ausgedacht hatte.

»Wenn Sie mögen, kann ich Ihnen den Kontakt zu einem befreundeten Schausteller geben.« Ich kramte in meiner Jackeninnentasche. Die Lederbörse, die ich hervorzog, war ein Geschenk von Konrad gewesen. Genauso wie der teure Montblanc-Füller mit der gravierten goldenen Feder. Ein Dank für meine zuverlässigen Dienste. Ich klappte das Portemonnaie auf und fischte zielsicher die richtige Visitenkarte heraus. »Bestellen Sie ihm schöne Grüße von mir, falls Sie ihn kontaktieren.«

Mit leuchtenden, fast schon kindlichen Augen nahm er sie mir ab.

»Wenn Sophie und ich hier schon nicht gemeinsam Schlittschuh laufen können, dann habt ihr bestimmt einen Wunschbaum.«

Ralfs Gesichtsfarbe nahm die Farbe des Schnees an.

»Da siehst du es. Den Vorschlag hatte ich schon vor drei Jahren«, sagte Sophie.

»Ja also. Das lag daran, dass …«, stammelte er und schaute sich nervös um. Erleichtert atmete er aus. »Da ist Mike. Tut mir leid, euch stehen zu lassen, aber ich muss dringend wegen der Lautsprecher mit ihm sprechen.« Mit strammen Schritten lief er zur Bühne.

»Ich glaube ihm kein Wort.«

»Ich auch nicht.« Sophie schaute grinsend hoch.

»Dann wird es wohl nächstes Jahr Neuerungen geben«, sagte ich, nachdem wir gelacht hatten.

»Dank dir.« Mit einem Kopfnicken deutete sie zu einer bereits fertiggestellten Bude. »Das ist unsere. Ich meinte natürlich meine. Am Samstag werde ich vermutlich an den Plätzchen festfrieren, wenn das Wetter weiterhin so kalt bleibt.

»Mit wem verkaufst du denn?«, fragte ich. Zusammen betraten wir den nahezu winzigen Raum.

»Allein«, erwiderte sie selbstverständlich.

»Hat dir jemand die Schicht abgesagt?« Das konnte ich mir nur schwer vorstellen. Ich wäre zur Stelle, wenn sie mich fragen würde, wenn ich nicht bald meinen Abreisetag hätte.

Sophie öffnete einen Karton. »Hier ist die Dekoration für den Innenbereich. Aber mir wäre es lieber, wenn wir die Tannengirlande für draußen aufhängen.«

Wich sie mir etwa aus?

Daraufhin nahm sie eine der größeren Schachteln und trug sie hinaus. Als wäre es ihr täglich Brot, fixierte sie die unechten Zweige mit einem Handtacker an den Außenwänden. »Eigentlich habe ich jedes Jahr mit meiner Mutter die Schicht zwischen sechzehn und neunzehn Uhr übernommen.« Sophie senkte mit ihrem Werkzeug auch ihren Kopf. »Ich wollte keinen Ersatz für sie.« Tief Luft holend straffte sie den Rücken. Sie legte den Tacker an und arbeitete sich vor bis zu dem Punkt, an dem sie selbst auf Zehenspitzen Schwierigkeiten bekam. Bei meiner Größe sollte das kein Problem darstellen.

Es war eine Schande, dass Sophie meinte, alles auf ihren ohnehin schmalen Schultern tragen zu müssen. »Du musst das nicht tun. Überlass mir die hohen Stellen. Vielleicht kannst du dich in dem Verkaufsraum austoben.«

Dankend übergab sie mir das Gerät. »Gute Idee. Dann hänge ich die Sterne auf.«

Ich ließ den Tacker lautstark arbeiten und Sophie befestigte einträchtig ihren Schmuck, da kam ein Mann auf uns zu, den ich in dem Gasthaus gesehen hatte.

»Sophie, kann ich mir deine Begleitung mal kurz ausleihen.« Das diffuse Licht aus dem Verkaufsraum schimmerte auf der polierten Glatze.

»Natürlich«, erwiderte sie, während sie den nächsten Stern aufhängte.

Er lächelte mit seinen schmalen Lippen und reichte mir seine Hand. »Friedhelm Krug.«

Ich legte den Tacker ab, bevor ich seinen Gruß erwiderte. »Lennart.« Vorsichtshalber sparte ich mir den Nachnamen. Die Gefahr, dass mich vielleicht doch jemand erkannte, war zu groß. Auch wenn mir das unmöglich erschien.

Lachend boxte er mir gegen den Oberarm. »Wenn du die Girlande befestigt hast, könntest du mir bei Stand sieben helfen, die Tür einzuhängen. Sie ist aus dem Scharnier gesprungen.«

»Sicher.« Ich folgte ihm hinüber.

»Ist ein bisschen fummelig, aber wenn du die Tür anhebst, justiere ich den Bolzen.«

Sollte kein Problem sein, das Teil zu befestigen. Kaum ein Ächzen von Friedhelm später öffnete und schloss sich der Eingangsbereich.

»Perfekt. Besser als vorher. Danke, Lennart.«

»Gern. Kann ich sonst noch helfen?«

»Im Moment nicht, aber ich komme auf dich zurück.«

»Okay, dann gehe ich mal wieder.« Ohne Umwege ging ich zu Sophies Stand zurück und stellte mich vor das offene Verkaufsfenster. Von dort aus beobachtete ich sie, wie sie auf Zehenspitzen einen weiteren goldenen Stern aufhängte. Sie formte ihre kussfreudigen Lippen zu einer schmalen Linie und drückte die Reißzwecke in das Holz. Seufzend schloss ich die Lider. Wenn ich sie weiterhin wie ein tollkühner Teenager aus dem Hinterhalt beobachtete, lief ich Gefahr, das Spiel mit dem Feuer nicht mehr kontrollieren zu können.

Ein Klopfen auf meine Schulter veranlasste mich, meinen Blick von ihr zu lösen. Ralf grinste über beide Ohren. »Ich gratuliere Ihnen für Ihre Eingebung. Die Vermutung mit dem Kabelbruch war absolut richtig. Mike hat die Zuleitung ausgetauscht. Jetzt rauscht auch nichts mehr.« Er wiegte den Kopf hin und her. »Er ist zwar jetzt ein bisschen brummig, weil er selbst nicht draufgekommen ist, aber wenigstens ist das Problem gelöst. Dank Ihnen.«

Ich winkte ab. »Ach, das war mehr dahingesagt, ohne dass ich es ernst gemeint und wirklich Ahnung davon habe.« Verlegen wegen der vielen ungewohnten Danksagungen fuhr ich mir über die Wange. Konrad war weniger herzlich.

Ralf legte seinen Kopf schief. »Wir suchen für unsere Marketingabteilung noch einen Mitarbeiter. Falls Sie … Ich meinte nur wegen der Schlittschuhbahn und des Wunschbaums. Dem Anschein nach kennen Sie sich in dem Bereich ja gut aus.«

»Danke für das Angebot. Ich komme gern darauf zurück, falls ich auf der Suche bin.« Das wäre allerdings eher unwahrscheinlich.

Sophies und meine Blicke trafen sich. War es Stolz, den ich in ihren Augen las?

Ich sah Friedhelm mit energischen Schritten auf uns zueilen. »Ach, es ist aber auch verzwickt«, sagte er außer Atem. Er stoppte. »Selbst mein Neffe hat auf die Anfrage hin, ob er den Weihnachtsmann spielen kann, abgesagt. Mir fällt nun wirklich keiner mehr ein, der einspringen könnte.«

Sophies Lächeln erstarb. »Oh. Was die Kinder wohl sagen werden, wenn der Weihnachtsmann nicht kommt?« Gedankenverloren fixierte sie einen Punkt.

Es schmerzte mich, sie derart traurig zu sehen. Es schien ihr wirklich eine Herzensangelegenheit zu sein.

»Der Student, den ich an der Hand hatte, ist ja lieber zu den Bellevues gegangen. Die haben ihm das Dreifache geboten«, wusste Ralf zu berichten. Er schüttelte den Kopf. »Irgendwie schaffen die es immer wieder, uns eins auszuwischen.«

Dass uns ausgerechnet die Konkurrenz mit ihrem exorbitanten Budget ausschaltete, ärgerte mich maßlos. Entschieden straffte ich die Schultern. »Ich mach's.«

Drei Köpfe mit überrascht aufgerissenen Augen fuhren zu mir herum.

»Das ist großartig, Lennart«, sagte Friedhelm zu mir. Er unterstrich seine Freude mit einem lockeren Hieb auf meine Schulter. Mit einem ausführlichen Blick betrachtete er mich von oben bis unten. »Du hast die perfekte Größe für den Weihnachtsmann.«

»Dass ich selbst nicht draufgekommen bin.« Ralf haute sich gegen die Stirn. »Ihr beiden werdet ein Dreamteam sein.«

Ich runzelte die Stirn. »Wie meinen Sie das?«

»Na, Sophie ist doch der Engel.«

Ihre Wangen erröteten noch ein bisschen mehr in der Farbe einer Himbeere.

Ich erinnerte mich. Sie hatte mir den Vorschlag unterbreitet, als wir in der Küche im Kerzenschein gesessen und über die Marder konferiert hatten. Als ich ihr das Haus schlechtreden wollte, hatte sie das Gute in mir gesehen. Was war ich nur für ein Mensch geworden? Ich würde es wiedergutmachen, indem ich meine Woche verlängerte. Die damit verbundenen Konsequenzen blendete ich vorerst aus.

»Wenn das so ist.« Lächelnd verlor ich mich in Sophies liebevollen Augen.

# Kapitel 13

## Sophie

DEN Mittwoch hatte ich damit verbracht, den Kühlschrank zu füllen, Blumen für meine Mutter zu besorgen und nebenbei Gespräche mit den Schönbachern zu zelebrieren. Das führte dazu, dass ich Lennart den ganzen Mittwoch über nicht gesehen hatte. Einerseits schlug mein Herz im halben Tempo, andererseits sah ich es als gute Vorbereitung, mich an seine Abwesenheit zu gewöhnen.

Nun war Donnerstag, mein fester Tag, an dem ich Mama besuchte. Der schmale, vom Schnee geräumte Kiesweg führte mich direkt an ihren Grabstein. Auch wenn ich Lennarts Anwesenheit genoss und ich mir schon auf die Wange beißen musste, ihn nicht zu fragen, ob er mich begleiten möge, war mir das Gespräch mit meiner Mutter doch zu vertraulich.

Den Schnee fegte ich mit meinen Händen weg, dann klopfte ich sie aneinander, um die Flocken von dem groben Stoff zu lösen. Den Strauß aus dem ortsansässigen Blumengeschäft steckte ich in eine grüne Grabvase, dann verschränkte ich die Finger ineinander. Still betete ich.

Ich öffnete die Augen und sog die kalte Luft ein. Die kleinen Wölkchen verschmolzen mit der frostigen Luft. Den Blick auf ihren Namen gerichtet, schüttete ich ihr mein Herz aus.

»Ach, Mama. Die Investoren sind immer noch hinter unserem Haus und Grundstück her, als wäre dort eine Ölquelle. Jetzt hat sich auch noch eine Marderfamilie auf dem Dachboden eingenistet. Micha hat mir versprochen, danach zu gucken, doch ihm fehlt die Zeit. Sein Geschäft scheint gut zu laufen. Na ja. Ich gönn es ihm ja. Ich wünschte nur, bei mir wäre genauso viel los. Ich will unbedingt einen Vergleich zu letztem Jahr machen. Obwohl ich ja weiß, dass es diesen Monat so schlecht wie noch nie läuft. Das liegt bestimmt an der Kälte. Es ist richtig Winter, der Schnee liegt knöchelhoch. So wie damals, weißt du noch? Als wir den riesigen Schneemann gebaut haben. Die Karotte hat ein freches Reh stibitzt. Wir haben die verräterischen Spuren im Schnee entdeckt.« Ich schmunzelte bei der Erinnerung und kämpfte gleichzeitig mit den Tränen. Tief atmete ich aus und fuhr fort: »Momentan habe ich einen Gast. Lennart. Er ist sehr nett und hilfsbereit. Er würde dir bestimmt gefallen, und ja, er sieht gut aus.« Ich steckte die Hände in meine Jackentasche. Aus dem Augenwinkel prüfte ich, ob ich immer noch allein war. »Ich war mit ihm und Josie Schlittenfahren. Ist leider nicht ganz so gut gelaufen. Sie ist vom Schlitten gekullert, aber Gott sei Dank ist ihr nichts passiert. Tina ist jetzt böse auf mich und spricht nicht mehr mit mir. Ich werde noch mal mit ihr reden müssen. Josie liegt mir doch so am Herzen. Ich möchte nicht, dass etwas zwischen uns steht. Lennart sieht es genauso, dass Tina überzogen reagiert hat. Übrigens wird er den Weihnachtsmann spielen …«, sagte ich einen Tick zu euphorisch. »Er hat extra deswegen seinen Urlaub verlängert. Obwohl er Gast ist, wird er von den Dörflern wirklich gut aufgenommen und gemocht. Irgendwie habe ich den Eindruck, als würde er Schwung in die Gemeinschaft bringen.« Mit gesenktem Kopf flüsterte ich: »In mich auch, gebe ich zu. Dummerweise puckert mein Herz, wenn ich mit ihm zusammen bin. Das darf aber nicht sein. Du hast mich ja auch immer davor gewarnt. Auch wenn er länger bleibt, irgendwann muss er abreisen. Es ist verrückt. Ich kenne ihn kaum, dennoch sind wir sehr vertraut miteinander. Jedenfalls fühle ich so. Dabei weiß ich noch nicht einmal, ob er eine Freundin hat. In der Beziehung ist er sehr verschwiegen. Er wohnt in Frankfurt. Das weiß ich nur, weil er mir die Kontaktdaten für die Buchungsbestätigung geschickt hat. Das ist schon eine ganz schön große Entfernung. Ich hätte nie geglaubt, dass ich überhaupt wieder für einen Mann Gefühle entwickeln kann, nachdem mich Martin so verletzt hat. Jetzt ist es doch passiert, dass ich etwas empfinde, und ich habe keine Ahnung, wie ich damit umgehen soll.«

Ich hob die Schultern und atmete aus. »Was soll ich bloß tun? Du hast immer gesagt, Jammern hilft nicht. Positiv nach vorn schauen. Was mein Empfinden zu Lennart anbelangt, werde ich ihn bestimmt vergessen, wenn er erst mal abgereist ist. Auch wenn ich weiß, dass es lange wehtun wird. Dennoch bleibt das Problem mit dem Haus bestehen. Was? Ja, Marketing. Ich sollte mich wirklich mehr damit beschäftigen.« So wie es mir Lennart bereits empfohlen hatte.

Mit einem gequälten Lächeln führte ich meine Finger an die Lippen, küsste sie und drückte sie auf den Grabstein. »Tschüss, bis zum nächsten Mal. Ich muss dann mal wieder.«

Ich drehte mich auf den Absatz um und tupfte mir mit einem Taschentuch die Tränen weg. Die eiserne Tür zum Friedhof schloss sich hinter mir. Im selben Moment erreichte mich eine Nachricht. Es war Micha. Er würde heute noch vorbeikommen, um nach den Mardern zu schauen.

Ich schaute hoch in den rosafarbenen, wolkenverschleierten Winterhimmel. »Danke, Mama.«

Ich ging den Weg zum Haus hoch und nahm mir fest vor, mich noch heute Abend mehr mit dem Marketing zu beschäftigen. Vielleicht hatte Lennart recht, meine Website bräuchte mal eine Auffrischung. Sozusagen eine Generalüberholung. Hach, das waren ja nicht meine Fachgebiete. Am liebsten würde ich diese Arbeit abgegeben, aber das konnte ich mir nicht leisten.

Ich spürte, wie sich eine steile Furche zwischen meine Nasenwurzel grub. Direkt an meinem Grundstücksende berieten sich zwei Männer mit Arbeitsjacken, deren Reflektoren in der diffusen Nachmittagssonne leuchteten. Was die da wohl suchten? Na ja, wenigstens befanden sie sich nicht auf meinem Teil der Wiese, soviel konnte ich sehen.

Je näher ich nach Hause kam, desto unangemessener hüpfte mein Herz. Obwohl ich mich dazu zwang, nicht zu prüfen, ob Lennart zu Hause war, tat ich es doch. Mein Blick huschte kurz zu seinem Fenster. Im Wohnzimmer brannte Licht. Ein eigentümliches Flattern durchströmte meinen Körper. Ich war machtlos gegen dieses Gefühl.

Seufzend schloss ich die Tür auf, unterdessen schlängelte sich Mucki mit einem Miauen um meine Beine. Gebückt fuhr ich ihm über den Rücken. »Na, mein kleiner Streuner. Aus dem Augenwinkel kontrollierte ich den Anrufbeantworter. Er blinkte nicht. Das war einerseits gut wegen der Investoren, andererseits hatte wohl auch kein interessierter urlaubswilliger Gast angerufen. Bevor ich Teewasser aufsetzte, legte ich ein Holzscheit auf. Das Knistern füllte die Stille.

Mit dem Tee in der Hand setzte ich mich im Schneidersitz auf die Couch vor dem Ofen. Die ausstrahlende Wärme streichelte mein Gesicht.

Auf meinen Beinen balancierte ich den Laptop. Ich startete ihn. Am liebsten würde ich, statt meine Arbeit zu machen, den romantischen Weihnachtsroman lesen, den ich mir erst kürzlich in der Buchhandlung gekauft hatte. Er lag direkt vor meiner Nase.

Aber was sein musste, musste sein. Konzentriert scrollte ich durch meine Website, der Zimt- und Orangenduft besänftigte mein Gemüt. Mucki drückte schnurrend sein Köpfchen gegen mein Knie, bevor er sich zusammengerollt an mich kuschelte. Lennarts Schritte ertönten plötzlich über mir und ich sah auf. Was er wohl machte? Fernsehen? Ein Buch lesen? Telefonieren? Mit seiner Freundin? Mein Herz zog sich abermals zusammen, sobald ich ihn mir mit einer Frau vorstellte.

Ich drückte die Website erst mal weg, um die Daten des letzten Jahres mit den aktuellen zu vergleichen. Den Blick auf den Bildschirm gerichtet, kraulte ich Muckis Kinn. Das Balkendiagramm zeigte eindeutige Zahlen. Schnaubend ließ ich mich in die Kissen fallen. Da hatte selbst die Demo keine Auswirkungen gehabt. Ich drückte meine Lider fest zu, bis winzige Punkte in der Dunkelheit tanzten. Mist, Talfahrt ins Nimmerland. Meine Finger gruben sich in Muckis Fell. Fast schon neidisch schaute ich auf ihn hinab, wie er selig meine Streicheleinheiten über sich ergehen ließ.

Es klingelte an der Tür. Mein Kopf zuckte hoch und mein Herz schlug plötzlich schnell gegen meine Rippen. Lennart? Konfus erhob ich mich und schaute an mir hinunter. O nein. Wie sah ich nur aus? Im Flur prüfte ich mein Spiegelbild. Na ja. Sonst störte ich mich auch nicht daran, wenn meine Wangen rötlich schimmerten. Immerhin hatte ich bis eben noch vor dem Kamin gesessen. Meine Aufregung hatte gewiss nichts mit Lennart zu tun. Ich setzte mein freundlichstes Lächeln auf und drückte die Klinke hinunter.

Vor mir stand Micha in seiner Arbeitskleidung. Mein Lächeln versteifte sich etwas, ich versuchte, mir aber nichts anmerken zu lassen. Wieso hatte ich gedacht, Lennart stünde vor der Tür, obschon ich doch mit Micha hätte rechnen müssen?

Seine Stirn lag in Falten. »Hast du meine *WhatsApp* nicht gelesen? Ich wollte nach den Mardern schauen.«

Oje. Sicherlich hatte Micha mir die Enttäuschung im Gesicht abgelesen. »Nein. Ich …«, stotterte ich. »Natürlich habe ich mit dir gerechnet. Komm doch herein.« Innerlich schalt ich mich.

Ich hielt ihm die Verbindungstür zu den Ferienwohnungen auf. Weil er sich ohnehin auskannte, lief er vorweg zog die Leiter herunter und stieg hinauf. Ich folgte ihm. Zielsicher knipste Micha den Lichtschalter an. Der große Raum erhellte sich.

Ohne ein Wort zu sagen, machte er sich ein Bild von dem Ausmaß, indem er seinen Blick durch den Raum wandern ließ. Mit gerümpfter Nase prüfte er die Isolierung. »Ja, hier sind eindeutig Marder am Werk.« Micha verzog den Mund. »Ich hole mal einen Käfig.«

Ich schlang die Arme um die Taille, während Micha in der Eiseskälte die Lebendfalle an einer Stelle positionierte und sonst alles Nötige einrichtete. Als er mit seinen Einstellungen fertig war, stemmte er die Arme in die Hüften. »Stell einen Napf Katzenfutter mittig in den Käfig. Sie mögen aber auch rohe Eier. Probiere es am besten aus.«

»Danke, Micha. Dann heißt es wohl, jeden Tag nachzuschauen. Was meinst du? Was würde mich das kosten, das Dach isolieren zu lassen? Ich könnte doch bestimmt eine Menge Heizkosten einsparen. Meinst du, das würde sich lohnen?«

»Auf jeden Fall. Wenn du es richtig angehen willst, dann könntest du sogar locker zwei oder drei kleine Wohnungen daraus machen.«

»Das habe ich mir auch schon überlegt, aber ob ich dadurch mehr Gäste für mich gewinnen kann?« Schweren Herzen ließ ich den Kopf sinken. »Es scheint gerade so, als würden alle nur noch Wellness-Urlaub machen oder in einem Hotel mit all-inclusive ihre Zeit verbringen wollen.«

Micha legte mir besänftigend die Hand auf die Schulter. »Das wird schon. Es gibt genügend Urlauber, die sich nicht an Essenszeiten oder Massagetermine binden wollen. Ferienwohnungen sind zu jeder Zeit gern gesucht. Meine Eltern und ich sind damals immer an die Ostsee gefahren. Ebenfalls in eine Wohnung ohne Schnickschnack. Wenn ich die Wahl hätte, würde ich meine Ferien mit Kind und Kegel genauso verbringen.«

Ich lachte bitter auf. »Die Ostsee und die Nordsee kannst du doch nicht mit dem *Talblick* in Schönbach vergleichen. Die sind touristisch viel besser aufgestellt als wir. Hier gibt es ja auch nichts, außer der Natur.«

»Mit sehr gut ausgebauten Wanderwegen, vergiss das nicht.«

»Wenn vor ein paar Jahren nicht die doofen Bellevues ihr Hotel mit Therme und Spaßbad eröffnet hätten, hätte ich sicher mehr Einnahmen.«

»Das liegt ganz bestimmt nicht an den Hoteliers in der Nachbargemeinde.«

Mein Kopf fuhr hoch. »Meinst du nicht? Lennart meinte, ich sollte meine Website überarbeiten.«

Plötzlich legte sich ein Schatten unter Michas Augen. »Ich weiß nicht. Mir ist er nicht ganz geheuer. Was macht er hier so allein?«

Ich runzelte die Stirn. »Na, Urlaub. Nimmt sich eine Auszeit. Was sonst?« Aus irgendeinem Grund versuchte ich, Lennart in Schutz zu nehmen. »Er sucht etwas Zeit für sich. Und wo kann man das besser als hier?« Lächelnd zuckte ich mit den Schultern. Jedenfalls hatte er es mir so erklärt, aber was wirklich dahintersteckte, hatte er mir nicht verraten.

»Und deswegen scharwenzelt er jeden Augenblick um dich herum, weil er Abstand von … irgendwas sucht.«

Was wollte er mir damit nur sagen? Könnte er eifersüchtig auf Lennart sein? Die Beziehung zwischen Micha und mir war freundschaftlich. Das war schon immer so gewesen und würde sich auch nicht ändern. Vielleicht vermutete er das, was ich stets verdrängte, nämlich, dass Lennart mir das Herz brechen könnte.

»Micha, deine Sorge in allen Ehren. Aber es geht uns nichts an, wie Lennart seine freie Zeit verbringt. Ich kann nur sagen, dass er sehr nett und höflich zu mir ist. Selbst seine Hilfsbereitschaft hat Schönbach vor einem peinlichen Auftritt bewahrt. Er springt ganz kurzfristig als Weihnachtsmann ein. Ohne ihn hätten wir immer noch keinen, während die Nachbargemeinde mit einem glänzt.«

Micha stieß lautstark die Luft aus, dabei schüttelte er kaum merklich den Kopf. »Tut mir leid. Ich will mich gar nicht einmischen. Mir ist das nur aufgefallen, weil du sonst viel distanzierter mit deinen Gästen umgehst.«

»Das stimmt auch. Nur Lennart ist … nett. Wir verstehen uns, weiter nichts.« An seinem Blick sah ich, dass er unzufrieden mit meiner Erklärung war.

Er nickte. »Ich muss dann mal wieder. Schau jeden Tag nach und gib mir dann Bescheid, wenn die Falle zugeschnappt ist.«

»Das mache ich«, versicherte ich ihm. Unter Lennarts Tür schimmerte ein schmaler Lichtstreifen durch. Unwillkürlich hielt ich die Luft an.

»Ach, bevor ich es vergesse.« Die Hand auf den silbernen Haustürgriff gelegt, drehte er sich noch einmal herum. »Kommst du heute Abend auch? Zu der kurzfristig anberaumten Versammlung wegen des Weihnachtsmarktes.«

»Natürlich komme ich.«

»Prima. Bis später.«

Ich schloss die Tür hinter Micha, bevor ich den Laptop wieder auf meine Knie nahm. Seine Worte hallten in meinen Ohren wider. *»Was macht er denn hier so allein?«*

Ja, er suchte Zeit für sich, soviel wusste ich, aber was war der Anlass? Sollte ich etwa nach ihm googeln? Das war überhaupt nicht meine Art. Aber andererseits. Wenn er mir derart verschwiegen begegnete, obwohl er jede Gelegenheit nutzte, Zeit mit mir zu verbringen. Was sprach dagegen, etwas über ihn herauszufinden? Bestenfalls würde mir die Suchmaschine nichts über ihn anzeigen.

Flink flogen meine Finger über die Tastatur. Noch ehe ich seinen vollständigen Namen eingetippt hatte, erschien auf dem Bildschirm ein Hinweis. Die Internetverbindung war unterbrochen worden. Alle Versuche, das Problem zu lösen, schlugen fehl. Ich nahm das Handy, um auch dort festzustellen, dass ich offline war. Das sollte wohl so sein. Seufzend klappte ich den Laptop zu. Also brauchte ich mich für heute jedenfalls nicht mehr um meinen Internetauftritt zu kümmern. Und da wir ohnehin durch Lennarts Weihnachtsmannjob viel Zeit miteinander verbringen würden, sollte es doch kein Problem sein, mehr über ihn zu erfahren, oder? Ich musste nur genügend Mut aufbringen.

# Kapitel 14

## Lennart

»Du willst mir sagen, dass du noch nicht weitergekommen bist, eine schnöde Unterschrift zu bekommen?« Ein Donnern ließ mein Trommelfell vibrieren. »Und was fällt dir ein, dich heute erst zu melden? Es ist Freitag!«

Automatisch entfernte ich das Handy vom Ohr. Zerknirscht setzte ich mich auf das grüne Sofa und fuhr mir über die Stirn. »Tut mir leid. Zwischenzeitlich habe ich weder Empfang noch WLAN gehabt.« Den ganzen Donnerstag hatte ich damit verbracht, Sophie abzupassen. Wie ein fleißiges Bienchen war sie zwischen ihrem *Talblick* und dem Dorf hin- und hergependelt. Bis ich abends endlich genügend Mut aufgebracht hatte, Konrad meine Verlängerung zu beichten, war das Handynetz tot. In der Absicht, Sophie zu fragen, ob sie diesbezüglich genauso Schwierigkeiten hatte, stellte ich fest, dass Micha zu Besuch war. Auf eine Begegnung mit ihm konnte ich gern verzichten. Und als ich später den Versuch gestartet hatte, sie zu treffen, brach sie gerade zu einem kurzfristig anberaumten Zusammentreffen des Weihnachtsmarktkomitees auf.

Ich nahm meinen Füller in die Hand und drehte ihn zwischen den Fingern. Die Gravur zeigte mir, dass ich ein Teil der Meyer Hotel & Resort Group International war. »Sophie, ich meine Frau Schubert, ist eine harte Nuss. Sie verteidigt ihr Grundstück wie eine Löwenmutter. Außerdem bekomme ich sie so gut wie nie zu Gesicht. Sie ist viel unterwegs.« Es war nicht mal gelogen.

»Wie lange brauchst du noch?«, fragte Konrad hörbar ungeduldig.

»Ein paar Tage schätze ich. Das Wochenende. Montag fahre ich heim.« Bei dem Gedanken rutschte mir das Herz in die Hose.

»Erfolgreich, wenn ich bitten darf.«

»Natürlich. Ich sage noch rasch Alexa Bescheid, dass ich Anfang nächster Woche vorhabe, zurückzufahren.«

»Viel Erfolg.«

Die Verbindung war gekappt.

Ich wählte Alexas Nummer. Gespannt, wie sie reagieren würde. Freude? Gleichgültigkeit?

»Darling, wir telefonieren später. Kuss.«

Aufgelegt.

Nichts dergleichen.

Erschöpft ließ ich mich in das Polster fallen und starrte auf die weiße Decke. Was war geschehen? Liebte ich Alexa überhaupt noch? Liebte sie mich? Dann überkam mich eine Einsicht, die mir eiskalt den Rücken hinunterlief. Das, was zwischen uns passierte, war kein Alltag mehr, es war bittere Entfremdung.

Jetzt, als ich mich daran erinnerte, packte mich das Gefühl, dass wir wie in einer Wohngemeinschaft lebten und Konrad uns vorgab, wann wir die Spülmaschine auszuräumen hatten. Nichts war dem Zufall überlassen. Jeder Tag war durchgeplant. Von ihm. Kam etwas spontan, dann ging es von der Firma aus. Konrads Loyalität mir gegenüber bestand aus zurückhaltender Dankbarkeit. Ich hatte lange gebraucht, sie überhaupt als Anerkennung anzusehen. Je mehr ich mich anstrengte, desto träger wurde er in seinem Lob. Nach einiger Zeit hatte ich gelernt, mit seiner Kühle umzugehen. Sie war ein Teil von ihm.

Wieso zweifelte ich an meinem über die Jahre hinweg aufgebauten Lebenswerk? Mein angestrebtes Ziel hatte ich so gut wie in der Tasche. Aber war es wirklich das, was ich wollte? Erfolg, ein Leben im Luxus, ohne echte Liebe?

Sophie sowie die Dörfler zeigten mir, dass ich mit weitaus weniger Einsatz akzeptiert wurde, ohne mich für irgendwelche Dinge rechtfertigen zu müssen. Es fühlte sich unheimlich gut an, gebraucht zu werden. Andere mit wenig Aufwand glücklich zu machen.

Ich freute mich wahnsinnig darauf, den Weihnachtsmann zu spielen und die Augen der Kinder zum Strahlen zu bringen. Mit Sophie an meiner Seite. Wie sie wohl aussehen würde? Sie glich ohnehin einem Engel, auch ohne Kostüm.

Die Sonne ließ den Schnee wie ein Meer aus Diamanten erstrahlen. Er knirschte unter meinen Stiefeln, als ich um das Haus herum zu Sophies Eingang lief. Es war ein herrlicher Tag. Genau richtig, um ihn an der frischen Luft zu verbringen. Ob sie vielleicht später Lust auf einen ausgiebigen Spaziergang hatte? Erwartungsvoll drückte ich die Klingel. Die Tür wurde von innen aufgezogen. Zwei rehbraune Augen schauten mich aus einem lächelnden Gesicht an. Ich verlor mich darin. Den Impuls, meine Hände in ihren Haaren zu vergraben, unterdrückte ich, indem ich sie zusammenballte. Ich kam mir wie ein schüchterner Teenager vor. Die Anziehung zu ihr war derart stark, dass ich mir auf die Zähne beißen musste.

Heute war die Anprobe für das Weihnachtskostüm, denn in zwei Tagen sollte mein Auftritt stattfinden.

»Hallo Lennart, komm doch rein«, forderte sie mich auf.

Ihr Zimtgeruch zog mich in einen Bann, der mich wie an einer unsichtbaren Schnur in ihre stets mollig warme Wohnung zog. Ich konnte mich nicht dagegen wehren.

Geschmeidig wie ein Kätzchen schlüpfte sie in ihre Stiefel. »Ralf hat mich eben angerufen. Das Kostüm liegt noch in der Reinigung. Das ist so typisch für ihn.« Auf Zehenspitzen angelte sie nach Mütze und Schal. »Dafür müssen wir in die Einkaufsmall. Mit dem Auto. Ich hoffe, es macht dir nichts aus.«

»Ganz und gar nicht«, erwiderte ich fast schon ergeben. Ich würde mit ihr bis zum Mond fliegen, wenn es sein müsste.

Sophies süßes Lächeln erinnerte mich an die von mir eingepackten Vanillekipferl. »Okay. Ich würde dann sogar noch ein kleines Geschenk besorgen.« Sie schnappte sich gleichzeitig Tasche und Schlüsselbund. Eilig lief sie zu ihrem Auto.

»Wollen wir denn nicht meins nehmen?«, fragte ich.

»Du bist im Urlaub. Der Gast ist König.«

Schmunzelnd rutschte ich auf den Beifahrersitz und Sophie startete ihren gering ausgestatteten Golf. Im Vergleich zu meinem SUV war es nicht nur sehr beengt, sondern auch bitterkalt. So wie es ausschaute, würde die Heizung ihre volle Leistung dann erbringen, wenn wir unser Ziel erreicht hatten. Keine moderne Klimaregelung, Sitz- oder Lenkradheizung. Dennoch freute ich mich auf die Fahrt – ohne Komfort, aber mit Sophie.

»Bei der Gelegenheit kannst du auch noch Geschenke kaufen oder hast du schon alle zusammen?« Sophie drückte konzentriert ihre Lippen aufeinander und rollte auf die Bundesstraße.

Meine Laune rutschte ab. Da war wieder mein Problem. Alexa. Meine Verlobte. Wenn jemand Überraschungen liebte, dann sie. »Nein, ich habe schon alle beisammen«, murmelte ich. Ich spürte, wie sich meine Kieferknochen unter den unrasierten Wangen anspannten. In Gedanken versunken schaute ich raus in die Winterlandschaft.

Die Fahrt endete nach einer Dreiviertelstunde. Zwischen anderen kaufwilligen Kunden stellten wir das Auto auf einem Parkdeck ab.

»Ich liebe dieses Einkaufszentrum. Es ist zur Weihnachtszeit besonders schön geschmückt.« Die Schiebetüren öffneten sich. Ein Meer aus gefühlt Millionen warmweißen Lichtern begrüßte uns. Wie ein Wasserfall hingen die Glühbirnen von den Wänden und strahlten wie die Sterne am Firmament in einer klaren Winternacht. Um jede Säule und jeden Rundbogen war eine Lichterkette gewickelt. Riesige Sterne hingen hoch oben über unseren Köpfen. Ein überdimensionaler, mit fußballgroßen goldenen Kugeln geschmückter Weihnachtsbaum, dessen Spitze bis zur Kuppel des Gebäudes reichte, raubte sicher jedem Kind den Atem.

Wir liefen zwischen den vielen anderen Weihnachtsbäumen im Miniformat dicht nebeneinander her. Am liebsten hätte ich nach ihrer Hand gegriffen und meine Finger mit ihren verschränkt. Sophie würde keinen Einwand erheben, das spürte ich. Dennoch steckte ich meine Hände vorsichtshalber in meine Jeans.

Sophie verlangsamte ihre Schritte. Sie beugte sich etwas zu mir. Mit dem Finger zeigte sie in eine grobe Richtung. Es war mir nicht möglich, ihren Mix aus angenehmer Wärme und lieblichem Duft auszublenden. Ihre Augen trafen mich. Ich war ihr endgültig erlegen.

Die vielen kleinen Lämpchen schimmerten in ihren Iriden wie die Milchstraße in der klarsten Nacht.

»Wir müssen in den dritten Stock. Am besten, wir nehmen die Rolltreppe.« Sie löste sich aus meinem Blick.

Wir liefen an den weihnachtlich gestalteten Schaufenstern vorbei. An besonders hübschen blieb sie manchmal stehen. Ich könnte ihr die ganze Zeit zuschauen, wie sie sich die Nase an den Schaufenstern platt drückte und sich am Weihnachtsschmuck sowie den Rentieren und Elfen erfreute. Alexa hingegen würde sich bereits durch einen Berg, bestehend aus Schuhkartons wühlen, ohne ein Wort für das Schöne übrig zu haben. Sophie interessierte sich weniger für das Materielle, sondern eher für den Zauber der Weihnacht. Diese Magie, die jedem Grinch das Herz öffnete.

Die Glocke bimmelte, kaum dass ich die Tür des Ladens aufschob. Ein trockener Duft nach Wäschestärke schwängerte den nahezu winzigen Raum. In den Regalen türmten sich in Plastik eingewickelte Daunenbetten. Perfekt gefaltete Tischdecken lagen daneben. Einzelne Anzüge hingen nebeneinander an einer silbernen Stange.

»Guten Tag«, begrüßte Sophie die Bedienung und kramte in ihrem Portemonnaie. Lächelnd übergab sie der freundlichen älteren Dame, deren Haare wie Zuckerwatte am Stiel aufgetürmt waren, den rosafarbenen Abholschein. »Guten Tag.« Mit einem knappen Nicken verschwand sie zwischen den gut verhüllten Sachen.

Kaum zwei Atemzüge später erschien sie mit dem auffällig roten Weihnachtsmannkostüm. Wie einen teuren Wein präsentierte sie den mit Plastik überzogenen Anzug.

»Ja. Das ist richtig. Unübersehbar.« Kurz lächelte Sophie mir zu.

»Soll ich es Ihnen in eine Tüte einpacken?«

»Gern.«

»Die Quittung lege ich hinein«, sagte die Dame und schob die braune Papiertüte über den Tresen.

Kurz darauf traten wir wieder in die Passage. Zwischen den dicht gedrängten, kauflustigen Kunden schaute ich auf Sophie. »Lust auf einen Kaffee?«

Sie strahlte. »Vorher möchte ich noch für Josie einen Teddy kaufen.«

»Kein Problem. Ich kann dich bestimmt unterstützen.« Voller Tatendrang schob ich sie sanft am Rücken vorwärts.

Sophie lachte. »Wir müssen in die andere Richtung zum Build-A-Bear-Workshop. Sie soll einen ganz besonderen Teddy bekommen.«

»Okay. Erklär es mir«, forderte ich sie lächelnd auf. Erwartungsvoll sah ich auf sie hinab.

Ihre Augen funkelten im Schein der Lichter. Schmunzelnd hakte sie sich bei mir ein und führte mich in das Geschäft. Der Klang ihrer Stimme ließ mich den Tumult um uns herum einfach vergessen.

»Es ist ganz einfach. Ich suche mir ein Kuscheltier aus, das wird wiederum mit einer Art Watte gefüllt. Bevor es zugenäht wird, belege ich ein Herz mit guten Wünschen. Mehr ist es nicht«, sagte sie und zog mich in den Store.

Sophie schwebte zu den bunten Stofftieren. Zielstrebig nahm sie einen klassischen beigefarbenen Teddybären aus dem Fach. »Das ist er.«

Stirnrunzelnd begutachtete ich den schlabberigen, aber weichen Bären. »Du hast dich für einen stinknormalen Teddy entschieden, statt das schillernde Einhorn mit der bunten Mähne zu nehmen? Und das in kürzester Zeit?« Alexa hätte Stunden gebraucht.

»Gefällt er dir nicht?« Argwöhnisch drehte sie ihn. »So einen Ähnlichen habe ich auch zu Hause, seit ich ungefähr drei Jahre alt war. Er hat mir zu jeder Zeit Trost gespendet.«

»Er ist perfekt«, sagte ich lächelnd. Genauso wie sie, aber das behielt ich lieber für mich.

Mit einem breiten Lächeln ging sie zu einer freien Verkäuferin. Die wiederum steckte den schlaffen Stoff in eine Öffnung, die mit watteähnlichen Flocken gefüllt war. Binnen kürzester Zeit nahm der Teddy Form an.

Die junge Frau hielt uns derweil ein kleines Kästchen mit roten Stoffherzen unter die Nase. Sophie schloss die Augen, als würde sie ein Los ziehen wollen. Ich kam nicht umhin, sie anzustarren.

Sie führte das geangelte Herz an ihre wunderbaren Lippen und murmelte für mich Unverständliches hinein. Sie öffnete ihre Lider. Ihr Blick traf mich unvermittelt. Wie in einem freien Fall verlor ich mich darin. In meinem Bauch kribbelte es unentwegt. Wie ein Blitz breitete sich ein Zauber in mir aus. Eine Magie, die nur zu Weihnachten passieren konnte. Ich war mir sicher, es war Liebe.

»Habt ihr euch einen Namen überlegt?«

Sophie blickte mich fragend an.

Weil ich mir gerade meiner Gefühle bewusst wurde, schaute ich wie ein Eichhörnchen im Scheinwerferlicht. Ratlos schüttelte ich den Kopf.

In Gedanken versunken kaute Sophie auf ihrer Lippe. Sie atmete tief ein und schließlich aus. Dann zuckte sie mit den Achseln. »Teddy.«

Die Verkäuferin nickte knapp und trug den Namen in die Urkunde ein. Zum Schluss schob sie uns das Geschenk zu.

Wow, innerhalb von zehn Minuten erfolgreich ein Geschäft zu verlassen, das war mir bis eben so weit weg erschienen wie der Mond von der Erde. Aber Sophie hatte mir gezeigt, dass es möglich war. Teddy. Passend und schlicht. Genauso wie sie selbst.

»Kaffee?«, fragte sie. Bei ihrem Lächeln wurde mir abermals schwindelig.

»Ich lade dich ein.«

Wir schlenderten an den Schaufenstern vorbei. In eine einladende Eisdiele setzten wir uns schließlich. Ohne in die Getränkekarte zu gucken, bestellte ich den gewünschten Cappuccino für Sophie und einen Latte macchiato für mich. Eigentlich würde ich jetzt das Handy zücken, um nach den neuesten Nachrichten zu gieren. Genauso wie es Alexa stets machte. Wir würden voreinander sitzen und ins Handy starren. Sophie hingegen kämpfte mit ihrer dicken Winterjacke, auf die sie Handschuhe, Mütze und Schal legte. Mit geröteten Wangen schaute sie mich lächelnd an.

Fieberhaft suchte ich nach einem ungezwungenen Thema, das nichts mit Haus, Grundstück oder Freund zu tun hatte. Ich könnte sie nach ihrer Lieblingsfarbe fragen, aber das wäre irgendwie kindisch, obwohl es mich interessierte. »Was ist dein größter Wunsch zu Weihnachten?«, erkundigte ich mich schließlich, nachdem der Kellner unsere Getränke gebracht hatte.

»Dass Josie wieder spricht.« Ohne den Blick von mir zu nehmen, mischte sie den Schaum mit dem Kaffee. Genussvoll leckte sie den Löffel ab.

Mir wurde plötzlich ganz heiß, was sicherlich daran lag, dass ich noch meinen Mantel trug. Umständlich zog ich ihn im Sitzen aus.

»Und deiner?«, fragte sie und hob die Tasse an ihre Lippen. Über den Rand hinweg schaute sie mich erwartungsvoll an.

Im Gegensatz zu ihr fiel mir nichts ein. Nichts, was ich ihr anvertrauen konnte. Dass ich mir gerade wünschte, ich hätte nie der Hochzeit mit Alexa zugestimmt, und dass das Bedürfnis, sie hier vor all den Leuten zu küssen, immer stärker wurde, konnte ich ihr ebenso wenig offenbaren. Deswegen lenkte ich von meiner Person ab. »Das ist wirklich sehr selbstlos von dir«, sagte ich. Ich drehte das vor mir stehende Glas.

»Was ist dein Lieblingsweihnachtsfilm?«, fragte sie. Ob sie spürte, dass ich in manchen Kategorien nicht sonderlich redselig war? Ein Stein fiel mir vom Herzen.

»Das ist einfach: *›Stirb langsam‹*.«

Ihre Augen weiteten sich. Sie legte ihren Kopf in den Nacken und lachte. »Das ist doch kein Weihnachtsfilm«, widersprach sie.

»Natürlich ist er das. Er spielt an Heiligabend. Mit einer Menge Schnee und Weihnachtsbäumen und …«

»Und einer Menge Blut«, schloss Sophie lachend den Satz. »Ich dachte da eher an: *›Tatsächlich Liebe‹*, *›Liebe braucht keine Ferien‹* oder *›Der Grinch‹*.«

Grinsend vermischte ich meinen geschichteten Latte macchiato. »Und welcher von den dreien ist dein Favorit?«

»›Die Geister, die ich rief‹.«

Kollektiv stimmten wir einen Lachanfall an, dass wir uns den Bauch halten mussten. Langsam beruhigten wir uns und fanden aus unserem gemeinsamen Lachflash heraus. »Den mag ich übrigens auch.«

Wir erzählten uns abwechselnd unsere schrecklichsten Weihnachtsgeschenke, unsere peinlichsten Situationen in der Schulzeit und andere lustige Geschichten. Es war unbeschwert, mit Sophie hier zu sitzen. Liebend gern hätte ich noch mehr über sie erfahren, aber die

Bedienung sammelte bereits unser Geschirr ein. Daraufhin bat Sophie, die Rechnung zu bringen.

Enttäuscht, dass sie dem ein abruptes Ende machte, kramte ich nach meinem Portemonnaie. Möglicherweise hatte sie noch andere Termine. Großzügig legte ich einen Zwanzigeuroschein auf den Tisch, obschon die Rechnung noch nicht einmal die Hälfte betrug. Manche Gewohnheiten waren nicht so einfach abzuschütteln.

Trotz des schlagartigen Aufbruches schlenderten wir zum Auto. Sophie startete den Wagen und keine Stunde später fuhren wir den einsamen Weg zu ihrem Heim hoch. Je näher wir kamen, desto schneller klopfte mein Herz gegen die Rippen. Ich benahm mich wie ein verliebter Teenager.

Sophie verschloss gewissenhaft die Autotür, nachdem sie mir aus dem Kofferraum das Weihnachtsmannkostüm übergeben hatte. »Möchtest du vielleicht noch reinkommen?« Sie leckte sich nervös über die Lippen.

Wenngleich ich nichts lieber täte, als den Abend mit ihr zu verbringen, lehnte ich ab. »Ich habe die Zeit mit dir wirklich genossen, Sophie. Ich fühle mich sehr wohl neben dir. Wenn ich jetzt mir dir den Tag ausklingen lasse, kann ich dem Drang, dich zu küssen, nicht mehr widerstehen.«

Sie senkte den Kopf und schluckte. »Ich habe nichts dagegen, wenn du das tust«, murmelte sie. Langsam hob sie ihren Blick. Ihre Augen strahlten etwas zwischen Bangen und Hoffen aus sowie Verunsicherung.

Schwer atmend fuhr ich mir über den Nacken. Wie sollte ich ihr nur erklären, dass es bereits eine Frau in meinem Leben gab? Verdammt, ich hatte mich in eine ausweglose Situation gebracht.

Ihre Stirn furchte sich. Ihr Blick ging an mir vorbei, als würde sie selbst nach einer Erklärung suchen. In ihre Augen legte sich eine Portion Kummer mit einem dicken Schlag Erkenntnis. Sie räumte einen Abstand zwischen uns ein, der mir das Blut in den Adern gefrieren ließ. »Oh. Du hast eine Freundin«, murmelte sie. »Was für ein Glückspilz sie doch ist.« Betreten starrte sie auf ihre Fußspitzen. Eine verräterische Träne schillerte in ihrem Augenwinkel. Sie drehte sich weg.

»Nein«, sprudelte es aus mir heraus. Nein! Sie durfte nicht traurig sein, und ich durfte nicht der Grund dafür sein. Das hatte sie nicht verdient! Entschieden schloss ich die Kluft zwischen uns. Zusätzlich legte ich meine Hand auf ihren Arm und sah auf sie hinab. Ich wollte und konnte sie nicht unglücklich sehen. Sie empfand etwas für mich, genauso wie ich für sie. Warum sollte jemand zwischen uns stehen, für den ich nicht mehr brannte? Meine Liebe zu Alexa existierte nicht mehr. Etwas unsanft rüttelte ich an Sophies Schulter, damit sie mir in die Augen schaute.

»Die Auszeit zwischen uns hat mir gezeigt, dass ich nichts mehr für sie empfinde. Viel zu lange trage ich die Vermutung schon in mir, dass etwas in unserer Beziehung nicht stimmt. Die Zeit allein hier bestätigt mir das noch mal.« Mein Hals brannte und ich schluckte trocken. »Kein Mensch hat es je geschafft, mein Herz in so kurzer Zeit zu berühren. Du bist etwas ganz Besonderes. Ich …« Meine unausgesprochene Einsicht ließ mich blinzeln. Entschieden straffte ich den Rücken. »Ich liebe dich.« Mein Herz wummerte in einem Gemisch aus Glücksgefühlen und Furcht. Frucht, dass sie mich auslachen könnte. Aber sie tat es nicht.

Bekümmert schlang sie ihre Arme um die Taille. »Es wäre fair von dir, wenn du deiner Freundin erzählen würdest, dass du sie nicht mehr liebst.«

Zärtlich legte ich den Finger unter ihr Kinn und hob es an. Unsere Blicke trafen sich. Ich zitterte vor Aufregung, dennoch kroch eine angenehme Wärme durch mich hindurch, sobald ich mich in ihr verlor. Konnte das Wort Liebe überhaupt mein Empfinden für sie abdecken? Es war so viel mehr als das. Tiefe Verbundenheit und Wertschätzung waren nur Teile, die mir auf Anhieb einfielen. Sicherlich gab es noch mehr Beschreibungen. Der Verzicht, meine Lippen auf ihre zu pressen, war die Hölle pur, dennoch war es das Richtige, solange ich Alexa nicht erzählt hatte, dass ich sie verließ.

# Kapitel 15

## Sophie

DER Postbote fuhr gerade mit seinem knatternden Diesel vor. Ich klickte die E-Mail weg, die Interesse an meinem Grundstück bekundete. Meyer Hotel & Resort Group International. Selbst samstags schickten sie Anfragen raus. Wie hartnäckig die doch waren. Der Stuhl schabte auf den Dielen, als ich ihn zurückschob, um die Post entgegenzunehmen.

»Hallo, Klaus. Wie geht es dir?«, erkundigte ich mich und nahm ihm die Briefe ab.

»Guten Morgen, Sophie. Alles bestens. Hast du schon gehört? Die Fechners haben nun wirklich verkauft.«

Seine Worte trafen mich genau in der Magengrube. Meine Gedanken fielen wie bei einem Schneesturm ungeordnet zu Boden. Eigentlich hätte ich mich setzen müssen, aber ein Stuhl fehlte im Türrahmen. Ich erinnerte mich an die Männer in Arbeitskleidung, die sich ganz in der Nähe meines Grundstückes aufgehalten hatten. Der Teil grenzte an den Fechners an. Wenn es tatsächlich zum Bau käme … Neben einem Hotelklotz wollte ich nicht wohnen. Es war zum Verzweifeln. Momentan schien sich die Welt gegen mich verschworen zu haben.

Nachdem mir Lennart gestern Abend von seiner Lage erzählt hatte, waren meine Tränen ohne Pause gelaufen, bis ich irgendwann in einen traumlosen Schlaf gefallen war. Ich konnte ihm keinen Vorwurf machen, immerhin hatte er mir die Wahrheit gesagt. Das rechnete ich ihm hoch an. Ohnehin war es ein Fehler gewesen, ihn derart dicht an mich heranzulassen. Bald würde er abreisen. Die Trennung und der Schmerz quälten mich schon jetzt bei jedem Atemzug. Ich musste nach vorn schauen, ohne Liebeskummer.

Mit Klaus' Neuigkeiten kamen meine Kopfschmerzen zurück. Wenigstens schienen die Tränen versiegt zu sein. Ich unterdrückte sie tapfer. »Tja. Dieses Weihnachten brauche ich wohl auf keine Wunder zu hoffen.«

»Ach, Sophie. Das wird noch Jahre dauern, bis hier der erste Spatenstich gemacht wird. Wer weiß, ob es jemals so weit kommt, wenn Regine erst einmal ihre Umweltaktivisten mobil macht.« Klaus' Krähenfüße gruben sich um seine Augen.

Gedankenversunken kaute ich auf meiner Lippe. »Ach, die Demo. Ralf war gar nicht so zornig. Und vielleicht kommen ja deshalb noch einige Buchungen. Aber was ist, wenn auf den verkauften Grundstücken gebaut wird? Die Gäste werden sich bestimmt wegen der Lautstärke beschweren.«

»Dann weise auf deiner Website auf eventuellen Baulärm hin. In der Zwischenzeit kannst du die Wohnungen etwas vergünstigt anbieten.«

Ich lächelte gequält. »Wenn ich sie günstiger anbiete, dann bekommen meine Gäste noch etwas raus.«

Klaus schmunzelte und hob die Hand. »Ich muss dann mal. Mach's gut. Wir sehen uns bestimmt auf dem Weihnachtsmarkt.«

»Tschüss. Ich rechne mit dir und einem Kauf meiner Plätzchen.« Dann rollte Klaus den Weg hinunter.

Unauffällig schaute ich hoch zu Lennarts Fenster. Was er wohl gerade machte? Ein ausgiebiges Telefonat mit seiner Freundin führen? Am Telefon eine Beziehung zu beenden, wäre nicht die feine englische Art. Mit einer feigen *WhatsApp* Schluss zu machen, war auch nicht besser. So würde ich ihn allerdings nicht einschätzen. Lennart war ein Mann, der jede Frau auf Händen trug, oder?

Nachdem er mir gestern seine Liebe gestanden hatte, hatte ich mich zurückgezogen. Eine Mischung aus Herzklopfen, gepaart mit Unsicherheit begleitete mich seitdem. Sie zog mich wie eine Spirale hinunter. Er hatte mir seine Liebe geschworen, obwohl wir uns erst eine Woche kannten. Diese Zuversicht ließ mich nahezu fliegen. Doch keine Sekunde später stürzte ich ab und schürfte mir wie bei einem Sturz das Knie auf, nur dass mein Herz anstelle des Beines blutete. Die Liebe zu ihm bedeutete eine Fernbeziehung. Er musste sich entscheiden. Mich gab es nur im Doppelpack, zusammen mit dem Haus. Ein Umzug käme für mich nicht infrage.

Seufzend nahm ich die in Cellophan verpackten Plätzchen und brachte sie hinunter ins Dorf in die Sammelstelle.

Der Spaziergang tat mir gut. Die frische Luft sollte meine Gedanken freipusten. Winzige Eiskristalle flirrten in der Sonne wie Miniatur-Diamanten. Ach, ich liebte einfach dieses Wetter. Diese Stille. Ob in Frankfurt auch Schnee lag? Ich schob die Gedanken fort. Bauer Karl kam mir mit Schiebermütze auf dem Kopf und Milchkanne entgegen. Ich grüßte ihn.

»Hallo, Sophie.« Quietschend fuhr er an mir vorbei.

Er gehörte zu Schönbach genauso wie das *Talblick* zu mir.

Unbewusst schlug ich die Straße ein, in der Tina mit Josie lebte. Abermals rutschte mein Herz in die Hose. Seit dem Schlittenvorfall war der Kontakt abgebrochen. Ob ich mich bei Tina noch mal entschuldigen und mich über Josis Gesundheitszustand erkundigen sollte? Ich nahm meinen ganzen Mut zusammen und klingelte bei ihnen. Drei Mal versuchte ich mein Glück, ehe ich aufgab. Zumal alle Fenster in Dunkelheit gehüllt waren. Stattdessen konnte ich Oma Gisela besuchen, um nach dem Rechten zu schauen. Aber dort öffnete mir auch keiner. Okay. Heute wollte niemand mit mir reden.

Ehe ich mich versah, befand ich mich vor Mamas Grab. Sie war die Einzige, die immer für mich Zeit und ein offenes Ohr hatte. Bevor ich mit ihr redete, schaute ich mich um. Ich war allein.

»Hallo, Mama«, fing ich an. Grübelnd kaute ich auf meiner Lippe. »Tja, was soll ich sagen. Ich habe mich in Lennart verliebt. Ich weiß, was du sagen willst. *Verliere niemals dein Herz an einen Gast.* Zu spät. Aber Lennart hat sich ebenfalls in mich verliebt. Er hat es mir jedenfalls beteuert.« Entkräftet sackten meine Schultern hinab. »Er hat eine Freundin. Immerhin hat er mir die Wahrheit gesagt. Ein anderer Mann hätte vielleicht die Situation ausgenutzt und es mir verheimlicht. Solange Lennart jedoch keinen klaren Schlussstrich gezogen hat, werde ich wohl damit leben müssen. Auf keinen Fall möchte ich ein Keil zwischen zwei Personen sein. Er allein muss sich entscheiden, und wenn er bei seiner Freundin bleiben will, dann werde ich das wohl akzeptieren müssen. Vielleicht findet Friedhelm ja endlich einen jungen, gut aussehenden Nachfolger für seine Praxis.« Ich quälte mir ein Lächeln ab. »Dann werde ich öfter in seine Sprechstunde gehen. Wobei, einen besser aussehenden Mann als Lennart kann ich mir ohnehin nicht vorstellen.«

Ich sah mich erneut um. »Wenigstens war Micha in der Zwischenzeit bei mir, um nach den Mardern zu schauen. Er hat eine Lebendfalle aufgestellt. Bis jetzt ist sie leer. Später guckt er noch mal danach, ob alles in Ordnung ist.«

Ich blieb noch kurz am Grab stehen, richtete die zu Eis gefrorenen Blumen und faltete meine Hände. »Danke fürs Zuhören.« Daraufhin schlenderte ich mit einem ausgiebigen Umweg nach Hause.

# Kapitel 16

## Lennart

Es war zum Aus-der-Haut-Fahren. Alexa ging einfach nicht an ihr Telefon. Ich probierte es nun zum gefühlt tausendsten Mal. Das Freizeichen ertönte und ich schob die Gardine beiseite. Von Sophie weiterhin keine Spur. Ich machte mir Sorgen. Den ganzen Samstag über kein Lebenszeichen von ihr und es wurde schon dämmrig. In der Wohnung war sie nicht, das Auto stand da. Bestimmt hielt sie sich im Dorf auf. Vielleicht kaufte sie für das Wochenende ein. Ob sie mir bewusst aus dem Weg ging? Sogar das Weihnachtsmannkostüm hatte ich allein anprobieren müssen. Es passte wie angegossen. Wie gern hätte ich es gehabt, wenn sie mir die goldene Schnalle am Bauch zugebunden hätte. Gedankenverloren nahm ich den teuren Montblanc-Füller auf, der vor mir auf dem Tisch lag. Wie herrlich das sein musste, ihre Hände zu spüren.

»Lennart?«, riss Alexa mich aus den Gedanken. Fast hätte ich sie weggedrückt. Vor lauter Schreck glitt der Stift aus meinen Fingern und landete irgendwo neben mir. Fahrig tastete ich danach, bis ich mich zur Räson brachte. Konzentriere dich, Mann, jetzt bloß nicht die Nerven verlieren. Nervös fuhr ich mir über die Wange. Ich stoppte bei der mit Alexa in Verbindung gebrachten Geste. Verwundert schaute ich auf meine Hand, als hätte sie etwas Fremdes gefühlt. In etwa stimmte das. Ihretwegen rasierte ich mich stets, denn ihre Haut reagierte viel zu empfindlich auf die piksenden Stoppeln, sodass sich die Partie rund um ihren Mund und ihre Wangen sofort rötete, wenn wir uns innig küssten.

Im Hintergrund hörte ich lautes Kreischen sowie dröhnende Musik. Knallte da eben ein Sektkorken? »Alexa. Wir müssen reden«, sagte ich schließlich. Ich ließ mich stöhnend auf die grüne Couch fallen.

»Darling, können wir das nicht auf morgen verschieben? Mein Junggesellinnenabschied ist der Hammer.«

»Was für ein Junggesellinnenabschied?« Wusste ich davon? Angestrengt kramte ich in meinem allerletzten Hinterstübchen.

»Ich bin in Florida mit den Mädels. Jetzt komm schon, du hast es doch nicht vergessen.«

Ich sah Alexa regelrecht mit ihren Augen rollen. »Du hast wirklich alle nach Florida eingeladen? Ging das nicht zu Hause?«

»Lennart!« Sie stöhnte.

Ich sollte sie jetzt nicht unnötig verärgern. Das, was ich ihr gleich sagen würde, würde ihr ohnehin nicht gefallen. »Alexa. Es tut mir leid, aber ich kann …«

»Wo ist die Champagnerflasche? Ich sitze gerade auf dem Trockenen!«, rief sie zu irgendwem.

Entkräftet drückte ich Daumen und Zeigefinger auf meine Nasenwurzel. »Alexa. Bitte, es ist wichtig. Hör mir zu.«

»Ich bin ganz Ohr.«

Im Hintergrund vernahm ich nun unverkennbares Wasserplätschern. Eine Poolparty? Ich schob das Bild fort. »Unsere Hochzeit. Du musst sie absagen, ich kann das nicht.« Unbewusst hielt ich die Luft an. Keine Reaktion. »Alexa?«

Ein quiekendes, fast hysterisches Lachen kam aus dem Handy, sodass ich es weit weghalten mussten. »Was erzählst du denn da? Hat dich die Einsamkeit irregemacht?«

»Was? Nein. Alexa. Ich habe mir Gedanken über uns gemacht. Jetzt sei doch mal ehrlich. Liebst du mich?«

Schweigen.

Als ich dachte, sie hätte mich einfach weggedrückt, kam doch noch etwas von ihr.

»Jetzt hör mir mal zu. Ich habe eine Hochzeit organisiert, die mehr kostet, als manch anderer jemals in seinem ganzen Leben verdient. Jede einzelne Einladungskarte ist raus. Bis auf ein paar wenige haben bereits alle zugesagt. Mein Brautkleid ist ein Einzelstück, noch dazu maßgeschneidert. Ich werde es Silvester tragen. Neben meinem

Bräutigam. Nämlich dir. Was ist nur in dich gefahren, dass du plötzlich kalte Füße bekommst?«

»Lass uns vernünftig darüber sprechen. Ich verstehe, wenn du wütend bist.«

Wieder diese unerträgliche Stille.

»Ist es das Mädchen von diesem Haus mit dem Grundstück? Ah. Verstehe. Deswegen die Verlängerung. Du schläfst mir ihr. Tja, nun. Wenn du es für nötig hältst. Das macht in unserer Gesellschaft so gut wie jeder. Das gehört ja schon zum guten Ton.«

Fassungslos klappte mein Mund auf. »Was denkst du denn von mir?«

»Hör mir mal zu. Was glaubst du, wird Konrad mit dir anstellen, wenn er erfährt, dass du mich sitzen lassen willst? Er wird dich an den Eiern aufhängen. Dann hat dein Mäuschen auch nichts mehr von dir. Die Hochzeit steht. Wir werden heiraten.« Alexa blies wie ein wild gewordener Hengst durch die Nase.

Diesmal schwang meine Sprachlosigkeit zwischen uns. Fassungslos schüttelte ich den Kopf. »Alexa, bitte lass uns vernünftig wie zwei Erwachsene …«

»Erwachsene Menschen? Du benimmst dich gerade wie ein kleines Kind. Oder soll ich wie ein losgelassener Teenager sagen? Hör auf mit dem Quatsch. Sonst …«

»Sonst?« Drohte mir Alexa tatsächlich? Dieses Telefonat beschleunigte gerade die Einsicht, alles richtig zu machen. Noch nie in meinem Leben war ich mir mit etwas so sicher gewesen.

»Du kannst doch gar nicht ohne uns. Ohne unser Geld.«

»Geld ist nicht alles«, gab ich nüchtern zurück.

»Wenn ich mich recht entsinne, hast du es gern mit vollen Händen ausgegeben.«

Entkräftet schloss ich die Lider. »Es hat nichts mit meiner verloren gegangenen Liebe zu dir zu tun.« Ein missbilligendes Schnalzen drang an mein Ohr. »Alexa, es tut mir leid.«

»Wenn du unbedingt die Kleine vögeln willst, dann tue das. Hauptsache, du erscheinst pünktlich zu unserer Hochzeit.«

»Alexa!«, rief ich aufgebracht. »Ich heirate dich ni…« Ehe ich den Satz beendet hatte, drückte sie mich weg. Stöhnend vergrub ich mein Gesicht in den Händen und rieb mir die Augen. Eine ungute Vorahnung beschlich mich, und mir stellten sich die Nackenhaare auf. Sich mit den Meyers anzulegen war wie Selbstmord zu begehen. Aber was blieb mir anderes übrig, als diesen Schritt zu gehen? Mich selbst aufzugeben? Die reine Vorstellung, Sophie wegen Alexa oder dieser Hotelgruppe zu verlieren, würde das Ende meines Lebens bedeuten. Und das konnte ich auf keinen Fall zulassen. Ich musste mich von allem trennen, nicht nur von Alexa. Ich musste alles hinter mir lassen. Meine Karriere, meine Ziele, all meine bisherigen Errungenschaften. Ich musste frei sein, um zu dem Mann werden zu können, der den Engel Sophie verdiente. Ich holte meinen Laptop hervor und schrieb meine Kündigung.

Derart aufgewühlt hatte ich mich nicht mehr gefühlt, seit ich vor ein paar Jahren meinen Vater in der Seniorenresidenz untergebracht hatte. Die wiedergewonnene Freiheit und die Entbindung meiner Pflicht hatte mich nahezu zu einem anderen Menschen gemacht. Der jetzt alles bereute, weil er sich selbst dabei verloren hatte.

Noch während ich mit meinen Gefühlen kämpfte, hörte ich Schritte auf dem Flur. Sophie! Ohne lange zu überlegen, stürmte ich hinaus und kollidierte mit Micha.

Ihm entglitt ein undefinierbarer Laut und ich wich zurück. »Pass doch auf, Mann.« Er sendete mir einen mürrischen Blick und strich sich seine Kleidung glatt.

Genauso verwirrt wie enttäuscht versuchte ich, Haltung zu bewahren. Was machte Micha hier ganz allein? Hatte er jederzeit Zutritt? Oder war Sophie in der Zwischenzeit nach Hause gekommen, ohne dass ich davon etwas mitbekommen hatte?

Wie in einem Duell standen wir uns gegenüber. Stumm beäugten wir uns, bis Micha sich wegdrehte. Zielsicher öffnete er die Luke zum Dachboden und ließ die Leiter heruntergleiten. Bevor er hinaufstieg, musterte er mich kurz, doch lange genug, um seine ablehnende Haltung mir gegenüber erkennen zu lassen. Er mochte mich nicht. Das hatte er mir schon vor dem Gasthaus gezeigt.

Ohne wirklich drüber nachzudenken, folgte ich ihm. Sobald ich den riesigen Raum betrat, traf mich bittere Kälte. Seit der letzten Begehung hatte sich nichts verändert. Auch heute waren keine Tiere in Sicht. Der Käfig war leer.

»Dann sind die Marder wohl umgezogen«, sagte ich in die gespenstische Stille hinein. Derweil prüfte Micha die Lebendfalle auf ihre Funktionalität hin. Abschließend richtete er sich mit einem unfreundlichen Blick zu voller Größe auf. Mit wenigen Schritten stellte er sich vor mich. »Ich habe keine Ahnung, welches Ziel du verfolgst, aber lass die Finger von Sophie.«

Nase an Nase funkelten wir uns an. Es gab nur eine Erklärung, warum Micha derart wütend reagierte. Entweder war er eifersüchtig auf mich, oder er wusste um meine Identität, war sich nur noch nicht sicher. Ich hoffte auf die erste Variante.

Micha schnaubte hörbar durch die Nase. Mit malmendem Unterkiefer kappte er unsere unter Starkstrom gesetzte Verbindung und marschierte wortlos zur Leiter.

Ich blieb so lange stehen, bis ich ihn wegfahren hörte.

Den Vorfall zwischen ihm und mir behielt ich für mich. Wenn ich Sophie davon erzählte und Micha davon erfuhr, wusste ich nicht, wie er reagieren würde. Möglicherweise setzte er alles daran, Sophie auf Abstand zu halten, bevor er nicht herausgefunden hatte, was ich hier suchte.

Plötzlich fühlte ich mich einsam in meiner Ferienwohnung. Ich schaute mich um. Blickte auf den Holztisch mit den dunklen Astverfärbungen und hinüber zu den Vorhängen, die farblich zu der Couch passten. Jetzt, da ich mich von Alexa getrennt hatte, musste ich mich früher oder später um eine Bleibe kümmern. Natürlich konnte ich nicht ohne Weiteres Sophie von meiner Trennung erzählen und hoffen, dass sie mich hier aufnahm. Sie würde sich bestimmt überrumpelt fühlen, wenn ich an ihrer Tür klopfen und sagen würde: »Überraschung! Ich darf dich jetzt küssen, weil ich mit meiner Freundin Schluss gemacht habe.« Stöhnend fuhr ich mir über das Kinn. Was für ein Blödsinn. Dennoch musste ich sie davon in Kenntnis setzen, ohne sie zu bedrängen.

# Kapitel 17

## Sophie

Ich presste meine Lippen aufeinander, um die Pflege zu verteilen. Die unter meiner Mütze herauslugenden Haare zupfte ich, bis ich zufrieden war. In einer halben Stunde übernahm ich die Schicht auf dem Weihnachtsmarkt.

Unbewusst spitzte ich die Ohren, ob Lennart zugegen war. Eine Angewohnheit, die ich kaum abzuschütteln wusste. Obwohl ich eben noch an seiner Wohnungstür vorbeigelaufen war, um in dem angrenzenden Appartement nach dem Rechten zu schauen.

Ich freute mich auf die Abwechslung. Ganz bestimmt kam ich auf andere Gedanken, wenn zwischen dem Geruch von gebrannten Mandeln unzählige Kinderaugen leuchteten.

Es klingelte an der Tür. Mein Herz schlug mit einem Mal viel zu schnell. Ein letzter Blick in den Spiegel und ich öffnete die Tür. Blaue Augen funkelten mich an. Eine Art Befangenheit herrschte zwischen uns. Dass er eine Freundin hatte, hatte alles zwischen uns verändert.

»Ich wollte gerade zu meiner Schicht. Tut mir leid, wenn ich dich abwimmeln muss.«

»Dein Arbeitseinsatz zwischen sechzehn und neunzehn Uhr. Deswegen bin ich hier. Vielleicht kannst du Unterstützung gebrauchen, falls sich niemand anderes bereit erklärt hat.«

Verwundert schob ich mein Kinn nach hinten. »Nein, ich wollte doch keine Vertretung.«

»Ich dachte möglicherweise, dass Micha vielleicht …«

»Micha? Wie kommst du darauf?«, fragte ich lächelnd. Lennarts Verlegenheit passte so gar nicht zu seiner resoluten Person. Sie stand ihm hervorragend.

»Ach, ich weiß auch nicht. Wir sind kurz aufeinandergetroffen.«

»Er hat nach den Tieren geschaut.«

»Ja, ich weiß.«

Ich schmunzelte. Was für eine absurde Unterhaltung. Mein verliebter Zustand würde sich ohnehin nicht ändern, auch wenn ich ihn heute zum Teufel jagte. Spätestens morgen, wenn er den Weihnachtsmann spielte, würde er um mich herumschwirren. Ich sollte lernen, damit umzugehen. Und das am besten gleich. »Wenn du gegen kalte Füße und sonstige Erfrierungen gerüstet bist, dann habe ich nichts dagegen, wenn du mir Gesellschaft leistest.«

Erleichtert schenkte er mir sein attraktivstes Lächeln. Hatte er tatsächlich mit einer Abfuhr von mir gerechnet?

In einvernehmlichem Schweigen liefen wir den Weg hinunter ins Dorf. Die Kälte veranlasste mich, meine Arme um die Taille zu legen. So umging ich den Impuls, Lennart an die Hand nehmen zu wollen. Schon allein seinen Gang, zusammen mit dem knirschenden Schnee unter seinen Füßen, empfand ich als äußerst sexy. Niemanden zuvor hatte ich derart anmutig laufen sehen, ohne arrogant auf mich zu wirken oder übertrieben sportlich zu sein.

»Ich bin so dick angezogen, dass ich mich kaum bewegen kann«, durchbrach ich die Stille.

Lennarts Kopf fuhr herum. »Was das anbelangt, bist du erprobt. Für mich ist es das erste Mal in einem winzigen Hüttchen zu stehen und zu hoffen, dass sich jemand erbarmt, Plätzchen zu kaufen.«

»Hey, meine sind richtig gut.« Gespielt ernst boxte ich ihn in die Seite.

Lachend hielt er sich die Stelle. »So meinte ich das nicht. Immerhin ist Weihnachten. Fast jeder backt zu Hause für sich oder bekommt Süßigkeiten geschenkt.«

»Ja, ich weiß. Der Erlös geht doch an einen guten Zweck. Mit jeder verkauften Plätzchentüte geht eine Spende an Hilfsbedürftige. Diesmal unterstützen wir die Altersarmut. Du glaubst gar nicht, wie viele Senioren zu wenig Geld haben, um sich einen Toaster kaufen zu können.

Lennart ließ den Kopf hängen. »Ja, es ist eine Schande. Und jedes Jahr helft ihr einer anderen Organisation?«

»Genau. Letztes Jahr ging das Geld an die Grundschule, damit alle Kinder am Schulessen teilnehmen können. Es gibt kaum einen Ort, an dem keine Ungerechtigkeit herrscht. Auch nicht hier in unserem heimeligen Dorf.«

Je weiter wir uns der Kirche näherten, desto würziger duftete die Luft nach gebrannten Mandeln, Anis und Gegrilltem. Mir lief bereits das Wasser im Mund zusammen. Im Hintergrund dudelte leise Weihnachtsmusik.

An unserem Verkaufsstand angelangt, blieben wir stehen. Jetzt zu der Zeit, wenn es draußen dämmerte und die Lichter ihre heimelige Wirkung zeigten, durchzog auch mich ein Zauber, der sicherlich nur an Weihnachten lag und nicht an Lennarts Anwesenheit.

»Ah. Wie schön. Schichtwechsel.« Wie auf Kommando schob Gabi ihren Sohn aus dem vielleicht vier Quadratmeter großen Hüttchen.

»Wie ist es denn gelaufen? Hat es sich gelohnt?«, erkundigte ich mich und trat hinein. Lennart folgte mir. Ich hatte seine Größe unterschätzt. Allein seine Person füllte nahezu den winzigen Raum. Ihn nicht zu berühren, wenn ich Luft holte, war eine Herausforderung. Auweia, das konnte ja heiter werden. Neugierig begutachtete er alles, drehte und wendete sich, ohne sich von mir gestört zu fühlen.

»Eher schleppend. Was aber vielleicht daran liegt, dass Chris seine Mundwinkelspanner falsch herum eingesetzt hat. Da bekommt ja selbst der Grinch Angst.«

»Mama!«, gab er augenrollend zurück.

Lachend schob sie ihren genervten Sohn am Rücken fort und verabschiedete sich.

Kurz erklärte ich Lennart die Geldkassette, die als Kasse diente, bis der erste Kunde seine Wünsche äußerte. Mir gefiel es, wenn Lennart mit seiner tiefen, eindringlichen Stimme »Danke, schönen Abend noch« oder »Lassen Sie es sich schmecken« sagte.

Doch als ich ihm den gegenüberliegenden Glühweinstand zeigte, entgleisten ihm jegliche Gesichtszüge. Blässe zog über seine Haut. Fürsorglich strich ich ihm über den Arm. »Alles in Ordnung?«

Ohne die Augen von unseren Nachbarn zu nehmen, fragte er: »Sind das nicht die Bellevues?«

Ich folgte seinem Blick. »Ja. Sie haben hier schon seit Jahren ihren Stand. Eigentlich dachte ich, wir trinken später einen Punsch dort.«

Lennart zog seine Mütze etwas tiefer in die Stirn. Er wirkte nervös, gar beunruhigt.

»Wir müssen da nichts trinken gehen. Es gibt auch noch anderer Stände.«

»Ich würde mir gern alles in Ruhe anschauen, wenn du nichts dagegen hast.«

»Okay«, erwiderte ich und beobachtete, wie er erneut zu unseren Nachbarn schielte und seinen Schal bis über seine Lippen zog.

Die kauffreudigen Besucher lenkten mich von Lennarts merkwürdigem Verhalten ab. Einigen konnte ich sogar eine Unterschrift für meine Petition abzwacken, die mir Friedhelm ausgedruckt hatte.

Unsere Ablöse kam gute zehn Minuten zu früh. Ich übergab die Aufgabe gern, obwohl Lennarts Gegenwart mich auf angenehme Weise gewärmt hatte. Dennoch spürte ich meine Zehen kaum noch trotz meiner zwei Paar Socken übereinander.

»Also, ich finde, du hast dich richtig gut geschlagen.« Im Hintergrund lief klassische Weihnachtsmusik. Mein Herz zog sich zusammen, als *»Stille Nacht«* in instrumentaler Form erklang. Mamas Lieblingslied. Ich schluckte den Kloß hinunter und je weiter wir uns entfernten, desto entspannter wurde Lennart.

»Findest du?« Sein Kopf fuhr herum.

Ich rollte mit den Augen und lächelte. »Dir ist nicht aufgefallen, dass ich so gut wie arbeitslos war? Alle waren neugierig. Die Leute haben mich einfach links liegen lassen.«

Lennart lachte.

Eine wohlige Gänsehaut jagte mir über den Rücken. »Nein. Du irrst dich. Ich habe dir die Arbeit mutwillig abgenommen.«

»Wirklich? Dann habe ich mich wohl getäuscht, dass du hauptsächlich den Frauen Plätzchen verkauft hast.«

Vor einem mit Herrnhuter Sternen bestückten Häuschen blieb er stehen und betrachtete mich, als wollte er jedes kleinste Detail aufnehmen. Das fahle Licht umschmeichelte seine markanten Gesichtszüge und in seinen Augen lag so viel Zärtlichkeit, dass mir schier schwindelig wurde. Lennart hob schmunzelnd die Hand und legte mir eine verirrte Strähne hinter das Ohr. Mein Herz pochte wild gegen die Rippen.

»Nein. Ist mir nicht aufgefallen«, raunte er.

Unsere Blicke verwoben sich miteinander. Unbewusst hielt ich die Luft an. Mein gesamtes Blut sammelte sich in meinen Wangen. Sie mussten glühen. Räuspernd löste ich mich von ihm und widmete mich den wunderschönen Sternen.

»Möchtest du einen?«

Verlegen schüttelte ich den Kopf. »Nein. Sie sind viel zu teuer für mich.«

»Ich spendiere dir einen.«

Unschlüssig knabberte ich an meiner Wangeninnenseite. Jedes Jahr, wenn ich ihn aufhängen würde, müsste ich bestimmt an unsere Zeit denken.

»Was kostet der?«, fragte Lennart den Verkäufer. Er zeigte auf ein großes, rotes Exemplar.

»Fünfzig Euro.«

Lennart pfiff respektvoll durch die Zähne, dennoch zückte er sein Portemonnaie. Der bärtige Mann hielt ihm die Papiertüte hin.

»Danke.«

»Das war doch nicht nötig«, entgegnete ich.

»Doch. Und jetzt einen Glühwein?« Lächelnd schaute er auf mich herab.

»Darauf freue ich mich schon den ganzen Abend.«

Wir schlenderten an den weihnachtlich geschmückten Hütten vorbei. Bei einem Glühweinstand blieben wir stehen. Ohne dass ich etwas einwenden konnte, spendierte er die Getränke. Der heiße Dampf stieg zwischen uns in die flirrend kalte Luft.

»Sophie!«, rief eine sehr bekannte Stimme. Es war Ralf.

Auch wenn ich Ralf als Mensch gut leiden konnte, in seinem Amt als Bürgermeister ging er mir oft gegen den Strich. Hoffentlich war er privat hier.

»Hallo, Ralf«, grüßte ich ihn freundlich.

Aus dem Augenwinkel sah ich Josie an der Hand von Tina an uns vorbeimarschieren. Mein Herz rutschte in die Hose. Mit Sicherheit war sie mir wegen der Schlittengeschichte noch böse. Ich winkte. Josie erwiderte meinen Gruß fröhlich. Offensichtlich schlug die Kleine meine Richtung ein, aber Tina zog sie auf die andere Seite des Weges, ohne mich eines Blickes zu würdigen.

Betroffen sah ich ihr nach und ließ die Ohren hängen. Lennart legte seinen Arm um meine Taille und drückte mich. Diese Geste fühlte sich so gut an, dennoch trug sie nicht zur Linderung bei. Eher im Gegenteil. Sie machte mich umso trauriger.

Ralf runzelte die Stirn. »Habt ihr Streit?«

»Josie ist vom Schlitten gepurzelt, wegen eines dummen Kinderstreichs. Die Piste war an einer Stelle präpariert.«

Die Augen unseres Bürgermeisters weiteten sich. »Wer war das denn?«

Ich zuckte mit den Schultern. »Das wissen wir nicht. Tina macht mir Vorwürfe, weil sie sich sorgt, dass Josie das noch mal traumatisiert hat. Aber es ist nichts passiert.«

»Im Gegenteil. Sie hat bis über beide Ohren gegrinst, als ich sie aufgefangen habe«, schloss Lennart die Geschichte.

»Ein Retter in der Not.« Ralf klopfte ihm grinsend auf die Schulter.

»Das ist doch selbstverständlich«, wiegelte er ab.

»Wenn Lennart nicht gewesen wäre, wäre Josie ungebremst in den Graben gefahren.«

»Die Täter können wir nicht ungestraft davonkommen lassen. Ich habe da ja schon so ’ne Vermutung.« Gedankenverloren tippte er sich an den Mundwinkel. »Das wird schon, Sophie.« Mit diesen Worten ließ er uns zurück.

»Irgendetwas führt er im Schilde.« Schmunzelnd steckte ich meine Nase in die Tasse.

»Vielleicht schafft er es ja, Tina vom Gegenteil zu überzeugen. Josie sah mir eben nicht so aus, als würde sie leiden. Eher war sie traurig, dass sie nicht zu dir durfte.«

»Tina beruhigt sich wieder. Josie ist ihr Ein und Alles. Ich kann sie ja verstehen, wenn sie sich sorgt.«

Lennarts Augen ruhten auf mir. Ein kribbeliges Gefühl rauschte mit dem Alkohol durch meine Blutbahn. Oje. Der Glühwein war tückisch. Ich sollte vorsichtig sein, nicht, dass ich Dinge tat, die ich später bereute.

»Möchtest du noch einen?«, fragte Lennart und sammelte die leeren Tassen ein.

»Nein, danke. Wie wäre es, wenn wir uns die restlichen Stände anschauen und dann nach Hause gehen?«

Er nickte.

Nachdem er das Pfand zurückgebracht hatte, schlenderten wir zwischen den heimeligen Ständen entlang.

»Was ist eigentlich meine Aufgabe morgen als Weihnachtsmann?«, fragte er. Vor einem Wagen mit Süßigkeiten blieb er stehen und kaufte eine Portion gebrannte Mandeln. Er klappte das Tütchen auf und hielt es mir entgegen.

Dankend naschte ich davon. »Eine halbe Stunde vorher wirst du angekündigt. Pünktlich um sechzehn Uhr mischen wir uns unter die Leute und laufen zur Bühne. Dort erwartet dich ein königlicher Stuhl. Mutige Kinder tragen ein Gedicht vor. Wer will, kann sich noch mit uns fotografieren lassen. Du hast noch nicht mal einen Text.«

»Und was ist deine Aufgabe?«

»Ich stehe die ganze Zeit neben dir, assistiere dir und übergebe jedem Kind eine kleine Aufmerksamkeit. Eine Tüte mit Nüssen, einer Orange und einer Tafel Schokolade.«

»Müssen wir die vorher noch befüllen?« Lennarts Augen weiteten sich fast schon ängstlich.

Ich lachte. »Nein. Das machen freiwillige Schülerinnen und Schüler. Früher habe ich das auch mal gemacht.«

»Wieso habe ich mir das schon gedacht?« Lächelnd drehte er seinen Kopf. Seine von der kühlen Luft geröteten Wangen wechselten zu gespenstisch Weiß. Plötzlich wurde er wieder nervös wie vorhin, als er den Stand der Bellevues entdeckt hatte. Ohne zu zögern, nahm er meine Hand und zog mich in die entgegengesetzte Richtung, die er mir vorgeschlagen hatte.

»Äh, was hast du?«, fragte ich, aufgrund seiner überraschenden Flucht.

»Gibt es hier irgendwo Toiletten? Ich muss mal.«

»Ach so. Hinter der Kirche gibt es welche. Wir müssen da lang.« Ich zeigte mit dem Daumen über die Schulter.

Sanft, aber bestimmend schob er mich am Rücken in die besagte Richtung.

Vor dem Gebäude blieb ich stehen. Wartend steckte ich die Hände in die Manteltaschen und beobachtete die Besucher. Zwischen den vielen Mützen entdeckte ich die blonde Hotelmanagerin der Bellevue-Gruppe. Für einen kurzen Moment erwog ich, dass es eine mögliche Verbindung zwischen Lennart und ihr geben könnte. Ich verwarf aber das Hirngespinst gleich wieder. Ach was, das bildete ich mir bloß ein. Der Zufall wäre viel zu groß. Da kam auch schon Lennart auf mich zu.

»Was hältst du davon, wenn wir den Markt noch einmal überqueren und dann nach Hause gehen? Mir wird allmählich kalt.«

Lennart schickte mir ein inniges Lächeln und nickte.

Die Buden zogen mit ihren Lichtern an uns vorbei und wir naschten von den leckeren gebrannten Mandeln. Irgendwann stiegen wir den Weg zu mir nach Hause hinauf. Die Kerzen meiner Tanne leuchteten fahl unter der Last des Schnees. Der Schwibbogen auf der Fensterbank trug ebenfalls zum weihnachtlichen Flair bei. Mir ging das Herz auf, je weiter ich nach Hause kam. Aber gleichzeitig verkrampfte ich. Sobald wir an der Haustür ankommen würden, müssten wir uns verabschieden. Aber wie genau sollte das vonstattengehen? Per Händeschütteln? Einem freundschaftlichen Kuss auf die Wange? Oder einem einfachen »Gute Nacht, schlaf gut« ohne jegliche Berührung? Mein Herz fing unwillkürlich an zu pochen. Auch Lennart schien tief in seinen Gedanken versunken zu sein, je näher wir unserem Ziel kamen.

Vor meiner Haustür blieb ich stehen. »Tja. Wir sind da.« Unentschlossen, ob ich ihn reinbitten sollte, rieb ich die Hände und knabberte an der Innenseite meiner Wange. Ich atmete aus, ehe ich das aussprach, was tief in mir brannte. »Möchtest du vielleicht auf einen Tee hereinkommen?«

Lennart lächelte. »Sehr gern.«

Mein Herz machte einen Hüpfer. Im selben Moment, als ich die Tür aufschloss und mich eine wohlige Wärme empfing, sprang der Anrufbeantworter an.

*Guten Abend und entschuldigen Sie bitte die späte Störung.*
*Meine Frau und ich möchten gern zwischen den Jahren*
*Urlaub bei Ihnen buchen. Rufen Sie mich doch bitte zurück …*

Ein Schauer jagte mir den Rücken hinunter. Überwältigt hielt ich die Hände vor meinen Mund und blickte Lennart an.

»Geh ran!«, forderte Lennart mich lächelnd auf. »Na los.«

Blinzelnd löste ich mich aus meiner freudigen Starre, nahm das Telefon aus der Station und drückte es an mein Ohr.

»Guten Abend. Sophie Schubert.«

Mein Herz schlug so wild, als hätte Lennart mich küssen wollen.

»Ja genau. Die Zimmervermietung *Talblick*. Da sind Sie richtig.« Ich konnte mein Glück kaum fassen.

Mit gezielten Gesten gab ich Lennart den Hinweis, dass ich mich in mein Arbeitszimmer zurückziehen musste. Noch während ich mich auf dem Absatz drehte, hob er die Hand und verschwand durch die Verbindungstür hoch in sein Zimmer.

»Kleinen Moment, bitte. Ich trage Sie gleich ein.« Fröstelnd rollte ich mit dem Bürostuhl an den Tisch. »Wenn Sie mir das Datum, Ihre Adresse und E-Mail … Okay, lieber per Post. Kein Problem.« Nachdem ich alle Formalitäten geklärt hatte, schob ich mich mit einem Ruck nach hinten, legte mir die Haare hinter das Ohr und atmete tief aus. Vielleicht hatte die Durststrecke endlich ein Ende. Entschlossen erhob ich mich, um Lennart die Einzelheiten zu berichten. Bestimmt freute er sich über den Umbruch.

Mein Herz hüpfte gegen meine Brust. Im Dauerlauf nahm ich jede einzelne Stufe hoch zu Lennart, um ihm von meinem Erfolg zu erzählen. Mein Zeigefinger stoppte vor der Holztür. Er duschte. Das Rauschen des Wassers war nicht zu überhören. Bemüht, nicht enttäuscht zu sein, legte ich die Finger auf den Handlauf und stieg die Treppe hinab. Dem Anschein nach war meine Euphorie wohl nicht auf ihn übergesprungen.

# Kapitel 18

## Lennart

VERDAMMT noch mal! Möglicherweise war meine Tarnung aufgeflogen. Ausgerechnet Sybille Kreinert, die schlanke Frau mit den langen, blonden Haaren und einer Menge Charme, im Verkaufsstand gegenüber unserem kannte ich. Sie war die Hotelmanagerin der Bellevues und sich nicht zu schade, selbst anzupacken. Es waren noch keine drei Monate vergangen, seit wir bei einer Tagung nebeneinandergesessen hatten. Wenn sie mich nicht am Aussehen erkannt hatte, dann spätestens an meiner Stimme. Wir hatten uns auf Anhieb verstanden, wenngleich wir Konkurrenten waren. Bevor noch alles aufflog, musste ich mit Sophie reden. Wer ich in Wirklichkeit war und warum ich mich hier aufhielt. Micha hatte mich schon gewarnt. Das Eis wurde immer dünner. Das Weihnachtsmannkostüm würde zwar meine Identität verschleiern, nur wenn mein Name es bis zu Sybille schaffte, dann war alles umsonst. Sophie würde mir nie wieder ihr Vertrauen schenken. Viel zu lange trug ich meine falsche Identität schon mit mir herum. Ich musste ihr endlich reinen Wein einschenken.

Entschlossen richtete ich mich auf und stieg, nachdem ich geduscht hatte, die Treppen hinab, weil ich ihr zu der Buchung gratulieren wollte. Ich klopfte bei ihr, doch es kam keine Antwort. So trottete ich unverrichteter Dinge in meine Wohnung und legte mich schlafen.

Der nächste Tag war bereits vorangeschritten, als ich Sophie draußen auf dem Hof nach Mucki rufen hörte. Sie trug keine Jacke. Lediglich ihre Arme hatte sie schützend um sich geschlungen. Mit eiligen Schritten ging ich zu ihr.

»Was ist passiert?« Besorgt legte ich meine Hand auf ihren Arm.

In ihrem fanatischen Rufen bemerkte sie die Geste nicht einmal. Tränen kullerten ihre Wangen hinunter. »Suchst du Mucki?«

»Er ist nicht aufgetaucht«, sagte sie und wischte sich über ihr gerötetes Gesicht. »Gestern habe ich ihn das letzte Mal gesehen, bevor wir zur Schicht gegangen sind. Normalerweise steht er immer pünktlich vor der Tür, weil er Hunger hat.«

Sie zitterte am ganzen Leib. »Jetzt beruhige dich erst einmal. Hast du schon in der Hütte nachgeschaut?« Nachdrücklich suchte ich nach ihren Augen und beugte mich etwas tiefer zu ihr. Unruhig ließ sie ihren Blick schweifen.

»Du gehst jetzt hinein, sonst erfrierst du. Ich schaue derweil hinter dem Haus. Sind die anderen Wohnungen abgeschlossen? Vielleicht hat er dort eine Zuflucht gefunden.«

»Sie sind offen«, erwiderte sie und schleppte sich durch die Tür.

Ich schaute auf den Bäumen und unter einem mit Ästen und Zweigen aufgetürmten Haufen nach. Zusätzlich rief ich seinen Namen. Auch auf dem Dach schien er nicht zu sein. Die Zimmer waren ebenfalls leer.

Ohne gute Neuigkeiten schlurfte ich zu Sophie ins Wohnzimmer, wo sie an der Fensterbank lehnte und hinausschaute. Ihr meine wahre Identität zu offenbaren, stellte ich vorerst hintan. Ich setzte mich neben sie. Dorthin, wo Mucki die meiste Zeit schlief. »Vielleicht ist er ja mit dem Postboten mitgefahren. Klaus lässt doch immer die Tür offen stehen, wenn er aussteigt.«

Sophie schmunzelte gequält. »Mucki hat viel zu viel Angst vor Autos. Eher versteckt er sich in einem Mäuseloch, bevor er sich in die Nähe traut.«

»Hast du sonst noch eine Idee, wo er sich verkrochen haben könnte? Im Keller?«

»Alles schon abgesucht.«

Mein Blick ging zur Uhr. Es war bereits nach drei. »Wir sollten uns bald auf den Weg machen, sonst schaffen wir es nicht mehr pünktlich.« Mein Auftritt als Weihnachtsmann und ihrer als Engel waren in kaum einer Stunde und ich war noch nicht umgezogen. Sophie genauso wenig.

Traurig schüttelte sie den Kopf. »Ich kann keinen Engel spielen, wenn ich nicht weiß, wo Mucki ist. Vielleicht liegt er irgendwo verletzt und erfriert.«

Ich nahm ihre Hand und strich über ihre weiche Haut. »Es geht ihm sicher gut. Bestimmt hat er es sich mit einer Freundin gemütlich gemacht und sie schmusen irgendwo versteckt.«

Sophie lachte gezwungen. »Ach, Lennart. Ich weiß, dass du mich bloß aufheitern willst. Trotzdem. Es tut mir leid. Ich werde Ralf anrufen. Er kümmert sich um Ersatz.« Sie zückte bereits ihr Handy.

Entschlossen, aber sanft drückte ich das Smartphone auf ihren Schoß. »Auf keinen Fall werde ich ohne dich auftreten. Dann gibt es keinen Weihnachtsmann.«

»Das kannst du nicht tun. Was sollen die Kinder sagen. Sie werden enttäuscht sein.«

»Genauso wie ich.«

Sophie runzelte die Stirn. »Es geht nicht um den Engel. Es geht um den Weihnachtsmann, er ist viel wichtiger.«

»Nein.« Entschieden schüttelte ich den Kopf. »Uns wird es nur im Doppelpack geben.« Ich stand auf und zog sie von der Fensterbank. »Sophie. Ich … « Ich war bereit, mir alles von der Seele zu reden, weil ich dieses Lügengeflecht nicht mehr aushielt. Da fiel es mir wie Schuppen von den Augen. »War Micha noch mal hier?«

»Warum?«

»Er geht doch hier ein und aus wegen der Marder.«

Wir beide sahen uns an. Ohne ein weiteres Wort zu wechseln, eilten wir hoch, vorbei an meinem Zimmer und zu der Luke des Dachbodens. Eine eisige Kälte fiel mit der Leiter zu unseren Füßen. Ich stieg voran und schaltete das Licht an. Erleichtert atmete ich aus. Mein galoppierendes Herz beruhigte sich ein wenig. Mucki lag eingerollt in der zugeschnappten Marderfalle und schlief vor dem leer gefutterten Napf.

»Mucki!«, rief Sophie erleichtert.

Der Kater schlug sogleich die Augen auf und miaute klagend.

Mit wenigen Handgriffen öffnete ich die Fallklappe. Sophie drückte ihn gleich an die Brust, sobald sie ihn unter dem Bauch gepackt und herausgezogen hatte. »Mucki. Du verfressenes, kleines Biest.«

Lachend stellte ich mich hinter sie und streichelte dem Ausreißer über das Fell. »Er muss es irgendwie geschafft haben, unbemerkt auf den Dachboden zu klettern.«

»Danke, Lennart«, murmelte sie in Muckis Fell.

Wenn ich das mit den Mardern nicht angezettelt hätte, würden wir hier gar nicht stehen. Mein Gewissen lastete viel zu schwer auf meinen Schultern.

Sobald wir die Leiter eingeklappt hatten und vor Sophies Wohnung angelangt waren, jagte Mucki in die Küche. Dort angekommen machte er sich über seine gefüllte Schale neben dem Kühlschrank her.

Sophie atmete erleichtert aus. Sie drehte sich zu mir und bedachte mich mit einem dankbaren Blick, der mich dazu ermutigte, sie in die Arme zu schließen. Ihr Duft, die Mischung aus Zimt und Orange, zog mir in die Nase. Ich wusste, ich würde ihn niemals wieder vergessen. Den Wunsch, sie endlich zu küssen, konnte ich nicht länger zurückstellen. Ohne sie aus den Augen zu verlieren, schloss ich die Lücke zwischen uns. Meine Fingerkuppen fuhren entlang der Haarlinie und über ihre vollen Lippen, die so nah und verführerisch wie gebrannte Mandeln vor mir lagen. Ihre Iriden waren voller Zärtlichkeit. Ich ergötzte mich daran. Zwischen uns knisterte es gewaltig. Leugnen war zwecklos. Mit dem Zeigefinger hob ich ihr Kinn an. In quälender Gemächlichkeit beugte ich mich zu ihr hinunter. Mit leicht geöffneten Lippen kam sie mir entgegen. Unter mir drehte sich der Boden. Ich schloss die Lider, ehe sich unsere Münder sanft trafen. Die kleinste Berührung jagte bereits meinen Puls in die Höhe. Unsere Zungenspitzen betasteten sich. Kleine Stromschläge jagten durch meinen Körper, dass ich dachte, ich müsste sterben. Mein Herz pochte wild gegen die Rippenbögen und ich verlor mich in ihrem Geschmack. Ich vergrub meine Hände in ihren seidigen Haaren und drückte sie etwas fester an mich. Eine geballte Ladung Glücksgefühl mit immer stärker werdendem Verlangen brauste durch meine Adern, das ein Feuerwerk der Superlative in mir entfachte. Widerwillig löste ich mich von ihr, aber nur, um in ihre Augen schauen zu können, ob sie das Gleiche empfand. Lächelnd schaute sie hoch zu mir. Ich lächelte zurück. Ein lärmendes Geräusch holte uns aus unserem rosaroten Kosmos. Sofort wurde mir klar, dass es sich um meine Handyerinnerung handelte. »Unser Auftritt!«

Sophie blickte zur Küchenuhr. »Mist! Schon Viertel vor vier. Und wir sind noch nicht einmal verkleidet.«

Zerknirscht schloss ich die Lider. Jede einzelne Zelle meines Körpers wehrte sich dagegen, Sophie loszulassen und den fliegenden Zustand aufzugeben. Sanft zog ich sie noch einmal an meine Brust. Ich konnte mich kaum an ihr sattsehen. Mein Herz verkümmerte geradewegs, wenn ich daran dachte, ihr ausgerechnet in diesem Moment den wahren Grund meines Aufenthalts zu offenbaren.

Sophie stellte sich auf die Zehenspitzen und drückte mir einen hauchzarten Kuss auf den Mundwinkel. Dann verschränkte sie ihre Hand mit meiner und sagte: »Jetzt aber schnell, lieber Weihnachtsmann, sonst verpassen wir unseren eigenen Auftritt.« Eilig zog sie mich aus dem Haus zum Auto.

»Lass uns meinen Wagen nehmen.« Ich öffnete die Kofferraumklappe. Schwungvoll schmiss ich unsere Tüten mit den Kostümen hinein.

»Na gut.«

»Sträubst du dich, in einem SUV zu fahren?« Ich steckte den Schlüssel in das Schloss und drehte.

Nichts.

Dasselbe Spiel. Schlüssel drehen. Nichts.

»Ich weiß wenigstens, dass ich mich auf Bert verlassen kann.«

Mein Kopf fuhr herum. »Bert, hm?«

Sophie zuckte mit den Achseln. »Mein erstes Auto hieß Ernie.«

»Okay. Nehmen wir deins. Wahrscheinlich ist es die Batterie.«

Eilig stiegen wir um. Die Tüten nahm ich zwischen die Beine.

Nur eine halbe Umdrehung des Schlüssels war nötig und Bert schnurrte wie Mucki auf seiner Fensterbank. Von Sophie erntete ich ein selbstgefälliges Lächeln, und wir fuhren vom Hof.

Wir verkleideten uns in einem separaten Raum in der Kirche. Es fiel mir schwer, mich auf mein Kostüm mit dem Rauschebart und dem riesigen Gürtel zu konzentrieren, wo ich doch Sophies nackte Beine in eine weiße Strumpfhose schlüpfen sah. Wusste der Himmel, wie ich das alles überstand, ohne Sophie berühren zu können.

Von draußen aus den Lautsprechern wurden wir bereits angekündigt. Dass wir uns verspätet hatten, stand außer Frage. Unpünktlichkeit wurde bei den Meyers genauso verpönt wie zu frühes Gehen. Das durfte ich mir genau einmal leisten. Ob das hier genauso galt?

Lächelnd kam Sophie auf mich zu. Ganz in Weiß mit Flügeln auf dem Rücken und einem Heiligenschein auf dem Kopf. Mit flinken Händen zupfte sie an meinem Bart und richtete ihn genauso wie meine Mütze. »Eigentlich bist du viel zu schlank für den Weihnachtsmann«, sagte sie und zerrte an meinem Gürtel mit der goldenen Schnalle.

»Und du viel zu hübsch für einen Engel.«

Ihre sinnlichen Lippen bogen sich nach oben.

Obwohl ich mir nichts sehnlicher wünschte, als sie noch einmal zu küssen, fragte ich: »Sollten wir nicht längst fertig sein? Die Kinder sind bestimmt schon ungeduldig.« Nervös schaute ich auf meine Armbanduhr.

Sophie schmunzelte. »Der Weihnachtsmann ist noch nie pünktlich gewesen.«

Überrascht riss ich die Augen auf. »Das heißt, wir sind nicht zu spät?«

Sie wiegte ihren Kopf. »Selbst, wenn! Ralf wird nicht schimpfen. Warum bist du denn so beunruhigt?«

»Mein früherer Chef mochte es nicht, wenn etwas nicht planmäßig lief.«

»Oh.« Erst spendete sie mir einen mitleidigen Blick, doch dann zuckte sie mit den Schultern und ihre Augen sprühten Funken. »Als Weihnachtsmann darfst du dir das erlauben. Außerdem erhöht es die Spannung.« Sie ergriff meine Hand. Gefühlt eine Ewigkeit lang schauten wir uns in die Augen, bis erneut eine Durchsage durch die dicken Kirchenmauern drang.

»Wir sollten uns jetzt wirklich auf den Weg machen«, sagte sie und zog mich in die Kälte.

Wir mischten uns unter die Besucher auf dem Dorfplatz und schritten zwischen den Fachwerkhäusern und den weihnachtlich geschmückten Buden umher. Das eine oder andere Kind hatte uns bereits entdeckt. Sophie winkte erhaben wie die Queen bei einem Staatsbesuch, aber mit einem Lächeln im Gesicht, das überhaupt nicht überheblich wirkte.

Nach mehreren Hundert Metern stiegen wir die Bühne hinauf. Ich setzte mich auf den mit rotem Samt bezogenen Stuhl. Sophie stellte sich direkt neben mich. Der Bürgermeister begrüßte die Besucher mit dem Mikrofon in der Hand.

»Liebe Kinder, liebe Gäste …«

Meine Konzentration ließ zu wünschen übrig. In der Menge zwischen all den leuchtenden Kinderaugen und den wartenden Eltern entdeckte ich Micha neben Sybille Kreinert, der Hotelmanagerin der Bellevues. Sie unterhielten sich sehr vertraut miteinander. Die ersten Schweißperlen rollten meinen Rücken hinunter. Plötzlich fühlte ich mich wie in einer Sauna. Tosender Applaus holte mich aus meiner Starre. In die eben noch zuhörende Besuchertraube kam Bewegung. Ein mutiges Kind übernahm das Mikro des Bürgermeisters und trug Theodor Storms *»Knecht Ruprecht«* in voller Länge vor. Wow, begeistert klatschte ich. Sophie übergab dem Jungen eine prall gefüllte Tüte mit den Naschereien. Weitere furchtlose Mädchen und Jungen sagten ebenfalls ihre Gedichte auf. Jedes Kind hatte Beifall verdient.

Der offizielle Anlass war beendet und ich erhob mich. Doch Sophie drückte mich sanft auf den Thron zurück. Ralf positionierte sich vor uns und trat an den Rand der Bühne. Was passierte jetzt?

»In den letzten Tagen ist ein Vorfall passiert, der mich sehr verärgert hat. Ihr kennt doch alle die kleine Josie. Sie war Schlittenfahren. Doch leider hat jemand die Piste zu einer Eisbahn präpariert und die kleine Maus kam vom Weg ab.«

Ein Raunen ging durch die Menge.

»Es ist nichts passiert. Ein Retter in der Not hat sie auffangen können.«

Applaus fegte durch die kühle Luft. Innerlich betete ich, Ralf möge meinen Namen nicht öffentlich machen. Mittlerweile war mein Anzug von innen pitschnass.

»Die Täter, ich habe da ja so meine Vermutung«, Ralf reckte seinen Hals in alle Richtungen, »sollten sich bei Josie mit einer Wiedergutmachung entschuldigen.«

Erneutes Klatschen.

Ralf senkte mit einer Geste den Beifall und fuhr fort. »Dafür, dass der Jungenstreich glimpflich ausgegangen ist, gilt mein Dank oder unser Dank …«

Jetzt war ich am Ende. Sybille kannte meinen Vor- und Zunamen und die Verbindung zu den Meyer-Hotels. Wenn sie Micha davon in Kenntnis setzte, wäre mein Schicksal besiegelt und meine Maskerade flog somit auf. Ich hätte es ihr längst sagen müssen. Wenn Sophie meine wahre Identität von Fremden erfuhr, statt von mir, würde ihr Herz zerbrechen. Mit meiner Erklärung hätte ich den Schaden ganz bestimmt begrenzen können. Wenn ich ihr doch alles in Ruhe erklärt hätte! Sophie würde mich bis in alle Ewigkeit hassen. Meine Hände verkrampften auf der Armlehne, genauso wie ich die Zähne aufeinanderbiss.

»Lennart …«

Ich schloss die Lider. *Jetzt sag schon.*

»Hey, ihr Pappnasen!«, hörte ich Ralf rufen.

Ich öffnete die Augen und sah, wie er das Mikrofon Sophie in die Hand drückte und die vier Stufen von der Bühne sprang, um einem circa zehnjährigen Jungen und Mädchen zu folgen.

Sophie beugte sich schmunzelnd zu mir herunter. »Das waren Clara und Felix. Die beiden sind ein bisschen wie Michel aus Lönneberga. Man kann ihnen gar nicht böse sein.«

Eine letzte Schweißperle rann mir die Wirbelsäule hinunter. Sybille und Micha verließen den Weihnachtsmarkt. Gott sei Dank!

Lächelnd nahm Sophie ein Kind zwischen uns. Immer noch starr vor Angst, ließ ich das Blitzlichtgewitter über mich ergehen.

Nachdem ich außer Gefahr war, erkannt zu werden, fühlte ich mich immer wohler als Weihnachtsmann. Die vielen leuchtenden

Kinderaugen zu sehen, weil ich ihnen den Moment des Staunens gegeben hatte, gingen mir unter die Haut. Nicht nur die verzauberten Kinder bescherten mir Glücksmomente, Sophie machte den größeren Teil aus. Sie füllte mein Herz, dass es fast zu platzen drohte.

Als wir zurück nach Hause fuhren, nahm ich mir vor, Sophie heute noch über mein Geheimnis in Kenntnis zu setzten, ohne ihr das Herz zu brechen. Gedankenverloren, wie ich das am besten bewerkstelligte, schaute ich aus dem Fenster in die Dunkelheit. Lediglich die beleuchtete Tanne und ihre Weihnachtsbeleuchtung deuteten auf Zivilisation hin.

»Wir können morgen den Stern aufhängen, den ich dir gestern gekauft habe. Der macht sich bestimmt richtig gut vor deinem Eingang«, schlug ich vor.

Sophie schenkte mir ein unter die Haut gehendes Lächeln.

Voller Begeisterung schloss sie die Haustür auf und schaltete das Licht an.

»Möchtest du ein Glas Wein?«, fragte sie und schlüpfte aus ihren Schuhen.

Bevor sie in der Küche verschwand, umfasste ich ihren Arm. »Sophie, ich möchte gern etwas mit dir bereden.«

Sie nickte und goss bereits den Bordeaux in zwei bauchige Gläser. In der Zwischenzeit legte ich ein Stück Holz in die rotschimmernde Glut. Knisternd züngelten die winzigen Flammen und vereinnahmten das gesamte Scheit.

Mit den zwei Weingläsern trat Sophie an mich heran. Meine Gedanken wirbelten umher. Einen klaren Satz zu bilden, war schier unmöglich. Vielleicht sollte ich einen Schritt nach dem nächsten gehen und ihr erst von dem Beziehungsaus berichten. »Ich habe einen endgültigen Schlussstrich zwischen Alexa und mir gezogen.«

Sie rückte etwas näher. »Du hättest mich bestimmt nicht geküsst, wenn du immer noch mit ihr zusammen wärst.«

Lächelnd legte ich ihr eine gelöste Haarsträhne hinter das Ohr. Obwohl sie längst ihr Engelskostüm getauscht hatte, strahlte sie wie ein himmlisches Wesen. Mir verschlug es den Atem, wie sie mit ihren sinnlichen Lippen, ihren Kulleraugen und dem seidigen Haar vor mir stand. Ich begehrte sie so sehr, dass es mir das Herz herausreißen würde, wenn ich sie nicht berühren dürfte.

Wie in Zeitlupe nahm ich ihr das Glas ab und stellte beide Gläser auf den Couchtisch. Ich schloss die Lücke zwischen uns, indem ich sie an mich heranzog. Mit dem Daumen fuhr ich über ihren Hals bis zu ihrem Kinn und hob es an. Langsam kam sie mir entgegen. Unsere Lippen vereinigten sich zu einem langen, intensiven Kuss. Meine Ohren rauschten und mein Herz überschlug sich. Mit zittrigen Händen zog ich ihr den Pullover über den Kopf. Ihre Brustwarzen stellten sich unter dem dünnen Spitzenstoff auf. Meine Fingerkuppen strichen über ihre zarte Haut entlang der Taille. Ohne den Blick von ihr zu nehmen, öffnete ich die Häkchen ihres BHs, der an ihren Schultern heruntergliitt, wodurch sie mir ihre Brüste präsentierte. Ich schluckte trocken bei dem Anblick. Mein Verlangen war kaum noch zu bändigen. Ich legte meine Hand in ihren Nacken und zog sie erneut an meine hungrigen Lippen, während ich ihr die Hose öffnete, die wie von selbst von ihren Hüften glitt. Ihre Augen funkelten, als auch sie mich meiner Sachen entledigte. Sacht, aber bestimmend führte ich sie auf den Boden vor dem Kamin. Unter ihrer brennenden Haut spürte ich ihr Herz schlagen. Behutsam legte ich mich auf sie und bedeckte ihren Körper mit unzähligen Küssen. Hin und wieder entschlüpfte ihr ein leises, kehliges Stöhnen, das mich ermutigte, genau dort weiterzumachen. Sie drückte ihren Rücken durch und wölbte mir ihre Hüften entgegen. Ich setzte mich auf, zog sie auf meinen Schoß und versank in ihrer feuchten Mitte. Unsere Blicke vereinten sich mit unseren pulsierenden Leibern. Sie nahm mein Gesicht in die Hände und ließ ihre Hüften auf meinen kreisen. Hungrig suchte sie nach meiner Zunge. Wir küssten uns stürmisch, bis Sophie ihren Kopf in den Nacken legte und ein leiser Laut aus ihrer Kehle drang. Ich schloss meine Augen, gab mich ihr hin und folgte ihrem Höhepunkt.

Dicht aneinander gekuschelt saßen wir vor dem Kamin und sahen dem tanzenden Feuer zu. Ein rötlicher Schimmer legte sich auf unsere Körper.

Sophie nippte an ihrem Glas. Ich tat es ihr nach. Nachdem mir der Wein die Kehle hinuntergeronnen war, stellte ich das Glas ab und bedeckte ihren Nacken mit meinen Küssen. Sie schmeckte so viel besser als der Bordeaux.

»Manchmal glaube ich, dass dich ein Engel geschickt hat«, durchbrach Sophie die Stille und trank erneut, den Blick auf den Kamin gerichtet. Sie stellte ihr Glas neben meins.

Auch wenn es äußerst süß klang, ich wollte es nicht hören. Irgendwann musste ich mit der Sprache herausrücken. Gerade jetzt, nachdem wir vertrauter waren als je zuvor. »Sophie, ich muss dir dringend etwas sagen«, hauchte ich auf ihre blanken Schultern. Ihr Kopf fuhr herum.

»Was ist es?« Sie gähnte und kuschelte sich noch etwas fester an mich. Ich spürte ihre Atmung immer flacher werden, die nichts mehr mit dem erregten Keuchen von eben gemein hatte.

»So richtig weiß ich gar nicht, wie ich am besten beginnen soll.« Nachdenklich fuhr ich mir mit dem Daumennagel über meine Augenbraue. »Es ist so …«, begann ich. »Mein Chef hat mich als eine Art Spion zu dir geschickt. Ihm gehört die Meyer Hotel & Resort Group International. Du hast von ihnen gehört. Er möchte unbedingt dein Grundstück kaufen, um ein Hotel darauf zu errichten. Ich sollte herausfinden, warum du seine Anfrage blockst und dir nebenbei das Haus schlechtreden. Ich bin für Grundstücksangelegenheiten sowie die Kaufabwicklung zuständig gewesen.« Erschöpft atmete ich tief aus. »Du wirst mich jetzt wahrscheinlich hassen, aber lass mich dir eins versichern: Ich bin aus der ganzen Nummer ausgestiegen. Konrad weiß schon Bescheid. Ich liebe dich und ich will dich wegen einer blöden Grundstücksgeschichte nicht verlieren. Verzeih mir und sei mir nicht böse.«

Sophie erwiderte nichts. War sie so sprachlos, dass sie nicht einmal in irgendeiner Form reagierte?

»Sophie?«

Nichts.

Sanft rüttelte ich ihre Schultern. Damit ich in ihrem Gesicht ablesen konnte, was sie gerade fühlte, beugte ich mich zu ihr herum. Ihre

Augen waren geschlossen, ihr Mund leicht geöffnet und ihre Atmung gleichmäßig. Sie schlief tief und fest.

Verdammt. Ob ich morgen früh noch mal den gleichen Mut aufbringen würde?

# Kapitel 19

## Sophie

WOHLIG streckte ich alle viere von mir. Gestern nach unserem unvergleichlichen Abend musste ich in Lennarts Armen eingeschlafen sein. Irgendwann hatte er mich geweckt und mich ins Bett begleitet. Jetzt fiel es mir auch wieder ein, dass er etwas Wichtiges mit mir besprechen wollte. Vielleicht ergab sich bald die Gelegenheit. Womöglich wollte er auch seine Urlaubswoche wiederholt verlängern. Ich hätte nichts dagegen. Ohnehin stand sein Auto kaputt auf dem Parkplatz. Das musste erst noch repariert werden.

Obwohl ich liebend gern liegen geblieben wäre, klappte ich die Decke weg und schwang meine Beine über die Bettkante. In der Küche löffelte ich Kaffeepulver in die Maschine. Mein Herz setzte zum Dauerlauf an, als ich Schritte aus dem Flur vernahm. Es war verrückt, wie ich auf ihn reagierte. Welche kribbelige Vorfreude mich einnahm, ohne dass er vor mir stand.

Keine Sekunde später trat er hinter mich, legte meine Haare an die Seite und hauchte mir einen Kuss in den Nacken. Ein Schauer jagte mir den Rücken hinunter.

Lächelnd drehte ich mich um und legte meine Hand auf seine bärtige Wange. Seine blauen Augen waren mit so viel Zärtlichkeit gefüllt, dass sie mich wärmten. Auf Zehenspitzen drückte ich ihm einen Kuss auf seinen Mund. »Lars kommt gleich. Er schaut nach deinem Auto.«

»Lars?« Mit gerunzelter Stirn sah er mir zu, wie ich die Asche des erkalteten Kamins beiseiteschob, um zwei frische Holzscheite aufeinanderzuschichten. Das Streichhölzchen entzündete ich mit einem langen Ratsch, bevor ich es reinschmiss.

»Er hat die Werkstatt direkt am Ortsausgang.«

Lennart kratzte sich am Hals. »Ich befürchte, so weit habe ich es noch gar nicht geschafft.«

»Du bist jetzt über eine Woche hier und du willst mir erzählen, dass du das Ortsausgangsschild noch nicht gesehen hast?« Gespielt entsetzt schüttelte ich den Kopf.

»Ich befürchte sogar, dass ich meinen Aufenthalt nochmals verlängern muss, hast du noch ein Zimmer frei für mich?«

»Das kann ich dir erst sagen, wenn ich die Buchungsanfragen beantwortet habe. Es sind nämlich einige eingegangen. Ich vermute, durch die Demo. Anders kann ich mir das gar nicht erklären«, sagte ich stolz und mit einem mädchenhaften Augenaufschlag fügte ich hinzu: »Möglicherweise müssten wir uns ein Bett teilen. Du hast doch kein Problem damit, oder?«

»Ganz und gar nicht«, entgegnete er mit rauer Stimme und rückte ein Stück näher. Er strich mir lächelnd eine gelöste Strähne hinter das Ohr. Bei dieser Geste flatterten meine Schmetterlinge wie betrunken durch meinen Magen.

Lennart schob seine Hand unter mein T-Shirt, da klingelte es an der Tür. »Das ist bestimmt Lars«, hauchte ich ihm an die Lippen, bevor sie sich berühren konnten.

Es schien ihm eine Menge Überwindung zu kosten, mich gehen zu lassen. Ich hörte es an seinem kleinen Seufzer.

Lars hob zum Gruß seine Hand. »Hey, wenn du mir nur schnell das Auto öffnest, schaue ich mal, ob es wirklich an der Batterie liegt.«

Lennart eilte hinter ihm her, während ich mir rasch wetterfeste Klamotten überzog.

Draußen angekommen lehnten die zwei Männer über dem Motorraum.

Ich schlang die Arme um meine Taille und schaute ebenfalls in den für mich unverständlichen Teil des Fahrzeuges.

»Sieht nach einem Marder aus«, offenbarte Lars, indem er ein durchgebissenes Kabel wie eine Trophäe hochhielt.

»Shit.«

»Oh, Nein. Die haben es aber auch auf dich abgesehen. Erst rauben sie dir den Schlaf und jetzt beißen sie dir das Auto kaputt.«

»Gestartet bekomme ich den jedenfalls nicht. Der muss abgeschleppt werden.«

Lennart nickte. »Das ist doch gar nicht schlimm. Wann kannst du mit der Reparatur anfangen?«

»In der Werkstatt werde ich ihn genau unter die Lupe nehmen. Möglicherweise sind noch mehr Kabel angeknabbert. Ich kann dir morgen Genaueres sagen.« Lars wiegte seinen Kopf hin und her. »Drei Tage benötige ich, wenn überhaupt.«

»Schau nicht so missmutig«, sagte ich zu Lennart und stieß ihm mit dem Ellenbogen leicht in die Seite. »Wir haben ja noch Bert. Außerdem willst du doch bestimmt Schönbach richtig kennenlernen. Dafür brauchen wir kein Auto. Ich zeig dir sogar das Ortsausgangsschild.«

Auf seinem Gesicht zeichnete sich ein immer breiter werdendes Lächeln ab. »Du hast recht. Was gibt es Gesünderes als zu Fuß zu laufen.«

»Dann ziehe ich den Wagen auf den Abschlepper. Gut, dass ich gleich die volle Ausrüstung mitgebracht habe.«

»Und wir?«, fragte Lennart mit einer Sehnsucht in den Augen, die mich um den Verstand brachte. »Wir hängen gemeinsam den Stern auf, nachdem wir ausgiebig gefrühstückt haben. Später will ich Tina Josies Geschenk überreichen, damit sie es pünktlich zu Heiligabend unter dem Baum hat. Wir können das mit einem Spaziergang verbinden.«

Lennart nickte lächelnd und schob mich sanft zurück ins Haus.

Eigenartig, dass Lennart, seit wir zusammen Kaffee tranken, nervös auf seinem Stuhl hin und her rutschte. »Alles in Ordnung?«, fragte ich über den Rand der Tasse.

Er fuhr sich mit dem Daumen über die Augenbraue. Sein Blick streifte mich, ehe er Luft holte, um etwas zu sagen.

Es klingelte.

Ich reckte den Kopf in Richtung Fenster. »Klaus.« Erfreut lief ich zur Tür und öffnete. »Hast du gute Nachrichten?« Die Briefe gab er mir gleich in die Hand.

»Hey, Sophie. Ich wollte nur sagen, wie toll ich euren Auftritt fand. Mein Enkel ist immer noch hin und weg.«

»Das freut mich. Sag mal, hast du noch irgendwas von Clara und Felix gehört? Die beiden haben ja die Beine in die Hand genommen. Hat Ralf die zwei noch gefasst?« Bei der Erinnerung, wie die Freunde sich erst erschrocken angeschaut hatten und dann mit einem fetten Grinsen abgehauen waren, musste ich schmunzeln. Im Nachhinein war es immer einfach, über einen Streich zu lachen, wenn er glimpflich abgelaufen war.

»Unser Bürgermeister hat sie ganz schön am Schlafittchen gepackt. Reumütig sind sie davongeschlichen. Ralf hat den Vorschlag gemacht, dass sie mit Josie bis Weihnachten Plätzchen backen müssen.«

»Die Strafe gefällt mir. Hoffentlich machen sie danach auch die Küche sauber.«

»Bestimmt. Ich muss dann mal wieder. Bis morgen.«

»Gute Fahrt noch.«

Ich schloss die Tür und ging zu Lennart. Er saß nun neben Mucki auf der Fensterbank und streichelte ihn. Ein angenehmes Schnurren kitzelte mein Ohr. Er wirkte in sich gekehrt. Ob ihn etwas bedrückte? »Was hältst du davon, wenn wir den Stern aufhängen und dann runter zu Josie gehen? Ich weiß zwar nicht, wie Tina reagieren wird, wenn wir unangemeldet vor der Tür stehen, aber sie wird das Geschenk bestimmt nicht ausschlagen.«

Lennart erhob sich und zog mich dicht an sich heran. Sein Duft betörte mich. Fast zog ich in Erwägung, den Tag mit ihm im Bett zu verbringen.

»Okay. Wenn wir wieder zurück sind, machen wir es uns gemütlich und reden.« Er fuhr mit seinen Fingerkuppen über meine Wange.

Ich konnte es kaum erwarten.

Lennart stand auf der letzten Sprosse meiner Stehleiter und brachte den Stern an. »Bitte halt dich fest.« Ich linste zwischen meinen behandschuhten Fingern hindurch. Sogleich schloss ich den schmalen Streifen zwischen Zeige- und Mittelfinger. Ich konnte gar nicht hinschauen.

»Ich brauche aber meine zwei Hände.« Lennart lachte. Nahezu frei schwebend fixierte er den Stern an der Lampe. »Fertig.« Das Knarren der Leiter verriet mir, dass er heil abgestiegen war.

Ich löste meine Hand von meinen Augen. »Er ist wundervoll.«

»Warte erst mal ab, wenn es dunkel wird.«

»Danke.« Auf den Zehenspitzen hauchte ich ihm einen Kuss auf die Wange.

Lennart lächelte. »Wollen wir runter ins Dorf? Du wolltest mir doch Schönbach zeigen.«

»Ich hole nur rasch Josies Geschenk.« Kaum zwei Atemwölkchen später schlenderten wir Hand in Hand den Weg hinunter.

Entlang der schmalen Straße balancierten die Bäume angehäuften Schnee auf ihren dünnen Ästen. An manchen Stellen rieselte er genau in dem Moment herunter, als wir vorbeigingen. Ich legte meinen Kopf in den Nacken und schaute in den wolkenverhangenen Himmel. »Es sieht nach frischem Schnee aus.« Den Satz hatte ich noch nicht zu Ende gesprochen, da landete eine Flocke direkt auf meiner Nase. Worauf unzählige Weitere folgten.

»Da wird es einem richtig weihnachtlich«, sagte Lennart.

Mein Magen zog sich zusammen. Wir mussten dringend über unsere Zukunft reden. »Sag mal. Bald ist Weihnachten. Wie hast du dir … Wie machen wir … Musst du nicht irgendwann nach Hause?« Ich biss mir auf die Wange. Innerlich ärgerte ich mich über mein Gestammel. Aber er wohnte in Frankfurt, ich in Schönbach. Erklärte das Lennarts schweigsames Verhalten?

»Darüber wollte ich auch schon mit dir reden. Es ist kompliziert.«

Ich richtete meinen Blick auf die Fußspitzen. Die rhythmischen Bewegungen gaben mir Sicherheit. »Vermutlich hast du noch einige Dinge mit deiner Ex-Freundin zu besprechen. Und wahrscheinlich lebt ihr zusammen in einer Wohnung?«

Lennart nickte stumm. »Ja. Meine Sachen befinden sich alle in ihrem Appartement. Irgendwie und irgendwann muss ich sie holen.«

»Es ist also ihre Wohnung«, sinnierte ich.

Lennart verzog den Mund. »Was bedeutet, ich bin erst einmal obdachlos.«

»Ganz so ist es nicht. Du kannst so lange bleiben, wie du willst. Nur …« Ich stoppte in meinem Satz. »Was ist mit deiner Arbeit? Kannst du viel im Homeoffice arbeiten?« Wir bogen in die nächste Straße ab und keine drei Treppenstufen später drückte ich die Klingel.

»Wie gesagt, es ist kompliziert. Es ist nämlich so …«

Die Tür sprang auf. Ein süßlicher Plätzchenduft kam uns entgegen. »Mmh, wie riecht es denn hier?«, fragte ich, ohne mich an Tinas überraschtem Gesicht zu stören.

»Sophie und Lennart. Was für eine Überraschung. Kommt doch rein.«

Aus der Küche hörte ich fröhliche Stimmen, unterlegt mit weihnachtlicher Kindermusik. Lachend linste ich in Tinas Küche. »Clara und Felix arbeiten scheinbar ihre Strafe ab.«

Tina knirschte mit den Zähnen und wischte sich mit dem Arm über die Stirn. »Hoffentlich machen sie auch alles wieder sauber. Sonst habe ich hinterher mehr Stress, alles wieder in Ordnung zu bringen.«

Die Freunde winkten uns mit einem breiten Lächeln zu. »Hallo, Sophie«, begrüßten sie mich im Chor.

»Hallo, ihr drei.«

»Sophie und Lennart …«, druckste Tina. Sie knetete ihre Hände und suchte meinen Blick. »Ich wollte mich bei dir wegen meines Verhaltens entschuldigen. Du hattest recht. Josie hatte mehr Spaß bei der Sache, als dass sie Angst gehabt hat. Da ist wohl die Übermutter aus mir herausgekommen.«

»Ist schon gut.« Freundschaftlich legte ich ihr die Hand auf die Schulter. »Du sorgst dich um deine Tochter. Das würde ich genauso machen.«

»Danke, Lennart, dass du zur richtigen Zeit am richtigen Ort warst.«

»Das ist doch selbstverständlich.« Lennart stopfte seine Hände in die Hosentaschen und räusperte sich. Mit Lob schien er nicht so gut umgehen zu können.

»Hier. Für Josie.« Ich übergab ihr den von mir aufwendig eingepackten Bären. Eine riesige rote Schleife schmückte das goldglänzende Geschenkpier.

»Ich werde es Heiligabend unter den Baum legen.« Schnell versteckte Tina das Geschenk, ehe Josie von ihrem Stuhl hüpfte. Mit ausgebreiteten Armen umschloss sie meine Beine. Ich gab ihr einen kleinen Stupser auf die Nase und sie zeigte mir ihre perfekten Milchzähne.

Schnell verschwand sie wieder in den mit Mehl bestäubten Arbeitsbereich zu Clara und Felix.

»Wir gehen dann mal wieder«, sagte ich und hob zur Verabschiedung den Arm.

»Bis bald. Und falls wir uns nicht mehr sehen: frohe Weihnachten.«

»Frohe Weihnachten.«

Die Kälte streichelte mein vor Freude aufgeheiztes Gesicht. Ich nahm Lennarts Hand in meine, sah ihm tief in die Augen und sagte: »Heute ist definitiv der schönste Tag seit Ewigkeiten.«

# Kapitel 20

## Sophie

GLEICH am Dienstagmorgen bearbeitete ich die von mir bereits beantworteten Buchungsanfragen. Die gewünschten Termine wurden mir noch mal bestätigt und ich trug sie in meinen Kalender ein. Mucki lag eingerollt auf meinem Schoß und spendete mir ein wenig Wärme in meinem kühlen Büro. Während ich meiner Arbeit nachging, war Lennart runter ins Dorf gelaufen, um mit Lars den nötigen Reparaturauftrag durchzugehen. Endlich würde alles perfekt werden. Nachdem ich ihm gestern ein paar Ecken von Schönbach gezeigt hatte und wir letztendlich nach Hause zurückgekehrt waren, hatten wir es uns vor dem Kamin gemütlich gemacht. Die Erinnerung ließ mich lächeln, als ich ihm gesagt hatte, wie glücklich ich mich an seiner Seite fühlte und ich mir wünschte, dieser Zustand würde niemals aufhören. Daraufhin hatte er nach einem langen, zärtlichen Kuss erwidert, dass es ihm genauso erging.

Noch immer sprudelte ich vor Glück über. Da fiel mir ein, dass er das für ihn so dringende Anliegen, das ihm auf dem Herzen lag, wohl bei unserer Leidenschaft vergessen hatte. Die Bilder der vergangenen Nacht erschienen vor meinem inneren Auge und brachten meine Wangen zum Glühen.

Das Türknallen eines Autos ließ mich aufschrecken. Ich linste zur Uhr. Für Klaus war es definitiv zu früh und Gäste erwartete ich erst nach Weihnachten. Keine zwei Atemlängen später klingelte es an der Tür. Ach klar, es war bestimmt Lennart. Vorausgesetzt, Lars hatte den Wagen so schnell reparieren können. Mit freudiger Erwartung öffnete ich ihm.

Doch zu meiner Überraschung stand nicht mein Freund vor mir, sondern eine blonde Schönheit. Ohne Jacke. Den Klamotten nach zu urteilen, fuhr sie bestimmt einen teuren Schlitten, den ich jedoch nicht entdecken konnte. Vielleicht hatte sie weiter hinten geparkt. Sie hielt mir ihre Hand mit gefühlt tausend schmalen goldenen Armreifen am Gelenk entgegen und schaute mit einem aufgesetzten Lächeln auf mich herab. Sie hatte voluminöse, rot bepinselte Lippen. »Guten Tag. Alexa Meyer.«

Verwirrt ergriff ich ihre Hand mit den farblich passend manikürten Fingernägeln. »Guten Tag.« Ihr entschlossenes Auftreten veranlasste mich, mich aufzurichten. »Was kann ich für Sie tun?«

Gelangweilt sah sie sich um, ehe sie mich wieder anblickte. »Ich möchte meinem Verlobten einen Überraschungsbesuch abstatten. Wo kann ich ihn finden?«

Blinzelnd hielt ich mich an der Türklinke fest. Was hatte das bloß zu bedeuten? Bestimmt ein Missverständnis. »Oh, da haben Sie sich sicher in der Adresse geirrt. Das *Bellevue* befindet sich im Nachbarort«, entgegnete ich bemüht freundlich, auch wenn es mir bei ihrer Arroganz schwerfiel.

Wieder streiften mich ihre perfekt geschminkten Augen mit dem süffisanten Lächeln auf ihrem noch perfekteren Mund. »Nein. Ich weiß, dass ich richtig bin. Das hier ist das *Talblick*. Lennart hat sich hier eingemietet.«

Mein Herz rutschte in die Hose. Das Wort *Verlobter* hallte in meinem Ohr wider. Ich war wie gelähmt. Nein, er hatte sich von ihr getrennt. Aber dass sie verlobt gewesen waren …

»Hören Sie, Schätzchen. Wir heiraten in gut zwei Wochen. Es gibt noch so viele Dinge zu besprechen. Die dulden keinen Aufschub mehr. Ist er in seiner Wohnung?«

Nun rauschte der letzte Tropfen Blut in meinen kleinen Zeh. Ich verstand ihre klaren Worte, doch ergaben sie für mich keinen Sinn. Hochzeit? »Lennart ist nicht da.« Der Satz entschlüpfte mir, aber ich hörte ihn nur wie durch Watte. Mühsam hielt ich meine Tränen zurück und schluckte wiederholt trocken. Gut, dass ich mich noch immer an der Klinke festhielt. Sie gab mir in diesem schlimmen Moment Halt.

Alexas Mund kräuselte sich, als hätte sie einem kleinen Kind offenbart, dass es in Wirklichkeit den Weihnachtsmann gar nicht gab. »Jetzt sagen Sie nicht, Sie wussten von Lennarts Spiel nichts.«

Seufzend schüttelte sie ihre glänzenden Haare, ehe sie mit ihrer Geschichte loslegte. »Meyer. Klingelt da bei Ihnen gar nichts? Meyer Hotel & Resort Group International? Ah. Ich sehe, jetzt verstehen wir uns. Lennart war hier als …« Sie stoppte kurz in ihrer Erklärung. Offensichtlich suchte sie nach dem passenden Wort. »Ich beschönige es mal mit der Bezeichnung *Vermittler*. Er sollte Ihnen das Grundstück mit dem Haus abschwatzen.« Sie sah sich abermals um. Ihrem Gesichtsausdruck nach zu urteilen, vermutete ich, dass das Anwesen nicht ihren Qualitätsansprüchen entsprach.

In meinem Kopf herrschte ein Schneeblizzard. »Ich wusste nicht, … also, ich meine, dass Lennart …«

»Ach, machen Sie sich keine Sorgen. Ich bin Ihnen nicht böse. Es war ein Ausrutscher. Das kann ja mal passieren nach einer langen Beziehung. Ich würde rasch seine Sachen zusammenpacken, wenn Sie mich in sein Zimmer lassen. Es haben sich ein paar wichtige Dinge für ihn angestaut und Konrad, Lennarts Schwiegervater, wird nun etwas nervös. Ich versichere Ihnen: Niemand möchte meinem Vater unter die Augen treten, wenn er gereizt ist. Schon gar nicht vor Weihnachten.« Alexa wandte mir den Rücken zu. Sie atmete tief aus. »Was für eine Aussicht Sie von hier oben haben. Sensationell.«

Regungslos kauerte ich auf meinem Stuhl und hörte zu, wie Alexa Lennarts Sachen hinuntertrug. Wie ich es vermutet hatte, parkte ihr Wagen etwas versteckt, sodass man ihn erst sah, wenn man um das Haus herumlief.

Unfähig zu atmen, versuchte ich zu verstehen, was in der Woche passiert war. Wie konnte ich mich in jemandem so getäuscht haben, fragte ich mich zum hundertsten Male, bis eine weitere Autotür in Schloss klappte.

»Ich bin wieder da. Lars war wirklich schnell. Der Schaden hat sich tatsächlich nur auf das eine Kabel beschränkt. So konnte er mir das Auto gleich mitgeben.« Lennart gab mir einen schnellen Kuss auf die Wange, ehe er sich einen Tee einschenkte. Er führte die Tasse an seinen Mund und stoppte in seiner Bewegung. »Sophie, du bist leichenblass. Geht es dir nicht gut?«

Ich konnte nicht antworten. Doch würde Alexa es gleich tun, denn ich hörte Schritte.

»Darling, na endlich. Ich habe dich so vermisst.« Wie ein Schmetterling flatterte sie auf Lennart zu und verpasste ihm einen Kuss auf den Mund. Mit dem Daumen wischte sie ihren Lippenstiftabdruck fort.

Lennart wich zurück. »Alexa?«, kiekste er wie in einem Stimmbruch. Seine Überraschung konnte er nicht verbergen. Sein Blick fuhr zwischen ihr und mir hin und her. »Was machst du hier?«

Alexa rollte mit den Augen. »Dich abholen. Die Woche ist längst rum.«

»Ich habe mit dir Schluss gemacht.«

»Nur, weil du mit ihr geschlafen hast? Das habe ich dir doch längst verziehen.« Zu allem Überfluss schlang sie ihre grazilen Arme um Lennarts Nacken. »So, und jetzt lass uns fahren, bevor Konrad noch einen Herzinfarkt wegen dir bekommt. Wir sagen ihm einfach, dass du die ganze Sache abgeblasen hast, wegen Befangenheit. Und ganz ehrlich.« Alexa vollzog eine ausladende Geste. »Wir finden auch noch andere Grundstücke. So welche wie diese gibt es zu Hunderten.«

Lennart fuhr sich ächzend über den Nacken. »Alexa. Was soll das Spielchen? Konrad hat längst meine Kündigung erhalten.«

Alexa legte ihren Kopf in den Nacken und lachte. »Als würde mein Vater die Auflösung eines Arbeitsvertrags per E-Mail akzeptieren. Nach all den Jahren solltest du das wissen. Du kannst froh sein, dass ich ein gutes Wort bei ihm für dich eingelegt habe. Du glaubst gar nicht, wie er getobt hat.«

Mit einem wohlwollenden Lächeln verschränkte sie ihre Hände mit seinen, dabei klirrten ihre hauchdünnen goldenen Armreifen. »Wenn wir später zu Hause sind, bestelle ich uns Sushi und dann reden wir über unsere Hochzeit.« Ihre Augen flirrten.

»Ich hasse Sushi.«

»Seit wann?« Alexa überkreuzte ihre Arme vor der Brust.

»Schon immer.«

»Du hattest keinen Mumm, mir das zu sagen?«

»Die ganze Zeit über habe ich damit verbracht, euch zu gefallen, mich anzupassen, damit ihr mich akzeptiert.«

Das war alles zu viel für mich und ich erhob mich. »Ich möchte, dass ihr mein Haus verlasst. Jetzt. Sofort. Euren Streit müsst ihr woanders fortsetzen.« Mein Herz raste. Wie frech. Die beiden wüteten in ihrem Rosenkrieg, obgleich ich alles mitbekam.

Mit schreckgeweiteten Augen kam Lennart auf mich zu. »Sophie, ich gehe nirgendwohin. Ich bleibe bei dir.« Obendrein legte er mir seine Hand auf meinen Arm.

Wie glühende Kohlen fühlte sich seine Berührung an, und ich wehrte sie ab. »Verschwinde! Ich will dich nie wiedersehen.« Mein Kinn zitterte. Eine einzige Träne rollte mir bereits die Wange hinunter.

Seine Augen strahlten puren Schmerz aus. Möglicherweise meinte er alles ernst, was er gesagt hatte. Dass er Sushi hasste und er damit bloß den Meyers hatte imponieren wollen. Aber er hatte mich hintergangen. Er hatte gelogen. Wegen meines Hauses!

»Die ganzen letzten Jahre über wollte ich beweisen, was für ein toller Kerl ich bin, und habe das Wesentliche dabei verloren – nämlich mich.« Er schloss die Lücke, die ich absichtlich geschaffen hatte, und schaute auf mich herab. »Du hast mir gezeigt, was wirklich wichtig ist. Dass man mit kleinen Dingen viel bewegen kann. Was Freundschaft und Zusammenhalt für eine Bedeutung hat. Dass ein Danke mehr wert ist als der Name eines bekannten Hotelimperiums.

»Meinst du nicht, dass du dich gerade total lächerlich machst?« Alexa tippte mit ihren hochhackigen Schuhen auf die Dielen und begutachtete ihren roten Nagellack.

Ungeachtet Alexas Einwands legte er seinen Blick auf mich. Auch wenn ich ihm so gern Glauben schenken wollte, es ging nicht. Nie wieder würde ich ihm vertrauen können. »Geh jetzt. Bitte«, hauchte ich mit rauer Stimme. Mein Hals brannte.

»Sophie, bitte. Es ist verrückt. Ich habe dir alles erzählt. Nachdem wir … Nachdem ich den Weihnachtsmann gespielt habe und wir Wein getrunken haben. Vor dem Kamin. Du hast nur schon geschlafen.«

Alexa hob ihre gezupften Augenbrauen. »Du hast den Weihnachtsmann gespielt? Du hasst Weihnachten.«

Lennart schloss stöhnend die Lider. »Weil ihr mir das so vermittelt habt. Euer Fest besteht aus luxuriösen Geschenken und einem extravaganten Baum. Eure Unterhaltungen beinhalten, wer das nächste Opfer wird.«

Ich schüttelte kaum merklich den Kopf. »Wie verlogen du bist. Nicht nur, dass du den Meyers jahrelang deine Treue vorgegaukelt hast, du hast mich und das ganze Dorf hinters Licht geführt. Du hast meine Zuneigung benutzt, um an mein Grundstück zu gelangen.«

»Nein. Ich habe mich immer als ich selbst ausgegeben. Ja, ich gebe zu, anfangs war es tatsächlich so, aber je näher wir uns gekommen sind, desto mehr hast du mir gezeigt, was Liebe wirklich ist.« Er nahm eine Strähne und ließ sie zwischen seinen Fingern hindurchgleiten.

»Und das soll ich dir glauben?«

»Es ist die Wahrheit.«

Nein. Mein Vertrauen zu ihm war gebrochen. Es machte keinen Unterschied mehr, ob er reumütig mit seinen blauen Augen vor mir stand. Es war nicht mehr gut zu machen.

»Sophie! Bitte.«

Ich wünschte mir so sehr, ich könnte ihm vergeben. Aber wenn ich mir überlegte, wie oft er Gelegenheit dazu gehabt hatte. »Tut mir leid.« Mit diesen Worten ließ ich ihn zurück.

»Können wir jetzt endlich?«, fragte Alex sichtlich genervt.

»Sicher. Ich komme nach. Du kannst meine Sachen in einen Karton packen. Ich werde heute noch ausziehen.«

Das Kissen zog ich mir über den Kopf und hievte meinen phlegmatischen Körper in das Bett. Alles, was ich fühlte, war Leere. Wie hatte ich nur so ausgenutzt werden können? Wieso war ich auf ihn hereingefallen? Seine einzige Aufgabe hatte darin bestanden, mich von einem Verkauf des Hauses zu überzeugen. Schluchzend blieb ich so lange liegen, bis ich Lennart und Alexa zurück in Frankfurt wähnte.

Nach gefühlt zehn Stunden, vermutlich waren es nur drei, schlug ich die Decke zurück und schwang die Beine über die Bettkante. Gebrochen schlurfte ich in das Bad. Eine heiße Dusche sollte ja Wunder bewirken, doch konnte ich diese Behauptung ohne Weiteres widerlegen. Selbst mein nach Thymian und Orangen riechendes Duschgel konnte meine Stimmung nicht heben. Frische Luft täte mir bestimmt gut. Also beschloss ich, einen Spaziergang zu machen. Nachdem ich dick eingepackt die Tür geöffnet hatte, kam Micha um die Ecke. Bestimmt wollte er nach der Marderfalle schauen.

Doch er wirkte gehetzt. »Sophie, du wirst nicht glauben, was ich eben erfahren habe. Dein Lennart … Ich wusste, dass etwas nicht mit ihm stimmt.« In seinem Wortschwall stoppte er. Stirnrunzelnd schaute er auf mich herab. »Du weißt es schon.«

Ich nickte, nebenbei wischte ich mir eine Träne aus dem Augenwinkel.

»Es tut mir so leid, dass ich dich nicht schon eher warnen konnte. Sybille hat es mir erzählt. Sie hat ihn mit dir am Verkaufsstand gesehen, ihn aber erst nicht erkannt. Dann hat sie ihn in der Werkstatt angetroffen und ihn anhand seiner Stimme zugeordnet, als er mit Lars alles durchgesprochen hat. Sie hat dann eins und eins zusammengezählt. Woher weißt du …«

Ohne Micha weitere Beachtung zu schenken, schwankte ich einfach an ihm vorbei. Lennarts Namen wollte ich nicht mehr in Verbindung mit Schönbach bringen.

»Sophie? Wo willst du denn hin?«

Zum Gruß hob ich den Arm und sagte: »Du kennst den Weg zum Dachboden.« Ich ließ einen verdatterten Micha zurück.

Den vertrauten Pfad vorbei an den anderen Grabsteinen fand ich blind, obwohl heute noch nicht einmal Donnerstag war. Vor dem Grab meiner Mutter blieb ich stehen. In der Eile hatte ich auch noch frische Blumen vergessen. »Hallo, Mama«, wisperte ich, bevor eine Flut aus Tränen über meine Wangen strömte. Mir fehlten die Worte, außerdem hinderte mich der Kloß im Hals daran, einen Satz über die Lippen zu bringen. Es reichte sicherlich aus, vor ihrem Grab zu stehen, um stumm mein Herz auszuschütten. Ich wusste nicht, wie lange ich dort stand. Irgendwann fühlte ich meine Zehen nicht mehr und jegliche Kraft floh aus meinem Körper. Entkräftet fiel ich auf die Knie. Meine Tränen tropften in den Schnee und hinterließen Spuren. Mit den Händen wischte ich jede Schneeflocke fort, als würde ich über jede einzelne wütend sein. Mein Rücken bebte, ehe ich mich erschöpft auf den eiskalten Boden legte.

Eine Hand, gefolgt von einer Stimme, holte mich aus meinem apathischen Zustand. »Komm her, sonst holst du dir noch den Tod.«

Wie ferngesteuert leistete ich den Worten Folge und spürte die wohltuende Wärme, die mich daran erinnerte, dass ich noch lebte, als ich in Ralfs Auto stieg. Er drückte alle Knöpfe vor sich an seinem Board, die für Hitze sorgten.

»Ich habe eben Micha getroffen. Er hat sich Sorgen um dich gemacht. Die letzte Chance, dich zu finden, war der Friedhof.« Sein Kopf fuhr herum. »Micha weiß von Sybille, dass Lennart der Schwiegersohn von Konrad Meyer ist. Von Meyer Hotel & Resort Group International.« Ralf schluckte, ehe er fortfuhr. »Es tut mir leid. Ich wusste es nicht.«

»Keiner wusste das«, schniefte ich.

Ralf schnaubte. »Und ich konnte ihn wirklich gut leiden«, sagte er, ehe er auf dem Hof parkte und mir beim Aussteigen half.

»Soll ich dir noch etwas bringen? Hast du Hunger?«

Ich schüttelte den Kopf. Ralf saß auf der Bettkante und reichte mir den Tee. Nach meiner Bekanntschaft mit der eiskalten Schneedecke auf Mamas Grab fühlte ich mich durchgefroren wie einmal Himalajaaufstieg und zurück. »Danke.« Gierig sog ich den Dampf ein.

»Weißt du, ich fühle mich ein bisschen schuldig. Wegen der ganzen Baugeschichte und des Interesses der Hotels.«

»Du kannst nichts dafür, dass Lennart unaufrichtig war.« Erschöpft ließ ich mich in das aufgeschüttelte Kissen plumpsen. Ein Nieser entschlüpfte mir, gefolgt von noch einem.

»Bevor ich gehe, werde ich dir noch Taschentücher hinlegen. Wenn alles gut geht, kommst du mit einer einfachen Erkältung davon. Versprich mir, dass du solchen Unfug nie wieder machst, okay?«

Lächelnd stimmte ich zu.

»Dann ist ja gut. Ich werde Friedhelm Bescheid geben, dass er nach dir schauen soll. Wenn es nötig ist, wird jeder mal abkommandiert, um nach dir zu gucken. Ansonsten werde ich mich persönlich darum kümmern.«

»Ach, Ralf. Ist das ein Versprechen oder eine Drohung?«

»Beides.« Lachend erhob er sich. »So gefällst du mir schon viel besser. Ich bringe dir rasch noch dein Handy für den Fall der Fälle.« Es dauerte keine zwei Atemzüge, da brachte er mir zwei Packungen der versprochenen Taschentücher sowie mein Handy. Was würde ich bloß ohne meine Dörfler machen?

Aus dem Augenwinkel erspähte ich die entgangenen Anrufe – allesamt von Lennart. Ohne lange zu überlegen, löschte ich sie.

# Kapitel 21

## Lennart

MIT den wenigen Utensilien im Kofferraum machte ich mich auf den Weg zu meinem Vater in die Seniorenresidenz. Alexa hatte mich verflucht, als ich ihr unmissverständlich zu verstehen gegeben hatte, dass ich sie nicht liebte. Konrad hatte beharrlich mit seinen Händen in den Hosentaschen im Türrahmen gestanden und seiner Tochter aufgezählt, woran er bemerkt hatte, dass ich dem Druck nicht standhalten konnte. Konrad hatte nichts verstanden.

Natürlich tat Alexa mir leid. Eine Hochzeit abzublasen, war kein leichtes Unterfangen. Zumal sie die Leidtragende war und ich der Schuldige.

»Guten Tag, Herr Reuter. Das ist ja eine Überraschung. Ihr Vater hat gar nicht erzählt, dass Sie ihn besuchen.« Die Rezeptionistin der Seniorenresidenz legte gerade den Hörer auf.

Ich trat vor sie. Verlegen fuhr ich mir über den Nacken. »Es sollte eine Überraschung sein.« In der Regel kündigte ich meinen Besuch Wochen im Voraus an. Zu Ostern, Weihnachten, zum Geburtstag. Dazwischen nur, wenn mein Gewissen an mich appellierte, dass es an der Zeit war. Die viele Arbeit, für die Konrad gesorgt hatte, hatte kaum Raum gelassen, mich mehr um meinen Vater zu kümmern.

»Sie können hochgehen. Er ist in seinem Zimmer.«

»Danke.« Der Fahrstuhl kündigte sich mit einem Gong an. Ich stieg ein und drückte den Knopf des sechsten Stocks. Je höher die Wohnung lag, desto teurer die Miete. Insgesamt gab es zehn, also lag er ungefähr im Mittelfeld, sogar darüber. Hoffentlich fand ich bald wieder einen so lukrativen Job, damit ich meinem Vater weiterhin die Miete zahlen konnte. Ich war gut in meinem Beruf und hoffentlich würde Konrad mir in der Branche keine Steine in den Weg legen.

Die Türen schoben sich beiseite, nachdem der Lift angehalten hatte. Mit hämmerndem Herzen klopfte ich an seine Tür. Es hallte in dem schmalen, mit Teppich ausgelegten Flur wider. Ich ließ meinen Arm sinken und horchte gespannt. Schritte näherten sich und keinen Atemzug später öffnete sich die Tür.

Vaters Gesicht konnte nicht überraschter sein. Nachdem er seine grauen Augen über mich hatte wandern lassen, zog er mich in seine Arme. »Junge, mit dir habe ich gar nicht gerechnet. Es ist doch noch nicht Weihnachten.«

Ich sog seinen Duft ein, der mich trotz seines langen Aufenthalts hier in der Residenz an zu Hause erinnerte.

Wir lösten uns aus der ausgiebigen Begrüßung. Mein Vater musterte mich und wägte ab, ob ich auch wirklich keine Halluzination war.

»Hallo, Papa, darf ich reinkommen?«

Seine Mundwinkel zuckten. »Sicher.«

Neugierig schaute ich mich um, ob sich in den vielen Monaten seit meinem letzten Anstandsbesuch etwas verändert hatte. Alles beim Alten. Seine wichtigsten und persönlichsten Dinge standen genau dort, wo ich sie erwartet hatte. Fotografien von mir im Teenageralter bis hin zu aktuellen. Es hing sogar ein Bild von Alexa und mir an der Wand.

»Kann ich dir etwas zu trinken anbieten?«

»Danke. Mach dir keine Umstände.« Eine Art Befangenheit belastete unsere Unterhaltung. Sie schwebte wie eine Mauer zwischen uns. Ich musste sie einbrechen. »Papa, es tut mir leid, dass ich dich wie ein lästiges Haustier abgeschoben habe.«

Vaters Stirn runzelte sich unter seinen kurz geschorenen, grauen Haaren. »Komm, setz dich. Ich mache uns einen Kaffee.«

Stöhnend plumpste ich auf die Couch und fuhr mir über die Stirn. In der Zwischenzeit legte ich mir ein paar Sätze bereit, wie ich ihm meine Situation erklären sollte.

»Hast du dich von Alexa getrennt? Oder warum denkst du plötzlich, du hättest mich abgeschoben?« Er stellte meine dampfende Tasse vor mir ab und nahm in seinem abgewetzten, grünen Ohrensessel direkt gegenüber Platz, der aus Zeiten stammte, in denen mein Großvater noch gelebt hatte. Genauso wie mein Vater jetzt darin saß, hatte mein Opa stets zur Mittagszeit gedöst.

Ich fuhr mit dem Daumennagel über meine Augenbraue und nickte gedankenversunken. »Ja. Ich habe mich von Alexa und der Meyer-Group getrennt.«

»Darf ich fragen, warum?«

»Weil ich mich verliebt habe.« Mein starrer Blick fuhr hoch, weg von dem Fleck des Teppichbodens in Roberts gleichgültigen Gesichtsausdruck. Er mochte Alexa nicht und er hatte noch nie einen Hehl daraus gemacht.

»Was ist mit der Hochzeit?«

»Die wird abgesagt.«

»Ehrlich gesagt, wäre ich auch nicht gekommen.«

»Papa, natürlich wärst du das.« Ich strafte ihn mit einem empörten Blick. Aber was brachte es jetzt, darüber zu diskutieren, es war eh alles hinfällig.

»Zwischen all den feinen Pinkeln? Ich hätte mich dort nicht wohlgefühlt.«

»Ist auch egal. Sie findet nicht statt.«

Mein Vater nickte. »Was ist mit deiner neuen Freundin? Wo steckt sie? Ich hoffe, du hast sie nicht im Auto sitzen lassen, weil du dich nicht traust, sie mir vorzustellen.«

Ich lachte auf. »Nein. Sie … sie will mit mir nichts mehr zu tun haben.«

Robert zog seine Unterlippe vor, um gleich danach seine Lippen zu schürzen. »Handelt es sich um ein Missverständnis?« Ohne mich aus den Augen zu verlieren, trank er von seinem Kaffee.

»In gewisser Weise.« Ich erzählte ihm in Kurzfassung, wie es zu dem Desaster gekommen war. Ohne mich zu unterbrechen, hörte mein Vater mir zu, bis ich zum Ende kam. »Obwohl ich weiß, dass sie mich genauso liebt wie ich sie, hat sie mich zum Teufel gejagt. Ich kann es ihr nicht verübeln.«

»Unaufrichtigkeit ist keine gute Basis für eine Beziehung. Das hat auch deine Mutter und mich auseinandergebracht.«

»Sie hat dich verlassen, wegen eines anderen«, erinnerte ich ihn.

»Nicht ganz.«

Zwischen meiner Nasenwurzel bildete sich eine steile Furche. »Was soll das heißen?«

»Deine Mutter konnte es nicht mehr ertragen, dass ich bis spät nachts bei der Arbeit war.«

»Du hast für uns die Brötchen verdient.«

»Ich hatte ein Verhältnis mit einer Kollegin.«

Diese Erkenntnis traf mich mitten in die Magengrube und stellte all meine Erinnerungen auf den Kopf. Ich schnaubte. »Die ganzen Jahre hast du mich glauben lassen, dass Mama aus freien Stücken gegangen ist. Dass sie uns einfach sitzen gelassen hat. Dabei war sie aus gutem Grund sauer auf dich.«

»Ja, das war sie. Ich habe sie jeden Tag aufs Neue verletzt und habe es nicht eingesehen. Deine Mutter war eine kluge Frau, dass sie mich wegen eines anderen, der sie auf Händen trägt, verlassen hat. Während ich so dumm war und dachte, sie würde meine kleinen Eskapaden irgendwann hinnehmen und verzeihen. Aber das hat sie nicht.«

Fassungslos schüttelte ich den Kopf.

»Die eigentliche Heldin war deine Mutter, es so lange mit mir ausgehalten zu haben. Heute bereue ich jede Minute, dass ich mich in mein Schneckenhaus zurückgezogen, mich noch mehr in die Arbeit gestürzt und sie nie um Verzeihung gebeten habe. Erst nachdem ich sie verloren hatte, wusste ich, welchen großen Fehler ich begangen hatte. Heute würde ich alles anders machen.«

»Was?«

»Kämpfen!« Robert beugte sich aus seinem Ohrensessel. »Lennart! Mach nicht den gleichen Fehler wie ich und nimm alles als gegeben hin. Du musst kämpfen. Leg dich ins Zeug. Lass dir etwas einfallen. Etwas, das sie nicht ignorieren kann. Es muss tief aus deinem Herzen kommen. Ein Strauß Rosen landet gleich auf dem Müll.«

Vaters Enthüllung schwirrte wie ein aufgewirbelter Schneehaufen in meinem Kopf umher. All die Jahre hatte ich ein falsches Bild von ihm und meiner Mutter gehabt.

»Warum hast du nie mit mir darüber gesprochen? Ich war doch kein kleines Kind mehr.«

»Mein Ego hat es nicht zugelassen. Es war mir unangenehm, dir zu beichten, dass ich eine Geliebte hatte.«

Abermals schüttelte ich den Kopf. Die Vorstellung, die ich von meiner Jugend gehabt hatte, krachte wie ein Kartenhaus in sich zusammen. Eine Illusion verpuffte in Schall und Rauch. Und ich dachte immer, seine Souveränität, sich gegenüber meiner hysterischen Mutter zu behaupten, wäre seiner Stärke zu verdanken. Wie man sich täuschen konnte. Ich hatte ihm nachgeeifert, weil ich stets meinte, alles an mir abperlen lassen zu müssen. So wie er es ebenfalls getan hatte. Genau das war der falsche Weg gewesen.

»Tut mir leid, dass ich die Wahrheit verschleiert habe. Mein Stolz war wohl zu groß, zu akzeptieren, dass deine Mutter das Richtige gemacht hat.«

»Was ist aus deiner Arbeitskollegin geworden?«

Robert zuckte mit den Achseln. »Sie war nie die Eine. Das wusste ich von Anfang an.«

»Bei mir ist es anders. Erst als ich Sophie kennengelernt habe, wusste ich, dass Alexa die Falsche für mich ist.«

»Ich mag deine Sophie jetzt schon. Ehrlich gesagt, habe ich nie verstanden, warum du dich hast bevormunden lassen.«

»Weil ich dachte, es wäre richtig so. Die Anerkennung mit Liebe und Zugehörigkeit gleichzusetzen, war ein Trugschluss.«

»Hinterher ist man immer schlauer.«

Wir plauderten noch über längst vergangene Zeiten, bis er mich dazu überredete, die Nacht hier zu verbringen.

Am nächsten Morgen nach dem Frühstück packte ich meine Siebensachen. Bevor wir uns verabschiedeten, offenbarte ich ihm noch, dass er möglicherweise ausziehen musste. »Die Mietpreise hier sind ganz schön happig.«

»Mach dir keine Gedanken, Lennart. Ich komme klar. Außerdem reicht meine Rente, ohne dass du mich unterstützen musst. Dein schlechtes Gewissen hat dich bloß vorangetrieben, die Kosten zu übernehmen.«

Ich rollte mit den Augen. »Hast du mir sonst noch irgendwas zu sagen?«

»Alles Geld, was ich gespart habe, kannst du in dein Elternhaus stecken. Es reicht, um es auf den neuesten Stand zu bringen, oder du verkaufst es ganz einfach. Ich hänge nicht daran. Hier fühle ich mich wohl in meinem kleinen Appartement. Ich brauche mich um nichts zu kümmern, außerdem habe ich Freunde hier.«

»Ach, Papa. Wenn ich gewusst hätte ...«

»Dann hättest du mich viel öfter besucht«, schloss er für mich den Satz. »Was hast du denn jetzt vor?«

Ich blieb im Türrahmen stehen und grinste. »Kämpfen.«

# Kapitel 22

## Sophie

WEIHNACHTEN hatte ich im Bett verbracht. Nach der eiskalten Umarmung mit Mamas Grab hatte ich mir eine dicke Bronchitis eingefangen. Friedhelm hatte mir strikte Bettruhe verordnet, die ich ohne Einwand einhielt. Ohnehin fehlte mir die Kraft, mich auf den Beinen zu halten. Josie und Tina kamen am zweiten Weihnachtsfeiertag vorbei, um mir Teddy zu präsentieren. Während Josie mir überglücklich ihr Geschenk zeigte, rang ich um Haltung. Die Erinnerung an den Ausflug in die Mall schnürte mir die Kehle zu.

Erst als die Gäste eintrafen, die sich zwischen den Jahren angekündigt hatten, verließ ich das Bett, um ihnen den Urlaub so bequem wie möglich zu gestalten. Die zwei freundlichen Rentner bekam ich kaum zu Gesicht. Stets der Witterung angemessen gekleidet, hielten sie sich viel im Freien auf.

Den letzten Tag des Jahres verbrachte ich nicht wie sonst im Gasthaus *zur Linde.*

Nach dem sechsten Januar hatte ich die Weihnachtsdekoration abgenommen. Die Lichterkette der Tanne nahm ich mir direkt nach dem Herrnhuter Stern vor.

Ich balancierte auf der zweiten Sprosse und hielt mich mit der einen Hand an der Leiter fest, mit der anderen pflückte ich den Stern ab. Die emotionale Verbundenheit zu Lennarts Geschenk versuchte ich abzuschütteln, trotzdem erreichten mich die Erinnerungen ganz tief in meinem Herzen, sobald die Bilder vor meinen Augen abliefen. Seufzend faltete ich den Stern zusammen und marschierte mit schmatzenden Geräuschen unter meinen Füßen zu der Tanne. Auch hier erinnerte ich mich an die erste Begegnung mit Lennart, als er hilfsbereit vor mir gestanden hatte.

Die Kiste mit dem Weihnachtsschmuck trug ich in den Schuppen und stellte sie neben die Schlitten in das Regal. Wie konnte es sein, dass ich alles, was mir begegnete, mit Lennart in Verbindung brachte?

Nach seiner Abreise hatten alle Social-Media-Kanäle von der Trennung zwischen Alexa Meyer und Lennart Reuter berichtet. Da konnte keine Lüge dahinterstecken. Natürlich fragte ich mich – leider viel zu oft –, wie er Weihnachten und Silvester verbracht haben könnte und wo. Immerhin hatte er gesagt, dass er ausziehen wollte. Nach dem offiziellen Aus musste er seine Zelte abgebrochen haben. Was wiederum auch bedeutete, dass er wirklich gekündigt hatte. Innerlich grollte ich. Was ging es mich an?

Lennarts Unaufrichtigkeit nagte ohne Unterlass an meinem Herzen und entzog mir jegliche Freude an irgendetwas. Das musste sich ändern.

Ende Januar tropfte der Zauber des Schnees mit jedem Tag davon. Unter der getauten Schicht lugten die ersten Frühlingsboten hervor. Sie erinnerten mich daran, dass trotz langer Dunkelheit nichts verloren war und das Leben seinen Weg fand.

Ich füllte meine Lunge mit frischer, feuchter Luft und noch während ich ausatmete, beschloss ich, genauso wie die Schneeglöckchen aus meinem Loch zu kriechen.

Die Bagger auf dem angrenzenden Grundstück ließ ich unbeachtet arbeiten. Nur Mucki ermahnte ich, dass er einen großen Bogen darum machen sollte.

Der Bach rauschte durch die Schneeschmelze schneller und trat fast über die Ufer. Die gebauten Schneemänner waren kaum noch als solche zu erkennen und schmolzen bei dem trüben Schlackerwetter. Die Sonne, hinter einer Schleierdecke versteckt, schaffte nicht, ihre volle Kraft zu entfalten. Bauer Karl kam mir mit Schiebermütze und einer Milchkanne am Lenker auf seinem quietschenden Fahrrad entgegen. Grüßend hielt ich die Hand hoch.

»Hallo, Sophie! Schön, dass du wieder fit bist.«

»Danke, Karl!«, rief ich über die Schulter hinweg und blieb schließlich vor dem Gasthaus *zur Linde* stehen. Ein herrlicher Duft stieg mir in die Nase. Gleich darauf meldete sich mein Magen. Verwundert schaute ich auf die Armbanduhr. Es war bereits Mittag.

Ja, zur Feier des Tages sollte ich mir ein reichhaltiges Essen gönnen. Nach der Krankheit und dem Kummer kam mein Appetit zurück.

Entschlossen stieß ich die Tür auf und pellte mich aus meinen Sachen. »Hallo, Gabi«, begrüßte ich die Wirtin lächelnd.

»Sophie!« Ihr Blick huschte kurz in das Lokal, ehe sie zu mir eilte, um mich an ihre Brust zu ziehen. Ihre Augen musterten mich prüfend. Sie schob ihre Brauen zusammen. »Meine Güte, wie dünn du bist!« Sie legte ihre Hand auf meinen Arm. »Du bekommst die doppelte Portion.« Mit dieser Drohung und einem Lächeln im Gesicht verschwand sie in der Küche.

Grinsend drehte ich mich nun in den Speisebereich und steuerte bereits einen Platz an, als ich jemanden am Tisch sitzen sah. Jemanden, der mich an … Lennart erinnerte. Die Welt um mich herum drehte sich. Wie gelähmt hielt ich mich an einer Stuhllehne fest. Er war es. Lennart! Was machte er hier? Und wieso sah er immer noch so verdammt gut aus?

Unsere Blicke kreuzten sich. Meine blöden Schmetterlinge erwachten aus ihrem Tiefschlaf und flatterten aufgeregt. Abrupt drehte ich mich um, um das Lokal zu verlassen. Doch Gabi kam mir zuvor und schob mich sanft, aber bestimmend auf einen freien Stuhl. Wenigstens etwas entfernt von ihm.

»Ich bringe dir einen Schnaps.«

»Einen Tee, bitte«, widersprach ich.

Verwirrt über seine Anwesenheit starrte ich auf die hellbeigefarbene Tischplatte mit der rot-weiß karierten Mini-Tischdecke in der Mitte. Hoffentlich kam er nicht auf die Idee, sich zu mir setzen zu wollen. Ich wagte es nicht, meinen Blick zu heben. Was machte er eigentlich hier? Das war doch wohl keine Fieberhalluzination mehr? Ich war doch wieder gesund! Oder?

»Hier, dein Tee. Das Essen kommt gleich.«

Bevor Gabi mit wippenden Ohrringen davoneilte, hielt ich sie am Handgelenk fest. »Was macht Lennart hier?«, flüsterte ich.

»Er hat sich in einer der Wohnungen eingemietet. Nach eurer … Du weißt schon.«

Verdattert ließ ich sie los. Er wohnte hier? In Schönbach? Warum hatte ich davon nichts mitbekommen? Und warum hatte mir keiner der Dorfbewohner etwas davon verraten? Und wie hatte ich ihn bisher nicht treffen können? Ich konnte nichts dagegen tun, aber meine Augen wanderten immer wieder in seine Richtung. Nur um festzustellen, dass er immer noch genauso attraktiv auf mich wirkte wie vor ein paar Wochen, als ich ihn das erste Mal zu Gesicht bekommen hatte. Im Gegensatz zu mir machte Lennart keinen Hehl daraus, mich zu fixieren. Wie sollte ich das bloß durchstehen?

Gabi meinte es wirklich gut mit mir. An der Portion würde ich ohne Weiteres drei Tage essen können. Sah ich wirklich so ausgehungert aus?

»Guten Appetit wünsche ich dir.«

»Danke.«

Ich schnitt ein Stück von dem panierten Schnitzel ab und schob es mir in den Mund. Meine Stirn glättete sich sofort. Meine Güte, war das lecker. Zu meiner Überraschung blieben nur wenige Pommes übrig. Das Fleisch sowie den Salat hatte ich vollständig aufgegessen.

Pappsatt legte ich das Besteck beiseite und tupfte mir mit der Serviette den Mund sauber.

Aus dem Augenwinkel beobachtete ich, wie Lennart sich erhob. Er trug eine legere Jeans, und sein Strickpullover passte hervorragend zu seinen blauen Augen. Entschieden ignorierte ich mein Herz, das zu seinen näherkommenden Schritten immer schneller schlug. Wie konnte ich nur derart heftig auf ihn reagieren, obwohl er mich doch so hintergangen hatte?

Vor mir blieb er stehen. »Darf ich mich setzen?« Ohne auf eine Antwort von mir zu warten, schob er den Stuhl nach hinten und nahm Platz. Er faltete seine Hände auf der Tischplatte.

»Du brauchst jetzt gar nichts zu sagen. Hör mir einfach zu. Ich weiß, dass du nicht besonders glücklich über mein Auftauchen bist, und sicherlich wirst du mir nicht um den Hals fallen wollen. Auch wenn ich das gern hätte.« Er schmunzelte, ehe er fortfuhr. »Jeden Tag aufs Neue könnte ich mir für mein Verhalten eine runterhauen. Aber es bringt nichts, mir immer die gleiche Frage zu stellen, warum ich so gehandelt habe. Vielleicht sollte es so sein. Genauso wie ich zu dir geschickt worden bin. Wenn dieser Auftrag nicht gewesen wäre, wäre ich immer noch der Hans vom Dienst und wäre sogar verheiratet mit einer Frau, die ich schon lange nicht mehr liebe.« Lennart öffnete seine Faust und legte eine Hand auf meine. Rasch zog ich sie weg und steckte sie unter mein Bein. Diese Nähe ging mir durch und durch.

Räuspernd fuhr er sich über den Nacken. »Tut mir leid. Du ärgerst dich ganz gewiss über das, was zwischen uns passiert ist, dass wir uns ineinander verliebt haben. Aber ich nicht. Jeden Moment mit dir werde ich in meinem Herzen tragen. Und ich weiß, dass du es genauso tust. Nach einer gewissen Zeit wirst du einsehen, dass ich recht behalten werde. Ich möchte dich hier und jetzt gar nicht um Verzeihung bitten, eher möchte ich dir erklären, dass ich auf dich warten werde. Egal, wie lange es sein muss. Ich möchte nicht nur ein Teil von Schönbach sein, sondern auch von deinem Leben.« In seiner Bewegung, seine Hand wieder auf meine andere zu legen, stoppte er und zog sie zurück. Er stand auf und schaute auf mich herab. Seine Lippen formten bereits das nächste Wort. Doch er drehte sich weg und schob den Stuhl in Position an den Tisch zurück. »Wir sehen uns.« Zu Gabi gewandt sagte er: »Schreib alles auf die Rechnung.« Ohne sich noch einmal umzudrehen, verschwand er die Treppe neben der Theke hinauf. Zur gleichen Zeit schob sich die Eingangstür auf. Ralf kam grüßend hereinspaziert. Er entdeckte mich und setzte sich.

»Sophie, es freut mich, dich wieder gesund zu sehen.« Sein Grinsen zog sich bis über beide Ohren.

»Hallo, Ralf«, sagte ich knapp, aber nicht unfreundlich. Ich war von Lennarts plötzlichem Auftauchen geplättet, und mir fehlten noch die Worte.

»Es gibt Neuigkeiten, die kann ich dir einfach nicht verwehren.« In gespannter Erwartungshaltung saß Ralf vor mir. Sicherlich spekulierte er auf eine Nachfrage.

Okay. Obwohl ich nicht sonderlich auf mehr Neuigkeiten aus war, erkundigte ich mich dennoch. »Schieß los.«

»Dein Wunschbaum für den nächsten Weihnachtsmarkt ist genehmigt, genauso wie die Eisbahn.«

»Wirklich? Das ist ja toll.« Das war tatsächlich mal eine frohe Botschaft.

»Ja, dank Lennart. Er ist jetzt unser Marketingexperte. Viele haben sich ja nicht auf die Stelle beworben, aber er hat sich mit Abstand am besten geschlagen. Wusstest du, dass er Projektmanager ist?«

Meine Freude erstarrte. Moment mal. Bedeutete das etwa …? »Arbeitet Lennart jetzt auch noch hier?« Meine Empörung ließ Ralf aufhorchen.

»Ach, Sophie. Ich weiß, du bist immer noch gekränkt. Und ja, wir Schönbacher waren das auch. Aber wir beide, Lennart und ich, haben in den vergangenen Wochen viel geredet. Er hat mir alles haarklein erklärt. Jetzt, da ich ihn kennenlernen durfte, kann ich nur sagen, dass er ein feiner Kerl ist. Sehr hilfsbereit, das hat er ja auch schon auf dem Weihnachtsmarkt bewiesen. Er hat sogar angeboten, bei Oma Gisela nach dem Rechten zu schauen, wenn Bedarf ist.«

Meine Gedanken kreisten.

»In unserem Weihnachtsmarktkomitee ist er auch schon.«

Zusätzlich fuhren meine Gefühle Achterbahn. Das würde ja bedeuten, dass wir uns ständig über den Weg liefen. Ich wusste nicht, ob mir das gefiel.

Ralf erhob sich. »Gib dir einen Ruck.« Zu allem Überfluss tätschelte er meinen Arm, bevor er zu Gabi an die Theke ging, um sich ein Weizenbier zu bestellen.

Ich hingegen vergrub das Gesicht in den Händen und murmelte: »Das kann ja heiter werden.«

# Kapitel 23

## Lennart

DIE Monate flogen nur so dahin. Mein neuer Job in der Marketingabteilung von Schönbach erfüllte mich. Es fühlte sich sehr befreiend an, außerhalb der Meyer Hotel & Resort Group International zu agieren. Natürlich erwartete man von mir gute Leistungen, wie Konrad es auch getan hatte, dafür entfielen Überstunden, und Auslandsaufenthalte waren überhaupt nicht nötig. In der Regel stempelte ich mich um halb fünf aus. Sehr selten mal später. Ich hatte sogar zum ersten Mal seit Jahren ein Wochenende.

Heute lud das Wetter zu einem Spaziergang ein. Für Anfang März war es mild. Wie ein Teppich bedeckten lilafarbene Krokusse die Wiesen, sogar die Forsythien reckten hungrig ihre gelben Köpfe gen Sonne.

Ich sog die frische Luft tief ein. Der Frühlingsduft schwebte über den Häusern von Schönbach und belebte meine Sinne. Die Natur machte es vor: Sie füllte die Welt mit neuem Leben. Ebenso war es für mich an der Zeit, aufgeschobene Dinge zu erledigen. Der Kampf um Sophie musste weitergehen.

Als ich die Wohnung verließ, linste ich hoch zum *Talblick*. Jedes Mal zog sich mein Herz zusammen, wenn ich an die unvergesslichen Momente mit Sophie zurückdachte. Wenn wir uns zufällig begegneten, grüßten wir uns stets mit einem »Hallo«, doch ging unsere Unterhaltung nie darüber hinaus.

Auch wenn es mir schwerfiel, sie nicht berühren zu dürfen, appellierte ich an meine Geduld. Wenn ich ihr wie ein liebestoller Teenager hinterherrennen würde, wusste ich, würde ihr das nicht gefallen.

Ich nutzte die Gelegenheit und schlenderte zwischen weitläufigen Wiesen umher. Die Weidenkätzchen am Wegesrand reckten ihre Blüten und führten mich direkt an eine verwitterte Bank zwischen zwei Apfelbäumen mit direktem Blick auf Sophies Grundstück. Es lag weit genug entfernt, dass sie mich lediglich als einen Spaziergänger ausmachen, doch nicht konkret erkennen konnte. Ich hingegen konnte von dem Platz aus beobachten, wie Clara und Felix bei Sophie klingelten. Was die beiden wohl dort zu suchen hatten? Sie öffnete die Tür, neben ihr erschien Josie. Mir ging das Herz auf, sobald ich die Kleine entdeckte. Sicherlich hatten sie sich zum Spielen verabredet. Bei Sophie ging das am besten. Dort konnte man noch Kind sein. Auf Bäume klettern und aus Ästen eine Höhle bauen. Seit Ralf sie zu den Strafstunden verdonnert hatte, verbrachten sie viel Zeit miteinander. Manche Dinge entpuppten sich als ein Gewinn.

Zu dritt schwirrten die Kinder hinter das Haus. Den ganzen Tag über könnte ich hier sitzen und den zwitschernden und tollenden Vögeln im Geäst zuhören, wie sie den Frühling herbeiriefen. Von Ferne brummte ein Traktor über die von den Landwirten zu bestellenden Felder. Ein Auto steuerte auf das *Talblick* zu und jagte mir eine Gänsehaut über den Rücken. Es handelte sich nicht um Klaus oder Micha. Das war eindeutig. Doch ich saß viel zu weit entfernt, um die Aufschrift des Pkw entziffern zu können. Eine Frau sowie ein Mann in förmlicher Kleidung stiegen aus. Noch im Gehen hielten sie Sophie die Hand entgegen.

Mein Herz rutschte in die Hose. Wenn ich es nicht besser wüsste, handelte es sich um Alexa und eine mir unbekannte Person. Vermutlich mein Nachfolger.

Was hatte das zu bedeuten? Ohne wirklich zu wissen, was ich machen sollte, erhob ich mich. Zögernd setzte ich ein paar Schritten vor und wich zurück zur Bank.

Drehte mich um.

Sah zu, wie die drei im Haus verschwanden.

Lief abermals los.

Stoppte.

Das ganze Spiel von vorn.

Meine Gedanken fuhren Achterbahn. Wie gelähmt fixierte ich das verwunschene Häuschen. Es durfte nicht abgerissen werden. Ob Sophie verkaufte und gar in diesem Moment den Vertrag unterschrieb?

Resigniert senkte ich den Kopf. Das würde heißen, dass ich es versemmelt hätte. Ich war zu spät. Oder nicht? Wieso hatte ich nicht schon viel früher angefangen, Sophie aufzusuchen?

Kopflos rannte ich los, warf ein Bein vor das nächste, über die Äcker, über die Wiesen, damit ich keine Zeit verlor.

Außer Atem erreichte ich das *Talblick* und sah zu, wie das Firmenauto meines Ex-Arbeitgebers den Hof verließ.

Haareraufend fluchte ich. »Scheiße!«

In dem Moment öffnete sich die Haustür. Mucki erschien in dem Spalt und schmiegte sich an meine Beine. Wenigstens verscheuchte er mich nicht vom Hof.

»Lennart!« Überrascht blieb Sophie vor mir stehen. »Was machst du hier?« Sie musterte mich, als wäre ich ein Mensch vom anderen Stern oder der Weihnachtsmann.

»Hast du verkauft?« Ich schluckte trocken. »An die Meyers?«

Sophie verschränkte die Arme vor der Brust und sah an mir vorbei. »Ich wüsste nicht, was dich das anginge.« Sie senkte ihre Stimme und setzte nach. »Ich hatte keine andere Wahl.«

»Doch, die hattest du. Ich hätte dir helfen können, das Haus auf Vordermann zu bringen. Eine Frage, eine Bitte. Ich hätte niemals abgelehnt.«

Sie straffte ihre Schultern und hob ihren Blick. »Bist du wütend, weil du denkst, dass die Meyers den Zuschlag bekommen haben?« Sie blickte mich mit lodernden Augen an.

»Nein«, sprudelte es aus mir heraus. »Ich bin wütend, weil du etwas, das dir am Herzen liegt, aufgegeben hast.« Ich stutzte. »Warte mal. Hast du es den Meyers nicht verkauft?« Für den Moment hielt ich den Atem an.

Sophie schwieg. Nach einem furchtbar langen Augenblick sagte sie schließlich:

»Nein.«

»Gut.« Erleichtert atmete ich aus und fuhr mir durch die Haare. Es war noch nichts verloren.

»Die Bellevues haben den Zuschlag bekommen.« Sie stob an mir vorbei. Doch ich hinderte sie daran, indem ich sie am Handgelenk festhielt.

»Wieso? Du wolltest nie.«

»Tja, das Angebot war zwar etwas schlechter als das der Meyers, dafür aber bieten die Bellevues mir eine Stelle als Hausdame an.«

»Verstehe.« Kraftlos öffnete ich meine Finger und gab sie frei. »Du gibst das Haus für eine Arbeit auf.«

»Ich muss lernen, loszulassen«, sagte sie mit erstickter Stimme.

Ich wusste, dass nicht nur die Verbindung zu dem Haus dahintersteckte. »Ich habe auch meine Stelle aufgegeben.« Meine Stimme kratzte im Hals, dementsprechend rau klang sie.

Sie neigte ihren Kopf und sah durch mich hindurch. Mit einem angedeuteten Kopfnicken lächelte sie gequält, doch erreichte es ihre Augen nicht. »Wie ich gehört habe, hast du längst eine Neue.«

»Sophie.«

»Tut mir leid, Lennart, aber ich muss los. Ich habe noch einen Termin. Eine Wohnungsbesichtigung. Wünsch mir Glück.«

»Wo soll das denn sein?«, erkundigte ich mich.

»In der Nachbargemeinde. Ganz in der Nähe des Hotels.«

»Das kann doch alles nicht dein Ernst sein. Ich werde es nicht zulassen, dass du alles aufgibst. Du liebst Schönbach und das Haus.« Entschieden stellte ich mich vor Sophie und ergriff ihre Schultern. »Und mich.«

Sie schnaubte und entzog sich meiner Berührung. »Ich bitte dich höflich, nun zu gehen und nie wieder zu kommen.«

Bevor sie beabsichtigte, mich hier stehen zu lassen, hielt ich sie abermals davon ab. »Was kann ich tun, um dich umzustimmen?«

Sie sah mir fest in die Augen. »Wenn du es schaffst, Frösche regnen zu lassen, dann werde ich dir verzeihen.« Sie stieg in das Auto und rollte grußlos an mir vorbei.

Ich hingegen wusste, was zu tun war. Frösche regnen lassen, pah. Das war doch eine meiner leichtesten Übungen.

# Kapitel 24

## Sophie

AUFGEWÜHLT wischte ich mir die Tränen von den Wangen. Die ersten Umzugskartons standen gepackt in den Ecken und den Nächsten schob ich davor. Der Kaufvertrag war zwar noch nicht abgewickelt, aber das war lediglich eine Formsache. Heute Abend stand der Notartermin an, die Zeit überbrückte ich, indem ich mein Hab und Gut verstaute.

Vor zwei Wochen hatte ich mir die Wohnung angeschaut. Zwischen der Vermieterin und mir hatte sich sofort eine angenehme Sympathie entwickelt. Im Anschluss hatte sie mir die Wohnung gleich zugesichert. Wenigstens verlief das reibungslos.

Mucki stieß schnurrend sein Köpfchen gegen meine Hand, als ich den Karton mit Klebeband verschloss. Unsere neue Bleibe befand sich im Dachgeschoss. Von dort aus konnte er nicht wie hier einfach durch die Haustür tingeln und Mäuse fangen. Dort würden lärmende Autos mein armes Kätzchen jagen. Mir tat Mucki jetzt schon leid. Aber was war mit mir? Genauso wie er würde ich dort wie ein vergessenes Pflänzchen eingehen.

Es klingelte an der Haustür. Überrascht schaute ich auf. Ächzend erhob ich mich aus meinem Schneidersitz und eilte zur Tür.

Ich öffnete. »Oh, hallo, Clara, Felix und Josie. Hatten wir eine Verabredung?« Du meine Güte, wie unangenehm. Im Stillen ging ich meinen Kalender durch.

»Nein, Sophie. Wir sind ganz spontan gekommen«, meldete sich Clara zu Wort.

»Also …« Felix leckte sich über die Lippen, ehe er nachsetzte. »Wir wollten nur mal eben etwas checken …«

Ich zog meine Augenbrauen zusammen. »Was wollt ihr denn checken?«

»Wir wollen hinter dem Haus nach Schnecken suchen«, klärte Clara mich auf und drückte ihren Ellenbogen in Felix‘ Seite.

»Ah, deswegen das Einmachglas.«

Josie fühlte sich ertappt und versteckte den Behälter mit einem breiten Grinsen hinter dem Rücken.

»Ist es für ein Schulprojekt?«

»Für einen guten Zweck.« Felix grinste bis über beide Ohren, sodass seine momentan noch zu großen Schneidezähne zur Geltung kamen.

Wieder fing sich Felix einen Hieb von seiner Freundin ein. »Bio.« Dabei rollte sie mit den Augen.

Ich nickte. Wenn ich es nicht besser wüsste, würde ich denken, sie heckten etwas aus. »Macht genügend feuchtes Gras hinein und lasst sie möglichst schnell wieder frei.«

»Klar, gebongt.«

Schon waren sie fort. Ich blieb kurz noch im Türrahmen stehen und schaute mich um, ob ich nicht Teil von *»Versteckte Kamera«* war.

In der Zwischenzeit, in der die drei ihr Schulprojekt vorbereiteten, schlurfte ich hoch in die Ferienwohnungen und betrat Lennarts Zimmer. Es war das mit dem schönsten Ausblick. Ich stellte mich ans Fenster und schaute hinaus auf Schönbach. Wie ein Spielzeugdorf lag es vor mir. Idyllisch wie auf einer Postkarte. Ob Lennart genau diese Worte verwendet hatte, als er vor den Meyers Bericht erstattet hatte?

Ein letztes Mal ging ich alle Schränke, Schubladen und verborgenen Ecken durch. Schaute unter das Bett, tastete die Couch ab. Tatsächlich fand ich zwischen den Polstern des Sofas einen, dem Anschein nach, teuren gravierten Stift. *Meyer Hotel & Resort Group International. Lennart Reuter.*

Huch, dass ich den jetzt erst fand. Ich drehte die schwarze Kappe auf. Es handelte sich um einen Füller einer teuren Marke, dessen vergoldete Feder ebenfalls aufwendig graviert worden war. Vermisste er ihn gar nicht? Oder war es bloß ein wertloses Imitat? Selbst wenn, bei der nächsten Gelegenheit gab ich ihn zurück. Oder besser noch: Gabi könnte das für mich erledigen.

Tja, hätte ich ihn mal früher gefunden, bevor ich mein Herz an Lennart verloren hatte.

Ich steckte den Füller in meine Hosentasche und setzte meinen Rundgang fort. Ein Jammer. All die Möbel würden mit dem Verkauf übergehen. Wir hatten uns darauf geeinigt. Für mich war es ohnehin am einfachsten. So sparte ich mir das lästige Schleppen und den Sperrmüll. Alles, was mir wichtig und lieb war, durfte ich selbstverständlich behalten. Aber von den Ferienwohnungen brauchte ich nicht viel. Eher nahm ich die Dinge aus meiner Wohnung mit. Aus dem Augenwinkel sah ich Clara, Felix und Josie den Weg hinunterschlendern. Ihre Aufgabe war wohl erledigt. Ich schob die Gardine zu und beschloss, ebenfalls ins Dorf zu gehen. Bis zu dem Notartermin war noch massig Zeit.

Außerdem stand ein Besuch bei Oma Gisela an. Gert, ihr Sohn, war wieder mal unterwegs und heute war ich an der Reihe, nach ihr und dem Haus zu schauen.

Ich genoss es, den Weg in die Siedlung zu schlendern. Oft würde ich nicht mehr die Gelegenheit dazu haben, deswegen rief ich mir noch mal einzelne Dinge ins Gedächtnis. Zum Beispiel einen größeren Stein hinter der Kurve neben der Holzbank, den ich als Kind bunt angemalt hatte. Noch heute befanden sich ein paar Farbkleckse darauf. Oder den Apfelbaum mit den knorrigen Ästen. Seine Früchte waren die leckersten. Mama und ich hatten im Spätsommer immer einen Kuchen davon gebacken oder Saft daraus gepresst. Das eine Mal war ich fast hinuntergefallen. Gerade so hatte ich mich festhalten können.

Als ich in Oma Giselas Straße einbog, hörte ich jemanden kehren. Mein Herz schlug einen Purzelbaum. Lennart säuberte den Bürgersteig. Kurz erwog ich, schnell das Weite zu suchen, so wie ich es stets tat, wenn ich ihm begegnete und er mich noch nicht gesehen hatte. Aber diesmal war es anders. Er stoppte in seiner Bewegung und stützte sich auf den Stiel des Besens. Er musterte mich mit einem angedeuteten Lächeln. Offensichtlich war er wegen des Rauswurfs nicht mehr böse auf mich.

»Hallo, Lennart«, begrüßte ich ihn zaghaft.

»Sophie.«

Diesmal war unser Zusammentreffen weniger emotional, wenigstens von seiner Seite aus. Ob er nun endgültig mit mir abgeschlossen hatte? Er wirkte fast schon reserviert auf mich.

»Eigentlich war ich heute mit Oma Giselas Wache dran.«

»Tatsächlich? Vielleicht habe ich mich im Tag geirrt. Ich kehre nur rasch fertig, dann kannst du nach ihr schauen. Aber im Grunde habe ich das schon erledigt.« Er nahm seinen Blick von mir und widmete sich seiner Arbeit. Obwohl es mir recht sein sollte, dass er mich ignorierte, krampfte sich mein Herz zusammen. Eine Art Schuldgefühl überflutete mein Gewissen, da ich ihn unmissverständlich angewiesen hatte, sich nie wieder blicken zu lassen. Jetzt tat es mir leid, ihn derart angefahren zu haben. Wir waren doch erwachsene Menschen.

Ich zog den Füller aus meiner Hosentasche. »Den habe ich bei meinem letzten Rundgang durch die Ferienwohnungen gefunden. Du vermisst ihn bestimmt.«

Lennart lehnte den Besen an den zum Teil vermoosten Jägerzaun und nahm ihn mir ab. Mit zusammengezogenen Brauen beäugte er den Füller. »Das ist meiner, aber vermisst habe ich ihn nicht. Trotzdem danke.« Ohne zu zögern, öffnete er die Mülltonne und versenkte ihn darin.

»Tja«, druckste ich auf der Suche nach einem Thema. »Heute ist Notartermin.«

»Ich weiß.«

Ich nickte. Es war ihm egal.

Sein Handy meldete sich. »Die Erinnerung meiner Verabredung.« Demonstrativ hielt er sein Smartphone in die Höhe. »Wenn du den Besen noch in die Garage stellen könntest. Ich habe es sehr eilig.«

Diese Erkenntnis katapultierte mich in ein Loch. In ein sehr tiefes und schwarzes. Entgegen meiner Wut auf ihn war meine Liebe wohl doch größer, als ich es mir eingestehen konnte. Mein Kloß im Hals hinderte mich daran, etwas zu sagen. Wie betäubt schaute ich Lennart nach.

Nach ein paar Schritten stoppte er und drehte sich um. »Es ist für einen guten Zweck.«

Merkwürdig, den Satz hörte ich schon zum zweiten Mal.

# Kapitel 25

## Lennart

»HAT sie Verdacht geschöpft?«, fragte Regine. Sie zog sich gerade ihre beigefarbenen Camel-Schuhe an, die bestimmt noch aus ihrer Studentenzeit stammten. Sogar Friedhelm hatte vorzeitig die Praxis geschlossen und stand kampfbereit für unsere Show da.

»Ich denke nicht. Hast du den NABU noch mal kontaktiert?«

»Soviel ich weiß, ist die Organisation schon dort.«

Erleichtert atmete ich aus. Hoffentlich riss mir Sophie nicht den Kopf ab, wenn wir ungefragt auf ihrem Grundstück auftauchten. Zumal ich ihr eben nicht mit Freundlichkeit begegnet war. Ich hatte meine Aufregung einfach nicht verbergen können. Hoffentlich nahm sie mir das nicht übel. Innerlich stöhnte ich. Manchmal zweifelte ich an meinem Verstand.

Regine bemerkte meine Unsicherheit und legte mir beruhigend ihre Hand auf den Arm. »Alles wird gut.«

Friedhelm drückte die Klinke hinunter und schob die Tür auf. »It's Showtime.«

Mit klopfendem Herzen zog unsere kleine zusammengetrommelte Gruppe, bestehend aus Regine, Friedhelm, Clara, Felix, Josie und mir, den Weg hoch zum *Talblick*. Ralf würde später nachkommen. Oma Gisela war eingeweiht, sie hatte versprochen, Sophie so lange in Beschlag zu nehmen, wie es nötig war. Wir Schönbacher hielten zusammen.

Ein weißhaariger Mann kam gleich auf mich zu. »Guten Tag. Gerhard Stramm.« Er hielt mir die Hand hin. »Da haben wir aber schöne Exemplare gefunden. Wir haben das den zuständigen Behörden sofort gemeldet. Es ist schon verrückt, aber Kammmolche bevorzugen eher Weiher und feuchte Gebiete. Umso wichtiger ist es auch, dass der Naturschutz über dem Bau von Hotels oder Sonstigem steht. Wirklich sehr faszinierend, Ihre Entdeckung.«

Verlegen fuhr ich mir über den Nacken. In Wahrheit war der Fund gar kein Zufall, sondern von mir geplant und von Clara, Felix sowie Josie durchgeführt. »Tja, Leben entsteht manchmal an den ungewöhnlichsten Orten.«

Der Mann nickte und ging wieder zu seinen Kollegen.

Ungeduldig schaute ich auf die Uhr. Von Ralf wusste ich, dass um siebzehn Uhr der Notartermin anstand. Er hatte mir sogar verraten, dass sich die beiden Vertragspartner hier trafen, um gemeinsam dort aufzuschlagen. Sicherlich würde sich Sophie auch vorher noch mal umziehen wollen. Da es nun schon nach sechzehn Uhr war, müsste sie ziemlich bald hier eintreffen.

Ein Gemisch aus Erleichterung, Freude, aber auch einer Menge Furcht durchströmte meinen Körper, als sich uns eine braune Mähne näherte. Mein Herz klopfte so wild gegen meine Rippen, dass es schon schmerzte.

Sophie verlangsamte ihre Schritte. Sie hatte uns entdeckt. Kurz hielt sie an, lief aber gleich darauf weiter, direkt zu mir.

»Lennart, was ist hier los? Was machen die vielen Menschen auf meinem Grundstück?« Ihre rehbraunen Augen sahen mich verwundert an.

Noch bevor ich mit der Sprache rausrückte, stellte sich Gerhard Stramm bei ihr vor. »Es tut mir wirklich leid, Ihnen das sagen zu müssen, ein Hotel wird hier nicht errichtet werden können.«

Sophie öffnete ihren geschwungenen Mund, darüber hinaus grub sich eine tiefe Furche zwischen ihre Augenbrauen. Ihr Blick wanderte von Herrn Stramm zu mir. »Aber das verstehe ich nicht. Was ist denn passiert?«

Schmunzelnd nahm ich ihre Hand. »Ich lasse heute Frösche für dich regnen«, erklärte ich fest davon ausgehend, dass sie von all dem nichts begriff.

Sophie blinzelte. »Was?«

»Kammmolche gehören genauso zu den Amphibienarten wie Frösche«, klärte Herr Stramm Sophie auf.

»Ich verstehe nicht.«

»Sie stehen unter Naturschutz.«

»Die Bellevues kommen gleich, um mich abzuholen. Der Notartermin für die Übergabe ist in weniger als einer Stunde.«

»Den musst du abblasen.«

Genau in dem Moment fuhr der Firmenwagen der Bellevues um die Ecke. Sybille Kreinert stieg aus dem Auto.

»Sophie, was ist denn hier los?« Ihre blonde Mähne fiel wie ein Wasserfall auf ihre Schultern. Ihre rosafarben bemalten Lippen presste sie zu einem schmalen Strich zusammen.

Ich stellte mich hinter Sophie und legte schützend meine Hände auf ihre Arme. »Tut mir leid, Sybille, aber aus dem Hotel wird nix.«

Sie blickte von Sophie zu mir. »Lennart Reuter. Hast du eigentlich eine Ahnung, wie lange ich gebraucht habe, zu kapieren, dass du derjenige warst, der in der Weihnachtsbude gestanden hat?« Ihre Mundwinkel zuckten. Dem Anschein nach hielt sich ihre Empörung in Grenzen. »Was hast du diesmal ausgeheckt, damit du die Bellevues ausstichst, um den Meyers einen Vorteil zu verschaffen?«

»Du weißt ganz genau, dass ich dort nicht mehr arbeite. Heute agiere ich ganz allein. Für das Wohl von Sophie … und mir«, setzte ich kaum einen Lidschlag später nach. Unter meinen Händen drehte sie ihren Kopf, um zu mir hochzublicken. Ich schenkte ihr ein zärtliches Lächeln.

»Kammmolche.« Herr Stramm gesellte sich zu uns. »Deswegen wurden schon Autobahnstrecken verlegt. Es ist eine Sensation, dass sich hier überhaupt welche angesiedelt haben. Übrigens, ab sofort gilt auch ein Baustopp für die Nachbargrundstücke.« Aufgeregt wie ein kleines Kind, hüpfte Herr Stramm weiter, um seine Neuigkeiten kundzutun.

»Wenn das so ist«, Sybille kratzte sich die Nase. »Was sollen wir mit einem wertlosen Grundstück?« Sie zuckte mit den Schultern. »Tut mir leid, Sophie, aber wir treten zurück. Ich kontaktiere den Notar und sage ihm Bescheid. Wenn es dieses nicht ist, ist es ein anderes.« Das

Handy ans Ohr geklemmt, öffnete sie die Wagentür. Bevor sie einstieg, rief sie: »Übrigens, Lennart. In einem kleinen Örtchen an der Ostsee gibt es eine Baulücke direkt am Meer. Exklusive Lage. Dort soll ein Hotelkomplex entstehen. Wir haben schon ein Angebot abgegeben. Soviel ich weiß, stehen wir in Konkurrenz mit den Meyers.« Sybille ließ ihre Augenbrauen verheißungsvoll hüpfen.

Ich hob schmunzelnd den Arm. »Viel Glück.«

»Dir auch. Das Jobangebot bleibt natürlich bestehen, Sophie.« Mit einem heiteren Lachen setzte sie sich ins Auto und rollte den Weg runter ins Dorf.

Sophie drehte sich zu mir. Sie öffnete den Mund, um etwas zu sagen, da liefen Clara und Felix vorbei. Geschickt schnappte sie sich den Jungen, bevor er das Weite suchte. Am Schlafittchen gepackt zitierte sie zu guter Letzt seine Freundin zu sich. »Clara!«

Wie die Osterglocken in frisch gesetzten Rabatten ließen die beiden reumütig ihre Köpfe hängen. »Erzählt mir doch mal ein bisschen von eurem Bio-Projekt.« Sie unterstrich die Worte mit Gänsefüßchen.

Felix streifte mich mit seinem Blick. Zögernd kaute er auf den Lippen. »Wir haben die Schnecken wieder freigelassen«, sagte er mit treu blickenden Augen.

»Ich befürchte, die Schneckengeschichte glaubt uns Sophie nicht mehr.« Clara gab ihrem Freund einen Hieb in die Seite und rollte mit den Augen.

»So ist es.« Zu allem Überfluss überkreuzte Sophie die Arme vor der Brust und tippte ungeduldig mit dem Fuß auf den Boden.

Ich schmunzelte. »Ihr habt einen guten Job gemacht.« Zwinkernd fügte ich hinzu: »Den Rest erledige ich.«

Kollektiv atmeten sie aus, sahen sich an und rannten über die Wiese fort zu den stoppenden Baggern auf Fechners Weide.

»Sophie.« Ich nahm ihre Hände in meine und sah auf sie hinab. »Du brauchst nicht mehr ausziehen. Das Haus bleibt stehen. Es werden keine Hotels gebaut, weder hier noch rechts oder links von dir.«

»Lennart, das Gebäude bedarf einer Grundsanierung. Micha hat mir noch mal bestätigt, dass das Dach neu gemacht werden muss. Ich kann mir das gar nicht leisten.«

Zärtlich fuhr ich ihr über die Haarlinie und ließ eine seidige Strähne durch meine Finger gleiten. »Ich habe einen potenziellen Käufer für mein Elternhaus gefunden. Mein Vater stellt mir den gesamten Erlös zur Verfügung. Wir haben alles besprochen. Die einzige Forderung, die er stellt, ist, dass er einmal im Jahr für drei Wochen hier Sommerurlaub machen möchte. Und zu Weihnachten muss es Gänsebraten mit Rotkraut und Knödeln geben.«

»Inklusive Übernachtung?«

Ich nickte.

Sie biss sich auf die Lippen und senkte den Kopf.

»Sophie, Sophie!« Ralf kam mit einem Kamerateam auf uns zu. Die Fernsehleute positionierten sich bei den Naturschützern und filmten drauflos. Regine sowie Friedhelm ergriffen das Wort, danach wurde das Mikrofon an Herrn Stramm weitergereicht.

Außer Atem röchelte Ralf nach Luft. »Deine Molche sind außergewöhnlich. Ich wusste schon immer, dass der Bereich etwas ganz Besonderes ist. Ich sehe es schon vor mir. Mit einem fachkundigen Ranger, den ich persönlich für solche Zwecke einstellen werde«, brüstete er sich, »könnten wir Führungen anbieten. Für Schulklassen, aber auch Wandergruppen. Aufklärungsvorträge sowie Seminare für mehr Nachhaltigkeit und Naturschutz.« Ralfs Augen funkelten voller Tatendrang.

»Das ist alles dir eingefallen?«, erkundigte sich Sophie bei unserem enthusiastischen Bürgermeister.

Seine Begeisterung rutschte etwas ab. »Na ja. Das meiste stammt von Lennart, aber die Stelle habe ich bereits bei den Gremien durchgesetzt.« Er drehte sich einmal um die eigene Achse. »Sieh dich doch mal um. Du lebst mitten in einem Biotop. Kannst du dir hier Hotelklötze vorstellen? Sie verdrängen wichtigen Lebensraum. Wir sollten nicht vergessen, wie wichtig das Ökosystem für Mensch und Tier ist. Und wie verletzlich. Vielleicht wird Schönbach noch berühmt.«

Sophie streifte mich mit ihrem Blick. Offensichtlich versuchte sie, ihr Lächeln zu unterdrücken. Doch ich sah es genau, wie sich ihre Mundwinkel kräuselten.

»Endlich hast du mal was richtig gemacht«, sagte sie zu unserem Bürgermeister, der gerade seine Krawatte richtete.

»Was genau?«, fragte er.

»Dass du einen Berater eingestellt hast, der genau weiß, was gut für Schönbach ist.« Lächelnd schloss sie die Lücke zwischen uns, stellte sich auf die Zehenspitzen und vergrub ihre Hände in meinem Haar. Ihre Augen voller Zärtlichkeit zog sie mich zu sich hinunter und wir küssten uns vor den anderen.

Sophie verknotete ihre Finger mit meinen und lehnte sich mit ihrem Kopf an meine Schulter. Mit dem anderen Arm umschloss ich ihre Taille und zog sie noch etwas dichter an mich heran. Ich hielt sie fest. Für immer.

# Kapitel 26

## Sophie

### Heiligabend

IN träumerischer Erinnerung hängte ich den Strohstern an den geschmückten Weihnachtsbaum und dachte an die Zeit zurück, in der meine Mutter neben mir stand und wir gemeinsam den Baum bewunderten. Der Kamin knisterte, ein süßlicher Vanille- und Zimtgeruch tauchte das Wohnzimmer in eine weihnachtliche Gemütlichkeit, die zum Verweilen einlud. Lennarts Vater stand in gebückter Haltung vor den Holzscheiten und schürte das Feuer.

Lennart legte seinen Kopf auf meine Schulter und umschloss mich mit seinen Armen.

»Macht es dir etwas aus, wenn du ohne mich zu deiner Mutter gehst? Ich möchte ungern meinen Vater allein lassen.«

»Natürlich macht es mir etwas aus, wenn du nicht bei mir bist«, neckte ich ihn.

Sein Atem berührte meine empfindliche Haut und bescherte mir einen wohligen Schauer.

»Ist schon okay. Ich schaffe das«, beruhigte ich ihn, legte die Hand auf seine Wange und drückte meine Lippen auf seine.

Bevor ich mich auf den Weg machte, nahm ich den kleinen Porzellanengel und verstaute ihn in meiner Jeans. Ich verabschiedete mich und fuhr mit dem Auto den Weg ins Dorf hinunter. Die Tür fiel schmatzend zu, der Kies unter meinen Schuhen knirschte, bis ich vor dem Grab meiner Mutter stehen blieb. Den Engel legte ich neben die Blumen.

»Hi, Mama. Was soll ich sagen? Heute ist Heiligabend. Ach, das weißt du sicherlich. Lennarts Vater ist über die Weihnachtsfeiertage gekommen. Er ist sehr nett. Du würdest dich bestimmt gut mit ihm verstehen. Wir sind wie eine kleine Familie. Mucki lässt sich von ihm den lieben langen Tag den Bauch kraulen.

Übrigens laufen die Vermietungen so gut wie lange nicht mehr. Lennart kümmert sich um das Marketing und den Internetauftritt. Er kennt sich richtig gut aus. Wir können uns vor Buchungsanfragen kaum retten. Außerdem haben wir das Inventar rausgeschmissen und durch neues ersetzt. Es wirkt gleich alles viel moderner. Nun ja. Ist es ja auch. Was, woher wir das Geld genommen haben? Aus dem Erlös von Lennarts Elternhaus. Das Dach muss aber noch warten. Wir stehen auf Michas Liste ganz oben. Das gesamte Obergeschoss soll für Schulklassen, Lehrveranstaltungen und Seminare ausgebaut werden. Ralf hat uns die Fördermittel bereits zugesichert. Das wird richtig gut. Du siehst, du brauchst dir keine Sorgen mehr zu machen.« Lachend streckte ich die Nase in die Luft. »Wenn es heute noch schneien würde, wäre Weihnachten perfekt. Vielleicht kannst du ja mal ein gutes Wort einlegen.« Ich küsste zwei Finger und legte sie auf den Grabstein, ehe ich nach Hause fuhr, um die letzten Vorbereitungen zu erledigen.

Sanft, aber bestimmend schob ich Lennart in den Flur. »Das Wohnzimmer ist bis zur Bescherung tabu. Außerdem müssen wir uns sputen, wenn wir noch einen der guten Plätze ergattern wollen.«

»Ich muss aber noch das Geschenk für dich unter den Baum legen, das fehlt noch.« Gespielt trotzig schob er seine Unterlippe vor.

Vor der Garderobe blieb ich stehen und wickelte mir den Schal um den Hals, ehe ich in den Mantel schlüpfte. Ich schloss die Lücke zwischen uns und legte meine Hand auf seine Wange. »Stress dich nicht. Mein größtes Geschenk steht vor mir.«

Lennart bedachte mich mit einem zärtlichen Lächeln.

»Können wir dann?« Ich schob die Verbindungstür auf und Robert trat in festlicher Robe in den Flur. Sein schwarzer Mantel reichte bis zu den Kniekehlen.

Wir nickten.

Die letzten Töne von *»O du Fröhliche«* hallten von den dicken Kirchenwänden wider. Eine angenehme Gänsehaut legte sich auf meine Arme, nachdem die Pfarrerin uns zu guter Letzt den Segen ausgesprochen hatte. Geschlossen folgten wir dem Strom der Besucher nach draußen. Im Gegensatz zum letzten Jahr hatte in der gesamten Adventszeit kein Schnee gelegen. Doch noch während des Gottesdienstes waren die ersten Flocken auf den Boden gefallen. Als hätte die Puderzuckermühle ihren Inhalt über Schönbach gestreut, funkelten die Kristalle im zarten Schein der Lichter auf der Tanne. *Danke, Mama.*

»Frohe Weihnachten.« Lennart beugte sich zu mir herunter, um mir einen zärtlichen Kuss auf den Mund zu geben. Eine Flocke fiel auf seine Wange und schmolz auf seiner warmen Haut. Mein Herz zersprang vor Glückseligkeit.

»Frohe Weihnachten.« Ich verflocht meine Finger mit seinen und schickte ein zärtliches Lächeln hinauf.

»Fröhliche Weihnachten«, wünschte auch Micha.

Die beiden Streithähne hatten ihren Disput beigelegt, sodass sie sich stets mit Freundlichkeit begrüßten. Übrigens war die Marderfalle längst weggeräumt worden. Außer Mucki hatte sich dort niemand fangen lassen. Micha vermutete, dass es sich um ältere Spuren gehandelt haben musste und die Marder nur für kurze Zeit dort gehaust hatten.

»Oma Gisela.« Mit nur drei Schritten stand ich vor ihr und schaute auf sie hinab. Sie saß in einem Rollstuhl, ihre Beine fest in eine rot karierte Decke eingepackt. »Frohe Weihnachten.« Ich gab ihr einen herzlichen Schmatzer auf die pergamentartige Wange. Sie strahlte wie die Kerzen auf dem Weihnachtsbaum, eben in der Kirche, und tätschelte meine Hand. »Sophie. Ich wusste von Anfang an, dass das noch was mit euch wird. Augen lügen nicht.«

»Deine Erfahrung sollte recht behalten«, erwiderte Lennart.

Zu unserer Runde gesellten sich dann noch Klaus, Gabi, Josie mit Tina und Ralf.

»Frohe Weihnachten, alle miteinander.«

Wir grüßten einstimmig.

Ich beugte mich zu Josie hinunter. »Bist du schon aufgeregt, ob der Weihnachtsmann da war?«

Ihre Zöpfe wippten.

»Gut, dass ich euch noch erwische.« Friedhelm und Regine stießen schließlich zu uns. »Ich habe frohe Kunde für euch.«

»Schieß los.« In gespannter Erwartung klebten wir an Friedhelms Lippen.

»Ich habe einen Nachfolger für meine Praxis. Er hat heute noch zugesagt.«

Eine Mischung aus Freude und Furcht breitete sich in mir aus. Natürlich freute ich mich für Friedhelm. Endlich durfte er in seinen verdienten Ruhestand gehen. Aber seit ich denken konnte, war ich Patientin bei ihm genauso wie die restlichen Schönbacher. Jetzt, in diesem Moment, konnte ich mir keinen anderen Arzt und Vertrauensmenschen vorstellen als ihn.

»Ach, Sophie.« Friedhelm knuffte mir in den Arm. »Mach dir keine Sorgen. Mein Nachfolger hat schon Erfahrungen sammeln können. Ich habe ihn auf Herz und Nieren geprüft. Marc wird dich nicht falsch behandeln.

»Aber kann er denn genauso wie du aus meinem Gesicht ablesen, was ich gerade denke?«

Friedhelm legte den Kopf in den Nacken und lachte. »Das wird sich rausstellen. Aber das wirklich Beste ist …«, er legte eine kurze Kunstpause ein. »Marc hat außerdem eine Ausbildung zum Kinderpsychologen und kennt sich mit traumatisierten Kindern bestens aus.«

»Das ist ja fantastisch.« Ermutigend knuffte ich Tina in die Seite.

Verwirrt blinzelte sie. »Äh, ja. Wenn Josie und er miteinander klarkommen.«

»Warum denn nicht?«, fragte ich und strich ihr über den Arm.

Oma Gisela erhob die Hand. »Pünktlich zum Fest wird es nun doch noch weiß. Gert«, sagte sie über ihre Schulter. »Mir wird allmählich kalt.« Grinsend wurde unsere Dorfälteste davongeschoben.

Ich schaute hoch. Mittlerweile waren die Flocken daumennageldick. »Wir sollten uns auch langsam auf den Weg machen.«

Clara und Felix jagten den einzelnen Flocken nach und schoben sie in stoischer Geduld zu einem Schneeball zusammen, um sich gegenseitig abzuwerfen. Der nächste Ball traf versehentlich Ralf. Die beiden Freunde schauten sich entsetzt, doch mit einem verschwörerischen Lachen an und nahmen die Beine in die Hand.

»Hey, ihr Pappnasen! Wartet! Ich kriege euch!« Seiner Fitness entsprechend jagte er hinter den beiden her. Vergeblich. Sie verschmolzen mit der Dunkelheit.

Ich verknotete meine Hand mit Lennarts. Langsam wanderten wir die seit meiner Kindheit vertraute Strecke hinauf. Robert kam nicht umhin, die gesamte Zeit von unserem Haus zu schwärmen. »Ach, Junge. Stolz war ich ja immer schon auf dich. Aber diesmal fehlen mir wirklich die Worte. Ein perfektes Haus zu einer perfekten Frau. Jetzt freue ich mich auf meine Weihnachtsgans.« Zu allem Überfluss fuhr er sich über den Bauch.

»Da musst du dich gedulden. Die gibt es erst morgen.«

Gespielt enttäuscht verzog er seinen Mund.

Wir passierten die letzte Kurve. Der Herrnhuter Stern tanzte im Wind und präsentierte das Haus im vollen Weihnachtsglanz.

Mein Herz schwappte über, je näher wir kamen.

»Was für ein herrliches Fleckchen Erde.« Robert blieb vor der Haustür stehen und schaute auf Schönbach hinab.

»Da pflichte ich dir bei, Papa.«

»Macht es euch was aus, wenn ich schon mal reingehe? Die Kälte setzt mir im Alter mehr zu, als mir lieb ist.«

Lennart schloss auf. Beide verschwanden in der warmen Wohnung. Wie gewohnt schlüpfte Mucki durch den Spalt hinaus. Miauend schlängelte er sich an meinen Beinen entlang. Ich nahm ihn auf den Arm und grub meine Wange in sein weiches Fell.

Als hätte jemand eine Schneekugel geschüttelt, lag Schönbach im weihnachtlichen Gewand vor uns. Kaum zu erahnen, wackelten im sanften Licht des beleuchteten Tannenbaums erkennbar die Ohren des Rehs in der Ferne, ehe es mit großen Sprüngen über die Wiese der Fechners verschwand.

»Sophie, kommst du?«

»Gleich!«, rief ich über die Schulter. Bevor ich hineinging, nahm ich den Ausblick ein letztes Mal in mich auf.

Für Robert und Lennart mochte es ein herrliches Fleckchen Erde sein, für mich bedeutete es die ganze Welt.

-Ende-

# Eine kleine Bitte zum Schluss …

Wir hoffen, Ihnen hat dieses Buch gefallen …

Der schnellste Weg, andere Leser da draußen an Ihren Erfahrungen mit diesem Buch teilhaben zu lassen, ist eine Rezension im Online-Buch-Shop. Ihr Feedback hilft nicht nur anderen Lesern, Neues zu entdecken, sondern auch dem Autor, zu verstehen, was aus Lesersicht in diesem Buch gut und weniger gut ist. So kann sich der Autor weiterentwickeln und Ihnen sowie anderen Lesern in Zukunft noch schönere Geschichten präsentieren. Außerdem sind Ihre Erfahrungen, Erkenntnisse und Eindrücke als ehrliches Leser-Feedback eine enorme Wertschätzung vieler liebevoller Arbeitsstunden, die in dieses Buch geflossen sind.

Danke also schon im Voraus, wenn Sie sich zwei bis drei Minuten Zeit nehmen und eine kleine Bewertung zum Buch z.B. auf Amazon veröffentlichen.

Mehr zur Autorin finden Sie auf
www.facebook.com/janka.friedrich.1
www.instagram.com/jankafriedrich_autorin und
www.feuerwerkeverlag.de/friedrich

# Weitere Bücher des Verlages

Pinienduft im Hotel Toscana Mare

*Hanna Holmgren*

Nach einigen beruflichen und privaten Rückschlägen erhält Emilia die Chance, ein kleines Boutique-Hotel in der Toskana neu aufzubauen. Sie träumt von gutem italienischem Essen, romantischen Weinbergen und temperamentvollen, liebenswerten Menschen. Voller Vorfreude startet sie in ihren neuen Lebensabschnitt.

Doch vor Ort muss sie feststellen, dass das Hotelmanagement in Deutschland den Zustand des Anwesens in Italien völlig falsch dargestellt hat. Sie steht vor einer schier unlösbaren Aufgabe, die nicht nur durch ihren grummeligen Nachbarn Gianni erschwert wird, der das Hotelprojekt um jeden Preis verhindern will, sondern auch durch den charmanten Musiker Aurelio, der Emilia bis in ihre Träume verfolgt ...

Sehnsucht nach Rose Cottage

*Hanna Holmgren*

Die Erinnerungen an ihre Kindheit sind das einzige, das Ellie von ihrer Heimat Schottland noch geblieben sind. Doch als das urige "Rose Cottage" ihrer Tante vor dem Ruin steht, reist sie Hals über Kopf zurück nach Fallbury – in das Fischerdorf direkt neben den Klippen.

Fest entschlossen, das Bed & Breakfast zu retten, stürzt Ellie sich in die Arbeit und wird dabei von zahlreichen Erinnerungen eingeholt. Eine von ihnen trägt den Namen Graham Flynt und hat Ellies Herz schon einmal im Sturm erobert …

Das Geheimnis hinter den Dünen

*Brigitte Ploenes*

Als die Zwillingsschwestern Ruby und Elisa nach vielen Jahren zum Geburtstag ihrer Großmutter Gesa an die Nordsee zurückkehren, fühlen sie sich am Meer gleich wieder zu Hause. Die Dünen, die Seeluft und der scheinbar unendliche Himmel - es ist traumhaft!

Allerdings gibt ihnen Oma Gesas seltsames Verhalten Rätsel auf, denn warum befinden sich in ihrem Haus plötzlich verschlossene Zimmer? Und was hat es mit dem charmanten Conor auf sich, der ebenfalls auf der Gästeliste steht?

Weil wir an Wunder glauben

*Josefine Weiss*

Fünf Jahre sind vergangen, seit Vincent einen furchtbaren Fehler begangen hat. Einen Fehler, der nicht nur sein eigenes Leben, sondern auch das seiner Frau Romy für immer verändert hat.

Die quirlige Malerin Valerie hingegen hat sich ein Leben ganz nach ihren Träumen erschaffen: frei und unabhängig reist sie durch die Welt, dankbar dafür, auf niemanden angewiesen zu sein. Als sich die Wege der beiden eines Tages kreuzen, steht für Vincent und Valerie die Welt plötzlich Kopf. Denn Vincent, der in Ruhe und Abgeschiedenheit seine kranke Frau pflegen will, und Valerie, die sich um das geerbte kleine Haus ihrer Großeltern kümmern möchte, suchen in dem beschaulichen Dörfchen an der Mosel eigentlich alles, nur keine feste Beziehung. Doch schon bald entwickelt sich zwischen den beiden eine ganz besondere Verbindung.

Als Valerie jedoch nach und nach hinter Vincents Geheimnis kommt, droht das zarte Band zwischen den Beiden jäh zu zerreißen, und es stellt sich die Frage, wie sehr sie immer noch an Wunder glauben…

FEUER
WERKE
VERLAG